青春美文系列

和你一起看星星

陈鲁民 著

世界图书出版公司

北京·广州·上海·西安

图书在版编目（CIP）数据

和你一起看星星 / 陈鲁民著 .—北京：世界图书出版有限公司北京分公司，2018.12
（青春美文系列）
ISBN 978-7-5192-5216-8

Ⅰ.①和… Ⅱ.①陈… Ⅲ.①散文集—中国—当代 Ⅳ.① I267

中国版本图书馆 CIP 数据核字（2018）第 243143 号

书　　名	和你一起看星星	
	HE NI YIQI KAN XINGXING	
著　　者	陈鲁民	
责任编辑	梁沁宁	
装帧设计	黑白熊	
出版发行	世界图书出版有限公司北京分公司	
地　　址	北京市东城区朝内大街 137 号	
邮　　编	100010	
电　　话	010-64038355（发行）　　64033507（总编室）	
网　　址	http://www.wpcbj.com.cn	
邮　　箱	wpcbjst@vip.163.com	
销　　售	新华书店	
印　　刷	三河市国英印务有限公司	
开　　本	710 mm × 1000 mm　1/16	
印　　张	19.25	
字　　数	247 千字	
版　　次	2019 年 1 月第 1 版	
印　　次	2019 年 1 月第 1 次印刷	
国际书号	ISBN 978-7-5192-5216-8	
定　　价	49.80 元	

目 录

第一辑　仰望星空

第三辑　史海钩沉

第四辑　文苑漫笔

第一辑

仰望星空

和你一起看星星

仲夏夜，我与一文友参加完酒会，相互搀扶着踉踉跄跄地出了酒店。偶尔抬头，居然难得地看到了满天星斗，熠熠闪烁。他问我："你有多久没看星星了？"我还真答不上来，估计没有十年也有八载。都这把年纪了，还提这么幼稚的问题，我取笑他。他说："我就是要干点可笑的事，还要拉上你。"借着酒劲，我们两个"老夫聊发少年狂"，决定一起找个地方看星星。

记得小时候，夏夜里，外婆总会在晒场上铺一张草席，一边摇着蒲扇，一边给几个孩子"喷瞎话"。她指着天上的星星说，这颗是织女星，那颗是牛郎星，一年才能见一回哩，好可怜。她还教我们认识了"勺子星"，叮嘱说只要记住了这个星座，就不会迷路，离得再远都能回到家里。见有流星闪过，外婆说，天上一颗星，地下一个丁，这是一个人死后升天了。我问外婆："您要死了是哪颗星？"外婆说："哪颗星不停地向你眨眼，那就是我。"外婆刚去世那阵子，我天天都在遥望星空，似乎很多星星都在向我眨眼睛，这让我困惑了很久。

中国古时有专门观星的官员，河南登封就有一座保存完好的观星台，是元代科学家郭守敬所建。经过十多年辛勤的观测推算，他终于在公元1281年编制出当时世界上最先进的历法——《授时历》，与当今世界上许多国家使用的阳历相比，一秒不差。再早的观星，迷信色彩就较重了，每天上朝时，便会有钦天监来报：夜观天象……然后一通解读，或喜或忧，多系胡说。电视剧《芈月传》里，钦天监报告楚国夜降"霸星"，结果王妃却生个女娃娃，楚王大怒，以错报为名，残酷地挖去了钦天监的双眼。

每个民族都有喜欢仰望星空的人。两千多年前的一个夏夜，天空晴朗，群星闪烁。古希腊哲学家泰勒斯一边仰头看着夜空，一边慢慢走着，突然一脚踩空，掉进了一个积满水的深坑。被人救起后，他说："明天要下雨！"人们嘲笑他说："你知道天上的事情，却看不见脚下的东西。"两千年之后，德国哲学家黑格尔听到这个故事，说了一句话："只有那些永远躺在坑里从不仰望星空的人，才不会掉进坑里。"的确，一个民族，如果缺乏仰望星空者，只关心脚下的事情，是没有未来的；有一些经常关注天空的人，民族才有希望。

仰望星空，它的辽阔深邃，使人开阔襟怀；仰望星空，它的庄严圣洁，使人汰洗流俗；仰望星空，它的自由安详，使人宁静幽远；仰望星空，它的壮丽光辉，使人雄心万丈。当然，我等俗人看星星，意义还没那么高大上，不过类似于看花、看竹、看月、看云、看山、看水等亲近大自然之举，即便如此，也不无赏心悦目之意趣，可使人怡然自得，别生情致，升华境界，远离猥琐。

那么，如今为何越来越多的人不再看星星？往往答曰：没时间，没情趣，没价值。依我管见，说没时间，那么你的生活质量太差；说没情趣，那么你的幸福指数偏低；说没价值，那么你的审美意识扭曲。看星星确实不能换钱，不能填饱肚子，更不能升官发财，可人总要做些与吃饭无关的事情，总要有点精神生活。

美国贾斯珀国家公园，因海拔高、无污染，每年10月都会举办"星空节"，吸引世界各地的人们来到这里，搭起帐篷，躺在草地上看星星，听专家讲天文常识，还可以在星空下欣赏音乐。我们也不妨在晴朗的夜空，忙里偷闲，放下信息繁多的手机，关上打打闹闹的电视节目，暂别电脑里那刺激惊险的电子游戏，拒绝日复一日的加班，走出家门，找一片空旷之地，席地而坐，看繁星点点，叹宇宙之浩瀚，观深邃夜空，论古今之奇观，可谓其乐无穷矣。

　　想和你一起看星星，能约吗？

最难是平视

眼睛是心灵的窗户,目光是交流的工具。人看人大体有三种视角:仰视、平视、俯视。

看伟人、名人、贵人、上司,人们一般会仰视。恭恭敬敬,俯首帖耳,越看越觉得自己渺小,不值一提,一无是处。仰视很累,看久了容易脖子酸痛,腿软腰弯。

看常人、朋友、同事,看和自己差不多的人,人们就会平视。大家称兄道弟,嘻嘻哈哈,亲热无比,十分自然。因为彼此之间无拘无束,没有高下之分,自然不必仰头,也无须垂首,这是人看人最舒服、最合理的视角。

看在收入、级别、水平、身世方面不如自己的人,人们则往往会自然或不自然地居高临下,用俯视的眼光来审视他们。这时候,一股傲气,会由丹田升至人们的嘴角,一阵轻蔑,会流露在人们不经意的眼光里。

喜欢俯视的人,也一定擅长仰视。面对权贵上司时,他们满脸桃花,笑逐颜开;面对平民百姓,他们就会一脸鄙夷,嘴撇到耳朵边。俄罗斯作家契科夫的小说《变色龙》里的警官奥楚蔑洛夫,《儒林外史》的"范进中举"一节里的胡屠户，马年春晚小品《我就是这么个人》里给领导送礼的小官，都是这种典型人物。当然，现实生活里这种人更多，俯拾皆是。

有人惯于享受仰视，没有成群结队的崇拜者就活不下去，听不到马屁声就浑身不舒服，高踞神坛就是不想下来。譬如那些明星大腕，粉丝的仰视就是其最好的营养剂，却时不时慢待追星族，耍大牌，俯视观众，他们早晚会被粉丝们抛弃。还有一些高高在上、养尊处优、目无群众、对百姓疾苦漠不关心的官老爷，恐怕也是兔子尾巴长不了。

仰视常会自取其辱，俯视是对人的不尊重，唯有平视是我们应保持的正常视角。但对同等地位的人平视不难，难在对地位高的人和处境差的人也保持平视。这需要宠辱不惊的襟怀、平等待人的度量、简单自然的思路、无欲则刚的心胸，因而，那些涉世未深的孩子往往很容易做到。萧伯纳到苏联访问，和一个小女孩玩耍。离别时，萧伯纳对小女孩说："回去告诉妈妈，今天和你一起玩的是世界著名文学家萧伯纳。"不料，小女孩学着他的语气说："你也回去告诉你妈妈，今天和你一起玩的是苏联著名小女孩卡嘉。"小女孩心地单纯，天真无邪，于是很轻松自然地就做到了平视。

倘若说能平视显贵名流是风骨、气节，能平视贫贱落魄者则是教养、情怀。人人生而平等，谁也不愿意接受被俯视的屈辱，谁都没有俯视他人的权利。有一次美国总统林肯外出时，路边一个衣衫破旧的黑人乞丐对其行鞠躬礼，林肯一丝不苟地脱帽向其回礼。随员对总统的举止表示不解，林肯说："即使是一个乞丐，我也不愿意让他认为我是一个不懂礼貌的人。"反观一些名声地位远不及林肯者，却颐指气使，傲视弱势群体，只能显露其轻薄和肤浅，换来骂声阵阵。

仰视与俯视得到的都是哈哈镜变形后的效果，只有平视是一面没有弧形、不失真的镜子，它具有不带偏见的客观、远离功利的公正、没有杂念的单纯。生活在平视目光里的人们，是愉悦和自信的、温暖而和谐的。但是，我们无法要求人人都平视他人，只能自己尽力对所有人都保持平视。对领导固然要恭敬尊重，对部属也不要冷若冰霜；对大款既无须敬畏，对穷汉也不必白眼。另一方面，对别人的俯视，也不要太在意、太敏感、太当一回事。倘若碰上有人刚对一个有权势者满脸"桃花盛开"，而转脸就对你一脸冰霜，你也无须生气，只消想想这不过是"见了所有穷人都狂吠，见了所有富人都摇尾巴"（鲁迅语）的那种东西所具有的属性罢了。

做人贵在有豪气

有个成语叫"豪气干云",形容豪气高到触碰到云的地步。倘举例说明,那就是荆轲吧,大家都知道他的"风萧萧兮易水寒,壮士一去兮不复还!",其实后边还有两句"探虎穴兮入蛟宫,仰天嘘气成白虹"更有气势,简而言之就是"气贯长虹"。

做人贵在有豪气,有了豪气,襟怀、志向、胆识就有了立足之地。西汉人陈汤,素有大志,他在给皇帝的战报中,汇报了消灭入侵匈奴人数和缴获战利品数量后,加了一句千古名言:"有犯强汉者,虽远必诛。"这句话,啥时候想起来都叫人热血沸腾,有了这样豪迈、雄壮、凛然的气势,"虽千万人吾往矣",国家就不可战胜,民族就不会受辱,秦时明月的皎洁、汉时雄关的巍峨,就会代代相传,永保中华人民的安康、和平。

豪气常与担待、牺牲精神相伴。有了豪气,就不畏艰险,不避斧钺,人格魅力便凸显出来。宋人张孝祥,绍兴二十四年举进士第一,上疏为岳飞昭雪。其时,秦桧正一手遮天,权倾朝野,好友劝其不该锋芒太露,担心其遭秦桧报复。张回答得十分痛快:"无锋无芒我举进士干什么?

有锋有芒却要藏起来我举进士干什么？知秦桧当政我怕他我举进士干什么？"这三问酣畅淋漓，令人回肠荡气，足以告慰古今一切豪放之士，当为此浮一大白。

鲁迅先生，乃文弱书生，身不足五尺，然读其文，观其行，审其志，总觉豪气扑面，激情难遏。他以笔为枪，横扫文坛，摧枯拉朽，所向无敌，让那些魑魅魍魉或望风而逃，或原形毕露。听听他在《忽然想到》一文中的宣言，"我们目下的当务之急，是：一要生存，二要温饱，三要发展。苟有阻碍这前途者，无论是古是今，是人是鬼，是《三坟》《五典》，百宋千元，天球河图，金人玉佛，祖传丸散，秘制膏丹，全都踏倒他"，何其雄壮、英武。

有了豪气，就有了齐顷公"灭此朝食"的决心与信心，就有了霍去病"匈奴未灭，何以家为"的襟怀与壮志，就有了李太白"天生我材必有用，千金散去还复来"的潇洒与自信，就有了李清照"生当作人杰，死亦为鬼雄"的悲壮与不朽，就有了左宗棠抬棺行军、收复新疆的壮举与奇迹，就有了谭嗣同"我自横刀向天笑"的从容与决绝……

有时很难分清豪气与大话，区别的关键在于是否言行一致。说到做到，即是豪气；说了做不到，则为大话。1958 年，毛泽东说："搞一点原子弹、氢弹，我看有十年工夫完全可能。"六年后，蘑菇云就在罗布泊升起，这便是豪气。而"赶美超英""跑步进入共产主义"之类，则是大话。钱钟书在清华放出豪言："要横扫清华图书馆。"他基本做到了，那些他认为有价值、值得看的书，扫荡了不止一遍，后来熟悉到哪本书放在哪一架、哪一格都清清楚楚。这就是豪气。而作家王朔曾放言："一不留神，就是一部《红楼梦》，至少也是中国一《飘》。"到目前为止，还没见他拿出过这样的东西，这就是大话，被视为笑谈。

个人要有豪气，才能活得有声有色；团体要有豪气，才会办得风生水起；国家民族有豪气，才能不被人欺负，不仰人鼻息，领土、领海才能不被人蚕食。豪气要以实力为后盾，没有实力的豪气，如同纸上画饼，装腔作势，只能自欺欺人。读南宋晚年那些主战派诗人的豪言壮语，常觉心酸和无奈，因为国家积弱，朝廷昏聩，根本没有实力与女真人的虎狼之师相抗衡，所以曾经"气吞万里如虎"的辛稼轩，也只能"却将万字平戎策，换得东家种树书"。以史为鉴，我们唯有卧薪尝胆，励精图治，发奋拼搏，做强自己，做强国家。如果有了足够实力，无需"可以说不"的喧嚣，我们自然会不怒自威，不言自雄，堂堂正正，顶天立地。

心有多大，舞台就有多大

心有多大，舞台就有多大。据说一个人的心胸之大小与人生成就之大小成正比。

从生理学意义来说，心大概只有一个拳头大小，故而有"拳拳之心，殷殷之情"的说法。而从心理学角度来看，一个人的心却可以大得惊人，装得下千山万壑、江河湖海，再夸张一点说，可以吞吐宇宙、涵盖天地。

如果从小往大说，最小的是心台，就如同一个台子，大可盈尺，虽然小巧，但也可玲珑剔透，于是就有了神秀那首著名的偈子："身是菩提树，心如明镜台……"

再就是心扉，即心的门扇。打开心扉，才能登堂入室。纪伯伦《组歌》诗曰："在寂静中，我用纤细的手指轻轻地敲击着窗户上的玻璃，于是那敲击声构成一种乐曲，启迪那些敏感的心扉。"

然后是心房。打开心扉，就进入小小心房。其虽难言宏伟，但亦有四梁八柱，能盘桓腰身，有明窗净几，可吟诗绘画，亦可安顿一腔热血、满腹心事。

之后是心园。心园是心灵的家园——依山傍水，星月做伴，有几间小房，营一园翠绿，前有竹影横斜，后有杨柳成荫。在此，可闻鸡起舞勤练剑，养育精神；可三更灯火夜读书，安抚心灵。

更大的是心海。心如大海，浩瀚无际。心如大海，则能忍天下难忍之事，如勾践复国，卧薪尝胆；心如大海，则能容世间难容之人，如曹操纳贤，唯才是举。山崩地裂，不见海之动容；天下大乱，难易海之形态。

心宇，即心的宇宙，其大其广，无以描摹，难以想象。正如雨果那句话："世界上最广阔的是海洋，比海洋更广阔的是天空，比天空更广阔的是人的心胸。"斗志正酣，鲁迅诗曰"心事浩茫连广宇，于无声处听惊雷"；去日无多，汪精卫哀叹"心宇将灭万事休，天涯无处不怨尤"。其实，真正能称得上拥有心宇的人，可以说凤毛麟角，心宇不过是一个过于夸张的形容词而已。

心就是用来虑事装事的，贵在虑事要准，装事要精。心再大，也要装有价值、有意义、有品位的事，过滤掉那些鸡毛蒜皮的闲事，淘汰掉那些鸡虫得失的琐事，精简掉那些庸人自扰的杂事，不给其以任何存在空间，免得其装妖作怪，乱人心绪，扰人心灵。

心里乌七八糟的事装多了，就会被视为好事之人，心眼多，不可交；心里琢磨的事太复杂，则会被人看作有心计之人，人家要提防你；小算盘打得太精，常有非分之想，喜欢算计人，会被人认为心机重，但时常会枉费心机，弄巧成拙，就如同《红楼梦》里的王熙凤，"机关算尽太聪明，反误了卿卿性命"；心事多了，又爱钻牛角尖，就成了心结，有了心病，如同《牡丹亭》里的杜丽娘，终日心事重重，想入非非，梦里的情人柳梦梅居然成了她挥之不去的心魔，最后还死于心病。

人们常说心要简单点，不要搞那么复杂，七拐八弯，九曲十环，这是指人际关系要坦坦荡荡，开门见山。但干事业，做学问，还是需要心思缜密，虑事周全，简单的大脑是成不了气候的。悲剧就在于，人们往往颠倒了两者的次序，把主要心思和聪明都用在人际关系上，八面玲珑，心眼如藕，干事业时却心不在焉，得过且过。这也就是为什么有些被视为"人精"的人，结果却一事无成；而一些在生活和人际关系上很"弱智"的人，反倒最后都大放异彩。

一个人的心胸大小，要受很多因素制约，如性格、阅历、悟性、学养、出身、环境等，不是说想大就能大的。我们不能左右自己心胸之大小，却可以决定自己的心里装什么东西。有限的心胸里装满了真金白银，也会珍贵无比；反之，心胸再大，里面装了一堆垃圾，也不过像个废品收集场。

人总得藐视点什么

　　人生在世，不管地位高低、财富多少、名气大小，你总有看不上的人和事，你总得藐视点什么东西，或人或物或事。否则，倘若看什么都伟大，见了谁都敬畏，处处低眉顺眼，事事谨小慎微，谁都不敢得罪，就会把自己活得唯唯诺诺、可怜巴巴。

　　三国时期的曹操藐视天下英雄，在他眼中，袁术、孙策等众多英雄豪杰，或为"冢中枯骨"，或为"守户之犬"，或为"虚名无实"，或为"碌碌小人"，无一可取，只有他与刘备是英雄；东晋谢安藐视苻坚，在他看来，什么百万之众，什么投鞭断流，无非一群"行尸走肉"，消灭尔等如"探囊取物"。我辈或许没有曹、谢那样的博大襟怀，但一样可以藐视那些拍马溜须的谄媚之徒，不管他们再有权势，也绝不与他们为伍。

　　列宁藐视帝国主义，嘲笑他们是"泥足巨人"；毛泽东藐视"一切反动派"，断言他们都是"纸老虎"。我们不可能有革命领袖吞吐宇宙、傲睨天下的气魄，仍然可以藐视那些巧取豪夺的贪官污吏，藐视那些鱼肉乡民的腐败分子，而且非常自信地"看他起高楼，看他楼塌了"。

　　阮籍藐视汉高祖刘邦，看不起他的流氓习气，说他是"时无英雄，使竖子成名"；李白藐视当朝权贵，让宰相杨国忠为其研墨，让宦官高力士为其脱靴。我们或许做不到阮、李"世人皆浊我独清"那般清高自傲，但也完全可以特立独行，洁身自好，藐视那些登龙有术的"新贵族"、发不义之财的暴发户。

南朝山水诗人谢灵运，藐视同行，傲睨诗坛，称"天下才有一石，曹子建独占八斗，我得一斗，天下共分一斗"；北宋名士刘少逸恃才傲物，目无余子，有妙联曰："目空天下士，只让尼山一个人。"我等大可不必像这两位那样狂妄自负、愤世嫉俗，但可于心平气和中藐视那些炒作出来红得发紫的娱乐明星、"小鲜肉"，藐视那些"用身体写作"的热闹异常的美女、美男作家。

藐视，除了对人，还可对事、对物。那些小恩小惠、蝇头小利、鸡虫得失，别人争得你死我活，用尽浑身解数，我不妨冷眼旁观，"不以物喜，不以己悲"。对如此贪财图利者，我藐视！还有评奖晋级、提拔升迁、评定职称、排名先后，在别人眼中重如泰山，志在必得，不然就死不瞑目，我则得之淡然，失之泰然，尽可一笑置之。对如此名利之徒，我藐视！

当然，打铁先得本身硬，藐视，也得有点资本才行。要"目空天下士"，自己就得才高八斗，学富五车；要藐视天下英雄如无物，自己就得是顶天立地的真英雄；要藐视那些蝇营狗苟之辈，自己就得是冰清玉洁的真君子。而且，要藐视点什么，不论对人还是对物，可能会让自己吃点亏，受点冷落，"进步"比别人慢点，"收益"比别人少点，"名气"比别人小点，却能使我们抬头挺胸、昂然平视，上不愧对于天，下不愧对于地，活得堂堂正正、坦坦荡荡。

果真如此，我们就会无所畏惧，不佞鬼神，敢议不平之事，敢批不义之人。哪怕你是世界首富、环球名人，哪怕你好运连连、官升如飞，只要来路不正、沾腥带污，我就敢藐视你——小人得志，什么东西！

此身、此时、此地

　　著名美学家朱光潜先生的座右铭是"三此主义"，即此身、此时、此地。他解释说："此身应该做而且能够做的事，就得由此身担当起，不推诿给旁人。此时应该做而且能够做的事，就得在此时做，不拖延到未来。此地（我的地位、我的环境）应该做而且能够做的事，就得在此地做，不推诿到想象中另一地位去做。"联想起来，朱先生着眼于现在、脚踏实地的"三此主义"，不仅于治学研究上有示范意义，而且在方方面面都能给我们以启发，与当今提倡的"空谈误国，实干兴邦"精神不谋而合。

　　此身，即干好我能干、该我干的事，绝不推诿于他人。此身，贵在有舍我其谁的勇气、非我莫属的担当、当仁不让的胸襟。朱光潜投身于美学研究时，中国美学还是荒芜之地，他就以大无畏的精神挺身而出，白手起家，苦心孤诣，筚路蓝缕，殚精竭虑。他女儿回忆说，"文革"后我劝过他："不要弄你的美学了，你弄了哪次运动落下你了？！再弄，也不过是运动再次来临的时候让你灭亡的证据。"他回答说："有些东西现在看起来没有用，但是将来用得着，搞学术研究总还是有用的。我要趁自己能干的时候干出来。我不搞就没有人搞了。"抱定此宗旨，他一生研究美学，虽为此几经磨难，受尽迫害，被戴上"洋奴""黑权威""牛鬼蛇神"等各种各样的帽子，却矢志不移，知难而进，"虽九死其犹未悔"，终于开创了美学研究的新天地，成为中国现代美学奠基人。

此时，即做事情要只争朝夕，此时能干的事情决不推到以后，要立刻做起来。古往今来，那些成功者都有一个共同特点：干事情雷厉风行，今日事今日毕，绝不拖拖拉拉。反之，那些失败者也有一个共同毛病：做事拖拉，懒惰敷衍，今天推明天，明天推后天，结果是"明日复明日，明日何其多；我生待明日，万事成蹉跎"。人生苦短，转眼就是百年，如果不珍惜时间，抓紧做该做、能做的事情，一旦时过境迁，青春不再，就会后悔莫及，"少壮不努力，老大徒伤悲"。因而，莘莘学子要惜时如金，发愤苦读，争取早日成为合格人才；领导干部要抓住机遇，造福桑梓，在有限任期内多做贡献；各行各业的人都要努力工作，服务社会，最大限度地实现自己的人生价值。"莫等闲，白了少年头"，抓住了时间，就抓住了未来，抓住了生命，抓住了成功。

此地，即立足于现有条件，在你所处的岗位做好你应做的事情，不幻想有了更好的环境和地方再去做。时空环境、客观条件都是相对的，如果想等各种条件都成熟后再去做，那就可能什么事也做不成。古人在《为学》中讲了一个故事。四川有两个和尚商议去南海朝圣，甲和尚说："我有一瓶一钵，足够路上所用。"随即就动身了。乙和尚则用一年时间考虑，又用一年时间做计划，事无巨细都想得非常周到，第三年用来准备，筹措资金、购买器材。当他兴冲冲地邀请甲和尚同行时，才知道人家已从南海回来两年了。这当然是笑话，而在现实生活中，因地制宜、因陋就简而获得成功的事也屡见不鲜。以王进喜为代表的大庆人"有条件要上，没有条件创造条件也要上"，发愤拼搏，自强不息，打了中国石油的翻身仗。我国的"两弹一星"也是在最困难的条件下起步，在外人"不可能成功"的预言下奋力推进，最终获得巨大成功，为中华民族铸造了可靠的护身神剑。无数事实说明，立足于现实，不等不靠，把握好此地，就没有做不成的事情。

　　立足此身，人生有价值；把握此时，成功有保障；抓住此地，无事不可为。

谁是人生赢家？

不知从多会儿起，"人生赢家"的概念开始走红。

曾几何时，"成功人士"还是社会上最时髦的词，现在则无情地被"人生赢家"所取代。因为前者指的是在某一方面突出的人，譬如做了高官，发了大财，著作等身，名声在外等，这只是个"单项金牌"；后者指的是事业有成、名利双收、婚姻美满、家庭幸福的人，可称其为"全能冠军"。

举例说明吧，贝克汉姆号称"万人迷"，仪表堂堂，飘逸潇洒，公众形象极佳；他足球踢得好，屡创佳绩，两次获"世界足球先生"第二名，还当选过欧足联最佳球员、英国最佳运动员。老婆辣妹长得漂亮，且是大明星；理财有方，家产数十亿；夫妻恩爱，相敬如宾；三个公子都是帅哥，一个女儿锦上添花。实在想不起来，他的人生还有什么缺憾，如果评选人生赢家，即便他不是世界冠军，也是前几名。

再回到国内看看，明星孙俪也是人生赢家之翘楚：演艺事业如日中天，各种大奖拿得手软；老公忠心耿耿，并与其比翼双飞；家财过亿，日进斗金；儿女双全，漂亮可爱。相貌、身材、事业、家庭通通可以打高分的孙"小主",不知被多少人心中暗暗羡慕嫉妒恨,感叹这样的人生才叫人生。她也是典型的人生赢家。

如果说明星不好比,再举个平民百姓的例子。网友"王火锅是火锅王"在微博上晒出了自己的硕士毕业照,非常引人注目。因为:1.她年轻貌美;2.今年硕士毕业,已经结婚,不仅有个一岁的萌儿子,肚子里还有一个女儿;3.夫妻相处甜蜜;4.住着有后院的豪华大房子;5.老公开着4S店,有车有钱……网友纷纷感叹:真是人生赢家啊!

或曰,20多岁的人就被称人生赢家还有点早,后边尚有不少变数,那就不妨说说我自己:在大学教书多年,桃李满天下;闲时涂抹些文字,有几本小册子问世,常被街坊戏称为"作家";身体基本健康,有几个小毛病都在可控范围;老夫妻相濡以沫,夫唱妇随;小女、女婿皆名校毕业,就职外企,薪酬不菲;我自己有房、有车、有存款,每年旅游数次。虽至今还未有人夸我是人生赢家,但我自我感觉良好,认为我的幸福指数并不比"小贝""孙俪"们低;如果再能得享长寿,那就更能理直气壮地宣称:我也是人生赢家!

英国人邓尼有本《人生赢家18法则》,我读过后,觉得他对人生赢家标准的归纳过于繁杂琐碎,依我管见简化为两条即可:事业成功,家庭幸福。所以,仅仅拿到高官厚禄不算,你能不能善始善终还不好说,晚节不保的官多了去了;仅仅有个叫"李刚"的爹不算,你自己不争气有啥爹也不行;仅仅开了辆保时捷不算,只会挥霍早晚要坐吃山空,富不过三代的规律可是经常应验的;仅仅娶了个比自己年轻十几岁的娇妻不算,夫妻是否和谐,家里是否和睦,只有自己知道。所以,当姚明驰骋篮坛、年入亿万时,人们只称他是"成功人士";当他娶妻生女、享受温馨的家庭生活时,人们终于艳羡地说——瞧,这才是真正的人生赢家。影星范冰冰、李冰冰,相貌、身材、事业、吸金各项指标均不亚于孙俪,可就比孙俪少了一条家庭幸福,因而,即便最慷慨的网友也不肯把"人生赢家"的桂冠送给她们。

　　要当人生赢家，说难也不难。要达到小贝、孙俪那样的"高大上"水准，确实不大容易，天赋、机遇、拼搏，缺一不可；而要向我这样的"下里巴人"水平看齐，不夸张地说，谁都能做到。只要努力工作，热爱生活，积极进取，处世以德，你我他都可能是人生赢家。

归来仍是少年

"愿你走出半生，归来仍是少年"，这是新近流传的很诗意、浪漫，也很时髦的一句话，中学生在作文里引用，大学校长在毕业典礼上吟诵，作家在文章里挥发，明星在微博里点赞。问其来源，或曰古人所遗，或曰今人之语，或曰老外进口。英雄不问出处，这句话亦是如此，让人喜欢、动情，这就够了。

"归来仍是少年"，当然是指精神与情怀，大半辈子过后，虽风风雨雨，起起落落，仍以赤子之心处世，情怀依旧，不忘初心。若论容貌，几十年过去，饱经风霜，即使再驻颜有术，善自珍重，也挡不住岁月这把"杀猪刀"，照样会白发苍苍，满脸沟壑。那些所谓不老的神话，要么是化妆之功，要么是整容之劳，或可骗得了别人，但骗不了自己。

史上而论，真正从身体与精神两个层面都能称得上"归来仍是少年"的，花木兰算是一个。"将军百战死，壮士十年归"，经过十几载冲冲杀杀的军旅生涯，能安然归来，已实属不易；回来后，还能以小儿女之心"当窗理云鬓，对镜贴花黄"，更是幸事。而在漠北牧羊十九载的苏武、出使西域三十一年的班超，归来时都已是老态龙钟，精力不济，去日无多，若还说"归来仍是少年"，就有些矫情了。

其实，若论岁数，致仕归来的贺知章年龄更大，他做官做到八十六岁才告老还乡，但其精气神与良好心态，却非常人可及，史称其"为人旷达不羁，有'清谈风流'之誉，晚年尤纵"，似乎更当得起"归来仍是少年"。读他的《回乡偶书》，"少小离家老大回，乡音无改鬓毛衰。儿童相见不相识，笑问客从何处来"，语句诙谐幽默、形象生动，果然是童心未泯，一片天真。可见，是否能"归来仍是少年"，与人的秉性、襟怀大有关联。

"走出半生"，是闯世界，打江山，难免磕磕碰碰，伤痕累累，甚至水火铁血，出生入死，绝大多数人会心变硬，情感变粗糙，手段变狠，"归来仍是少年"对他们来说是个笑谈。《牛虻》里的亚瑟，出走前是个容貌英俊、天真烂漫的少年，衣食无忧，单纯幼稚，因为一次重大变故，他不得不离家奔赴南美。13年后，当他带着一身伤残归来时，苦难的经历已把他磨炼成一个铁血硬汉，昔日的温情、柔情都荡然无存。《基督山伯爵》里的邓蒂斯，善良老实，因受人陷害，先是在死牢里关了14年，逃出来后又隐姓埋名8年，虽然还不到"走出半生"，但已成了一个快意恩仇的江湖大侠，报恩时慷慨大方，报仇时毫不留情，斩尽杀绝，一个也不放过。

正因为如此，"归来仍是少年"才难能可贵。"归来"是个内容丰富的词，与其相伴的可能是沧海桑田、星移斗转，也可能是物是人非、时过境迁；"归来"未必是真的告老还乡、回归故土，也可理解为人到中年或进入老迈。这个时候的你我，阅人无数，识尽千帆，"惯看秋月春风"，历经世态炎凉，虽见识了人性的丑陋，看到了世事的荒唐，受到过不公的待遇，但还是要留有几分赤子之心、少年情怀。不要太世俗、颓废，太圆滑、世故，更不能让仇恨蒙住双眼，让偏见污秽心灵。若是那样的话，你会每天生活在愤恨和郁闷之中，也会给周围带来阴郁的氛围。

大千世界，芸芸众生，不论漂泊再远，攀升再高，聚敛再多，收益再大，名头再响，最终都是要"归来"的。愿我们归来时，不要为那些身外之物所羁绊，不要为那些耀眼光环所迷惑，而略存几分少年意气、少年情怀、少年风采、少年心态，厚重而不失质朴，老成而不失单纯。这也就是古人推崇的那个境界："发已千茎白，心犹一寸丹。"

你得这样想

生活本来是辛苦的，倘若你从来就没觉得，那是因为有人在替你承受着那份辛苦。

譬如，你能在豪宅里围着壁炉，享受着温暖与光明，与妻儿甜言蜜语，怡然自得；那是因为有煤矿工人在漆黑、湿冷的井下奋力开掘，挥汗如雨。古人早就明白这个道理：正因为有了"战士军前半死生"，后方才能"美人帐下犹歌舞"。

生活从来都不容易，当你觉得容易时，那肯定是有人在替你承担属于你的那份不易。

你不想做饭了，来个"葛优躺"，叫份外卖，一个电话就什么都解决了，多容易的事。可是，外卖小哥那份辛苦你知道吗？早出晚归，顶风冒雨，无论寒暑，随叫随到，晚来一点，还要受到客户的斥责和投诉。

生活中充满了麻烦，当你感觉不到麻烦时，那就肯定是有人为你揽去了本该属于你的麻烦。

很多大学生直到走上社会，才发现生活中竟然有那么多麻烦事：找工作，租房子，办证件，搞装修，做饭，洗衣，采购，搞卫生，把人都烦死了——还不算恋爱、结婚、生孩子。别忘了，这些麻烦以前都是你父母默默承包了。鲁迅早在《我们现在怎样做父亲》中写道，父亲们"自己背着因袭的重担，肩住了黑暗的闸门"，就是为了孩子的幸福与光明。

生活里有很多风险，但你似乎从未感觉到，那是因为有人在替你面对那种种危险。

譬如，当火灾发生时，只要不是在你的小区，你可以远远望着大火浓烟，指指点点；可是消防队员却在冒着生命危险与烈火搏斗，时刻面临着死伤的可能。如果不是他们在火场浴血奋战，大火烧到你的家里也不是不可能的事。

生活里有无数困难，曲折艰辛，阻力重重，如果你对此并无多少体验，感觉到的都是一马平川，那一定是有人在你的前面逢山开路，遇水架桥，筚路蓝缕，以启山林。

没有老愚公的挖山不止，也许今天太行、王屋两座大山依然阻碍交通；没有古人钻木取火，人类也许还生活在茹毛饮血时代；没有神农的尝百草，不知会有多少人死于疾病。

如果想不到这些，只会心安理得地享受，觉得这一切都是你理当拥有的，是花钱买的，是老一辈传下来的，是祖坟修得好，这样想当然也不能算错，但至少说明你的冷漠是在平均值之上，而情商却是在平均值以下。

因而，如果有起码良知，你就应该这样想，活得这么滋润安逸，我们该自觉感恩。感恩造物主是空泛的，真正要感谢的是那些付出艰苦劳动，使我们活得舒服、顺心、愉悦、幸福的人。如果做不到感恩，退而求其次，就该领情，承认是因为有些人的牺牲、奉献、奋斗、忍耐、劳碌，才换来了我们美好的今天。如果连领情都不愿意，至少要做到惜福，珍惜这来之不易的幸福与舒适，身在福中要知福，不要当败家子。如果这三样都做不到，那么你就没有起码的良知，甚至连说"何不食肉糜"

的晋惠帝都不如。

人生在世，艰辛多难。天上不会掉馅饼，任何享受都是有代价的，有时须自己付出代价，有时是他人为你付出代价。而且资源是有限的，能共赢的机会很少，你若占有了，别人就没机会了，夸张一点说，就叫"一将功成万骨枯"。因而，那些正在享受生活的人、顺风顺水的人、吃香喝辣的人，都应这样想，你的幸福舒适、你的事事如意，就是因为有人在默默地支持你，在分担本该属于你的困难与艰辛，他们也许很不起眼，平凡如小草、瓦砾，但如果离开他们，你可能什么都玩不转，什么都不是。

衷心为那些默默无闻的劳动者点赞，你们才是真正伟大的人！

人要智慧干什么？

　　我正在家里看书，突然接到一个诈骗电话。这一时激起了我的好奇心，也正好想休息一下，我就耐心按照骗子引导的步骤走下去，足足用了10分钟才完成这个过程，到最后骗子让我打钱时，我戛然而止，让骗子的激情表演功亏一篑。我虽没有中招，但平心而论，这个骗局环环相扣，无懈可击，成功率一定不会低。我在想，设计这样一个高明的圈套，该有什么样的智慧水平啊，若能把这些智慧用到正途上，比如搞发明创造、著书立说，会取得怎样的成就？也真可惜了这些聪明脑瓜。

　　散文家韩小蕙也讲了这样一个故事：她认识一位沪上女士，聪明过人，十余年前留学某国。通过假结婚手段，不仅贷到了高额学费款项，还按月领取某国给予本国居民的生活保障费，又免缴了许多税费。等她拿到学位后，假婚约一撕，回国工作，如今年薪逾百万，却根本不曾打算归还欠账，还沾沾自喜于自己的"智慧"与某国的愚蠢。每每炫耀于人，不以为耻，反以为荣。

　　上周日，妻子参加全国职称英语考试监考。据她说，考生进门时，手机要统一上交；还要接受像机场安检那样严密的检查，监考老师拿着电子检测仪在考生身上查来查去；还要开通每个考场的屏蔽设备，以防止通过各种电子设备来传送答案。但是，考试中检测仪器仍监测到了不知从哪里传送来的作弊信息，也不知哪些考生收到了，最终也没查出来，只能令人感叹"道高一尺，魔高一丈"。考试作弊，早已从夹带、小抄时代进入电子信息时代，各种用来考试作弊的电子仪器令人眼花缭乱，更让监考老师防不胜防。

每年的"三·一五"晚会，则是对各种假冒伪劣产品的大揭露、大展示。瘦肉精、苏丹红、吊白块、三聚氰胺、孔雀石绿，这些有毒的食品添加剂，无一例外是智慧的结晶，没有一定的专业水平和灵光的大脑，是弄不出来这些玩意儿的。造假，也是需要高智商的技术活。假奶粉、假烟酒、假饮料、假牛羊肉、假鸡蛋、假海参……无假不成席；假结婚、假离婚、假房产、假发票、假文凭、假古董……无假不成事。造假水平之高，天衣无缝，以假乱真，让人不佩服都不行。

智慧，莫非就用来干这些鼠窃狗盗的事？真是暴殄天物啊！智慧，是人类所特有的心智表现，是上天的慷慨厚赠。人拥有智慧，是长期进化的结果，上百万年的优胜劣汰，使人一代比一代聪明，使人更具有智慧。造物主赋予人智慧，是要其用来改造世界、创造财富的，是用来认识自然、探索规律，使我们的生活变得更美好的。牛顿、爱因斯坦的智慧，推开了当代科学的大门；莱特兄弟的智慧，让人类开创了航空时代；莎士比亚、雨果、托尔斯泰的智慧，丰富了人类的文化生活；伏尔泰、卢梭、孟德斯鸠的智慧，开启了自由、民主、博爱的新纪元；袁隆平的智慧，使农民多生产了几千亿斤杂交水稻，造福了亿万苍生……

因而，莎士比亚说："智慧是灵魂的太阳。"罗素说："智慧是人类最大的财富。"高尔基说："智慧是推动世界前进的动力。"为智慧唱多少颂歌都不为过。但千万不要忘了，"龙生九子，各有所好"，智慧固然可以用来奉献社会，造福苍生，但也可以用来违法乱纪，造孽害人。所以，我们在努力增长智慧的同时，一定不要忘记对智慧进行道德的引领，让智慧之泉流淌在真善美的渠道，让智慧之树结满诚信之果，让智慧的太阳不受乌云遮挡。从这个意义上来说，"德智体全面发展"是一句老话，也是永不过时的真理。

人要智慧干什么？每个人，特别是高智商的人，都要明明白白。否则，智慧可能助你一飞冲天，也可能帮你走向地狱。

"示弱"是一种禅

禅，是一种锻炼思维、生发智慧的生活方式。"示弱"也是一种禅，是智慧的一种表现。

示弱，即表示自己软弱，不敢同对方较量，说自己不是对方的对手。人会示弱，动物也不例外。动物头脑简单，一般不会造假，见了强者，倘自觉不如，就会夹起尾巴，俯地打滚，小声呜咽，舔对方的皮毛等，这都是示弱的表现。人的示弱，则要复杂得多，有时示的是真弱，有时示的是假弱，真真假假，虚虚实实，让人很难看清其"庐山真面目"。

翻检历史，备受羞辱、忍辱负重的勾践，以大局为重、不与廉颇较劲的蔺相如，三年不鸣、一鸣惊人的楚庄王，主动认怂、忍受胯下之辱的韩信，鸿门宴上卑言谦辞的刘邦，攻下天京后自解兵权的曾国藩，羁留京城流连酒楼妓院的蔡锷，都是主动示弱的智者。他们虽受了一时之辱，失了一些面子，但都笑到最后，成为历史的强者。这种示弱，就成为名垂千古的一种以退为进的策略。

《三国演义》里，主动示弱的例子最多。刘备寄身于曹营时，怕曹操起疑，故意装作胸无大志的样子，没事就去挑水种菜、打扫卫生。与曹操青梅煮酒论英雄时，更是装疯卖傻，自我贬低，行韬晦之计，终于逃出牢笼，自立门户，成就一番伟业。

司马懿面对大将军曹爽的步步紧逼，装病示弱，给人气息奄奄、去日无多的印象，结果麻痹了对手，使其放松警惕。当曹爽很放心地离开京城后，司马懿立即带兵给他致命一击，不仅端了他的老窝，要了他的小命，也接管了曹氏江山。

示弱的反义词是逞强。逞强，一是虚荣的表现，二是为了吓阻对方。眼镜蛇立起身子，狼蛛发出嘶嘶怪叫，雄狮耸起鬃毛，野狗拼命狂吠，豪猪竖起长刺等逞强表现，或为吸引异性，获取青睐，或为吓退对手，求得自保。其实不少都是外强中干，虚张声势。人也是一样，《水浒传》里的洪教头和林冲比武，一开始洪教头气势汹汹，张牙舞爪，连续进攻，志在必得。而林冲却故意示弱，几招过去，就发现洪教头的破绽，一棒把他打翻在地。洪教头的逞强，就成了可笑的自欺欺人的表现。

马基雅维利在《君主论》里有一句名言："一个君主要兼有狐狸与狮子的特点，知道何时当狮子，何时当狐狸。"也就是说要弄明白，何时当大爷，何时装孙子，何时示弱，何时逞强。在康熙晚年时期，"太子党"和"八爷党"为接班而斗得你死我活，乌烟瘴气。老四胤禛却装作胸无大志，一心办事，读书礼佛，尊老爱幼，一副与世无争的样子。结果，"无意插柳"的他乱中取胜，上台后就成了凶猛的"狮子"，处理"八爷党"，严惩贪官，收拾隆科多，拿掉年羹尧，心狠手辣，雷霆万钧。雍正把示弱这个禅算是玩活了，玩出名堂了。

还有一种善意的示弱。演员林志玲，人高马大，为了不使和她合影的人"自惭形秽"，她一般都穿平底鞋，而且故意地压低身型，以使自己显得低一点。和乒乓名将刘国梁合影时，她故意让刘国梁站在小凳子上，显得比自己还高半头，取得了很好的喜剧效果。不像有的女明星，本来个子就不低，还穿着恨天高的高跟鞋，让与她合影的人很有压抑感。因而，林志玲虽演技一般，作品不多，却人缘很好，人气很高，善解人意和巧妙示弱都成了她的加分项目。

不过，说到底，示弱只是个手段，是为了在实现目标时少一些阻力，少付点代价，少引起误会。因而，示弱只能偶尔为之，不可能作为常态去坚持。正常情况下，人与人之间还是应坦诚相见，直抒胸臆，不搞假的虚的，简简单单的人际关系会更受欢迎。至于战场厮杀、商场竞争、运动场角力之时，要否示弱抑或逞强，那又另当别论。

做人无非这些事

人生就是由无数的事组成，有大事小事、好事坏事、难事易事、喜事哀事。打理好这些事，就是成功人生；对付不了这些事，生命则必然暗淡。

干好一件事，人生无憾事。人生苦短，能扎扎实实干好一件事，干出名堂，干出成就，便无憾于人生。达尔文发现人是猴变的，曹雪芹写了本《红楼梦》，莱特兄弟把飞机整上天，乔丹成了篮球巨星，袁隆平弄出了杂交水稻等，就是典型例证。

胜败乃常事，不必当回事。人生有起伏，行路多崎岖，胜败乃兵家常事，也是人生常事，不必把它看得太重，萦绕于怀。重要的是胜不骄，败不馁，得意淡然，失意泰然，哪怕被击倒99次，只要能在第100次站起来，你就有胜利的可能。

天下本无事，没事别找事。天下原本没那么多事，许多事都是人自找的，有人就是活得不耐烦了，喜欢无事生非，四处惹事。周幽王烽火戏诸侯，杨贵妃与安禄山厮混，西门庆招惹潘金莲，贾天祥骚扰王熙凤，这些人不是自己惹事吗？

有事不怕事，坏事变好事。有些我们不喜欢的事不以人的意志为转移，早晚要发生，但只要不怕事，就没有对付不了的事。从容应对，见招拆招，水来土掩，兵来将挡，说不定就会逢凶化吉，否极泰来，把坏事变成好事。

贵在会办事，难在会来事。人生最重要的能力就是会办事，别人办不了的事你能办，别人都认为办不成的事你办成了，那就是本事，不服不行。会来事即说话得体，热情周到，会逢场作戏，知眉眼高低，能广结善缘。会办事加上会来事，你就会天下无敌。

大事当小事，小事当大事。世间本无大事小事，把大事当小事办，是战略上藐视敌人，有必胜的信心，有无畏的勇气，"虽千万人吾往矣"；把小事当大事办，是战术上重视敌人，不因小事而马虎，就不会大意失荆州，阴沟里翻船。

天下无数事，除死无大事。人在一生中要遇到无数闹心的事，什么高考折戟，恋爱受挫，创业失败，应聘被拒，炒股亏本，生意破产，乌纱被摘，都会令人感到痛苦和无奈。但与死相比，这些都是不足挂齿的区区小事，应以达观态度待之，权当是在感受不同的人生风景！

不怕麻烦事，笑对倒霉事。人生不如意事十之七八，就包括那些麻烦事、倒霉事。既然绕是绕不过去，那就索性横下心来，一是不怕，人生来就是解决麻烦的，没有麻烦还要我们干什么；二是笑对，倒霉事来了，哭也是一天，笑也是一天，那就笑吧，笑比哭好。

不做亏心事，少遇烦心事。事在人为，境由心造。做好事、善事的人，情有寄托，心绪安稳，安享赞誉褒奖；做坏事、恶事的人，睡觉不安，心神不宁，担心会遭报应。不论违法乱纪，还是胡作非为，一日亏心逆道，早晚难逃惩罚。

不就那点事，那还能叫事。祸福无常，不爽的事情来了，躲是躲不过去的，与其心事重重，满脸愁容，不如苦中作乐，诙谐幽默。告诉自己，其实没啥大事；劝解亲友，这根本就不算事。这样举重若轻，若无其事，既解脱自我，又轻松他人，何乐而不为。

认真去做事，世上无难事。世界上怕就怕认真二字，做事心不在焉，吊儿郎当，就什么事也做不成；反之，做事认真，兢兢业业，一丝不苟，全神贯注，再加上坚韧不拔、水滴石穿的不懈坚持，世上就无不可为之事，就没有完不成的事。

人生是来享受的，更是来干事的，该干的事干完了，心无挂牵了，生命也就走到尽头了。有人"了却君王天下事，赢得生前身后名"，有人"家事国事天下事，事事关心"，有人"多少事，从来急"，有人"每临大事有静气"，最终皆是一个结局："古今多少事，都付笑谈中。"

欲为大树，耻与草争

无意中看到网上有一句话："欲为大树，耻与草争。"这句话颇具禅意，深得我心，令我不由浮想联翩。

记得著名作家杨绛曾借翻译英国诗人兰德那首著名的诗，写下自己无声的心语："我和谁都不争，和谁争我都不屑。"杨绛虽似柔弱女子，实为参天大树，她一辈子都不与人争，不是她不会争，也不是她争不过，而是她根本就不屑于去争。我既然身为大树，和小草争什么劲，和它们去争，闹得脸红脖子粗，只能是自降身份。因而，遇有纷争，她只是一笑了之，默默地把根往深处扎，静静地把枝条向高空长，不知不觉间自己就长成了巨树。

《史记·淮阴侯列传》里有个故事，说的是汉初韩信无端被楚王降封为淮阴侯，心颇不平。有一次，他顺便去看望樊哙，樊哙跪拜送迎，十分恭敬。出来后，韩信苦笑着说："没想到我居然要与樊哙之流为伍。"后来就有了一个成语叫"耻与哙伍"。在韩信眼里，自己就是棵大树，枝繁叶茂，根深干粗，率百万大军南征北战，立下不世之功，而"樊哙"们不过是树下的小草而已，与你们为伍我都引以为耻，与你们争更会弄脏我的手。这个成语后来被引申来指不愿与粗鄙庸碌之人为伍。

还有东汉著名的"大树将军"冯异,在刘秀统一天下的过程中,任征西大将军,为平定关中屡立战功。但他为人厚重高义,谦恭内敛,每当行军休息时,那些将领们就在一起争功,总是争得面红耳赤,冯异以此为耻,经常独自退避到树下,以求耳不闻为净。

唐代边塞诗人岑参,也是个很有个性的人,他才华横溢,清高孤傲,一向看不起那些争名于朝、争利于市的庸人,既不愿与他们为伍,更不屑与他们争来争去,于是两度出塞,久佐戎幕,在边疆建功立业,并以诗明志。他在《优钵罗花歌》中写道:"耻与众草之为伍,何亭亭而独芳。何不为人之所赏兮,深山穷谷委严霜。"其实他也是以物喻人,在写他自己。

这些都是堪称大树级的人物,均为方方面面的翘楚。耻与草争,不是说他们已看破红尘,全无功利之心,更不是说他们只会逆来顺受,不会回击外来的挑衅与纷争,而是因为其有更高的志向,对自己有更大的期许,瞄准的是更远的目标,因而绝不会把时间与精力浪费在一些无谓的争执上,不会为了一些鸡毛蒜皮般的小事影响自己前行的步伐。他们会非常镇定地像抹去蛛丝一样,把小人下的绊子扔在一边,昂首挺胸,一路疾行。

当然,他们也要去争,但那也是大树之争,是棋逢对手、将遇良才之争,是刘邦与项羽的楚汉之争,是王阳明的心学与程朱理学之争,是左宗棠与李鸿章的海防陆防之争,是玻尔与爱因斯坦的量子纠缠之争……他们选的是与自己处于一个等量级的对手,决不与无名之辈纠缠。所谓大树之争,看似默默无闻,其实在暗地里蓄养生机,悄悄地培植元气,他们轻易不出手,一出手必不同凡响。不像小草之争,一阵风吹来,便摇头晃脑,得意忘形;有点雨水,就急速膨胀,争夸颜色。正因为如此,世界上有老树、古树、巨树,而没有老草、古草、巨草;涝上十天半月，大树不动声色，旱他一年半载，大树依然如故，而那些草草花花怕是早已难觅踪影。

因而，有大志向、大才具、大作为之人，既然以大树自诩，有栋梁之期，就不要与那些庸俗之人一般见识，就不必与那些宵小之徒争吵攀比。遇到他们"谤我、欺我、辱我、笑我、怪我、贱我"，不妨想想拾得和尚的话："只是忍他、由他、让他、避他、耐他、净他，不要理他，再过几年，你再看他！"

怕 与 不 怕

人生在世，总要怕些什么，还要不怕些什么。怕，是来自心理的恐惧；不怕，就是战胜了恐惧感。怕，使我们有所敬畏，循规蹈矩；不怕，使我们勇于进取，有所作为。因而，天不怕地不怕，什么都不怕的人是愣头青，早晚要吃亏；前怕狼后怕虎，什么都怕的人是胆小鬼，啥事也干不成。

说到怕与不怕，我们谁都能轻轻松松就罗列一大堆例子。譬如与人争吵要嘴下留德，即所谓树怕剥皮，人怕揭短；做事兴业要兢兢业业，世界上怕就怕"认真"二字等。早些年有一首很著名的歌曲，第一句就是"东风吹，战鼓擂，现在世界上究竟谁怕谁？"。晚清时有个怪圈："官府怕洋人，洋人怕百姓，百姓怕官府。"老百姓常说：瞎子不怕天黑，聋子不怕打雷，矮子不怕天塌，胖子不怕天冷，穷人不怕造反，富人不怕花钱。军营里都知道这句话：新兵怕炮，老兵怕号。社会上呢，劫匪怕巡警，小偷怕便衣，超生的怕罚款，无证摊贩怕城管，贪官怕反贪局请喝咖啡。

怕人是一种怕。再厉害的人都有让他害怕的人。李世民怕魏征，是因为魏征提意见总是很尖锐，常让他下不了台。李逵怕燕青，是因为燕青善相扑，两人一起出差，李逵一犯浑，燕青就摔他一跟头，摔得他服服帖帖。孙猴子怕唐僧，这谁都知道，是怕师父念紧箍咒。胡适怕老婆人尽皆知，胡适一生虽名闻天下，光博士就弄了好几十个，可就是在老婆面前伸不直腰，自嘲是"惧内协会"会长。陈赓怕彭德怀，因为彭老总铁面无私，疾恶如仇，不苟言笑，原则性极强。李娜怕小威，基本上是见一回输一回，已连输十次，一物降一物，这也是没办法的事。

怕事也是一种怕。因为胆小而怕事是一种，因为麻烦而怕事又是一种，没事找事又怕事是另一种。人生来就是做事的，做事就不能怕担风险，怕负责任，怕得罪人，怕神灵怪罪，怕秋后算账，如果这也怕，那也怕，就什么事也干不成。还有一种情况是那些形形色色的麻烦事，处理起来耗时耗力，曲折复杂，但事情来了，怕也没用，只有勇于面对，水来土掩，兵来将挡，才能解决问题。做事与处理事是生活的基本内容，正确的原则是：有了事不怕事，没有事不惹事。"中国人死都不怕，还怕困难吗？"（毛泽东语）

怕，有时也是一种境界。于谦怕有污清白，拒收礼品馈赠，并以诗言志："粉身碎骨全不怕，要留清白在人间。"包拯怕子孙有贪贿者，在家训中严申："后世子孙仕宦有犯赃滥者，不得放归本家。亡殁之后，不得葬于大茔之中，不从吾志，非吾子孙。"周恩来怕辜负人民期望，拼命工作，任劳任怨，日理万机，力撑大局，鞠躬尽瘁，死而后已。齐白石怕虚度光阴，就珍惜时间，只争朝夕，每日作画，风雨无阻，不教一日闲过。

不怕，也有自己独特的风采。初生牛犊不怕虎，方能不怕困难，无畏艰苦，干成一番事业。不发不义之财，不干违法之事，不涉醒醯之地，洁身自好，为人不做亏心事，就"不怕半夜鬼敲门"。不怕权威，不怕陈规陋习，敢于挑战名家，勇于推陈出新，方可青出于蓝而胜于蓝。不怕失败，不怕挫折，"不怕鬼，不怕魅"，再远大的目标也有实现的一天。回首平生，青年时不怕，老年时不悔，才是圆满的人生。

怕与不怕，浸淫在我们漫长而复杂的一生，与我们朝夕相伴。关键是要分清什么该怕，什么该不怕，怕要怕到什么程度，不怕要掌握什么分寸。什么都怕的人没出息，什么都不怕的人很可怕。

轻飘飘的"怀疑人生"

"怀疑人生"是最近媒体中出现频率很高的一个词。譬如，失恋的痛苦让他怀疑人生，创业失败让他怀疑人生，高考受挫令他怀疑人生，一场大病让他开始怀疑人生，朋友的背叛让他怀疑人生，韩国小将被老将马龙打得怀疑人生，草根歌手一张嘴顿时让那些专业歌手开始怀疑人生，勇士队队员把詹姆斯打得怀疑人生……

怀疑人生，指一个人因遇到重大变故或打击，人生观往消极、颓废方面转化。如突然觉得自己没有了生存价值，以前兴致勃勃干的事现在没心思干了，对于自己人生目标的正确性也不自信了，甚至于看破红尘，万念俱灰。

社会上一下子突然间冒出那么多的"怀疑人生"，让我等这些从未"怀疑人生"的人也未免感到惶恐，莫非真的落伍了，跟不上趟了，要被淘汰了？而且居然也差一点因此就"怀疑人生"了。当然，平心而论，"怀疑人生"言论的大批上市，时髦一时，其实多半都是那些喜欢搞"标题党"的记者的夸张之语，并非真的人人如此。如果摔个跟头，生一场病，受一次气，打场败仗，偶尔失利，就随随便便、轻飘飘地"怀疑人生"，一蹶不振，那人生也太脆弱、太不堪一击了。

人生在世，不论是名流贤达，还是贩夫走卒，都有自己的人生原则、人生目标。他们或因为受到教育，或接受熏陶，或自我觉悟，总会有一系列的思想观念、信条戒律在左右着自己的行为，支撑自己的精神生活。这些人生观的内容都很重要、很珍贵，不可或缺，少了、歪了、残了都可能会出事。最重要的是要把握两条：一是人生观要方向正确，合乎道义，充满正能量，于国于民于己皆有益；二是人生观要坚定不移，稳如磐石，不会轻易动摇，即所谓"咬定青山不放松，任尔东西南北风"。

人这一辈子谁都不可能一帆风顺，更不会万事如意。碰到沟沟坎坎，遇到起起落落，遭逢意外灾病，败于强劲对手等，都是再正常不过的事，这与实力、运气、投入和努力程度有关，而与人生观无涉。一个人如果真到了秦琼卖马、关羽走麦城的困窘境地时，首先应该检讨的是自己的实力和水平、奋斗精神和努力程度，而不是轻易就怀疑自己的人生观，改变自己的人生信条，摧毁自己的人生信念。因为那固然最容易，但也最不能解决问题，最没有出息，最为人所轻视。

说到"怀疑人生"，遭到群小陷害的屈原，被处以宫刑的司马迁，劳苦功高、终生未封的李广，险些被冤杀的苏东坡，屡遭贬谪的范仲淹，报国无门的辛弃疾，喋血菜市口的谭嗣同，屡战屡败、屡败屡战的孙中山，三起三落的邓小平等，都绝对有"怀疑人生"的资格。但是，他们却个个铁骨铮铮，矢志不渝，或"虽九死其犹未悔"，或"一蓑烟雨任平生"，或"男儿到死心如铁"，或"我自横刀向天笑"，没有一点颓唐，没有一点动摇，没有一点彷徨，没有一点犹豫，在其或长或短的人生道路上尽写辉煌，千古流芳。

狂风难撼大树，盖因其扎根之深；巨浪对礁石无奈，盖因其坚不可摧。同样，那些容易"怀疑人生"的人，究其根由，还是人生观扎根太浅，不够坚定，意志过于脆弱，一触即垮。因而，还要多学习、多历练、多思考、多磨砺、多经风雨见世面，久而久之，心硬了，志坚了，成熟了，就不会再遇事就"怀疑人生"了。

人生丰富多彩，本身就包括胜败、顺逆、起伏、得失。得势时固然要"人生得意须尽欢"，失势时也切勿轻言"怀疑人生"，因为那只不过是天空飘来的一片乌云，咬咬牙，挺过去，就会是春光明媚，艳阳高照。

用好人生"关键词"

写文章时要有关键词，用好关键词，可起到提纲挈领、突出重点、把握方向的作用。人生也是如此，用好人生关键词，可使人明确方向，发力适当，少走弯路，事半功倍。

人生多歧路，目标选择的差异很大，每人都有自己的关键词。而对于一个渴望事业成功、有所作为的人，则应用好四个关键词：不害怕、不懈怠、不纠缠、不后悔。

不害怕。不怕穷，才能穷则思变，白手起家，走出贫困，李嘉诚、霍英东、包玉刚、王健林、马云这些豪门巨富，个个都是这样走过来的；不怕苦，以苦为乐，甘之如饴，才能苦尽甜来，"嚼得菜根，百事可做"；不怕困难，藐视困难，知难而进，迎难而上，才能在与困难的较量中不断前进；不怕权威，敢于挑战，敢想敢干，无所顾忌，才能造就长江后浪推前浪的进化态势。还要不怕失败挫折，不怕嘲笑挖苦，"不怕鬼，不怕魅"……

不懈怠。人生在世，潜力巨大，能量无限，只要坚持不懈，自强不息，就能创造出种种人间奇迹。所谓不懈怠，一是绝不能懒惰。不要怕干活，要勤于动手、动脑，有了想法，就赶快去干，建功立业就要靠勤奋。游泳名将菲尔普斯在北京奥运会八夺金牌，七创纪录，"气吞万里如虎"，就是天赋加勤奋的结果。二是不能降低奋斗标准。对自己要高标准、严要求，不能得过且过，能混就混；工作、学习、事业上，都要向高人看齐，争乎其上；有了过失，不要轻易原谅自己，要吃一堑长一智。唯有这样，才能有希望踏上成功的坦途。三是要勇于拼搏。世间事都如同逆水行舟，不进则退，物竞天择，优胜劣汰。因而，务必要有拼搏精神，不怕竞争，争强好胜，敢于跳起来摘桃子，不怕与强手过招，在拼搏中壮大自己，实现人生价值。

不纠缠。为何有些人活得很累，其中一个重要原因，就是被许多并非必需的事和情纠缠着，如牛负重，如绳缚身。睿智者绝不在纠缠中流连，在无聊中虚耗。他们不与往事纠缠。一个正大步前行者，要聚精会神，用出全力，无暇回顾往事。而那些终日纠缠于往事者，则愚不可及，难成大事。他们不与情感纠缠。人生在世，总会有些七七八八的情感纠葛，过去就过去了，大可不必萦绕在心，念念不忘。倘若整天想着对不起这个，对不起那个，除了折磨自己，毫无意义。还要不纠缠于细枝末节。"大行不顾细谨，大礼不辞小让。"一旦方向路线定了，就下决心去走，而不管路上会有崎岖坎坷；大政方针定了，就坚决去执行，而不为那些磕磕碰碰动摇决心。不纠缠的人，负担最轻，麻烦最少，可轻装上阵，步疾行远；不纠缠的人，心无旁骛，专心致志，能高效作为，事半功倍。

不后悔。或因缺乏经验没把事情做好，或因年轻气盛伤害了他人，或因大意、疏忽没把握住机会等，都是很容易让人后悔的事。而后悔这种情感是很折磨人的，同时又于事无补。所以，达观的人决不让后悔这种情感老是笼罩在自己的心间，偶有后悔心理，很快就会用积极的心理来调整自己。毕竟，世间万事，用黑格尔的话来说，存在的都是合理的，事情既然发生了，就肯定有其发生的理由，所以，不必后悔。退一步说，即使让你重活一回，你照样还会犯错误，依旧免不了走弯路，还是成不了圣贤。诚如明人吕坤在《呻吟语》中所言："悔前莫如慎始，悔后莫如改图，徒悔无益也。"

用好这四个"关键词"，立身处世不害怕，建功立业不懈怠，心胸开阔不纠缠，坦然既往不后悔，我们就会度过充实而又有意义的人生，不白活一回。

要有理想，不要"理想化"

做人一定要有理想，这是无可置疑的。没有理想的人生，缺乏激情和乐趣，就好像失去风帆的船、没有动力的车，最终难以逃脱平庸或失败的结果。所以，苏格拉底说："世界上最快乐的事，莫过于为理想而奋斗。"马云也说过："人一定要有理想，万一实现了呢？"

但是，人固然要有理想，却不能"理想化"。因为理想很丰满，现实很骨感；理想化很诱人，实际上不存在。大千世界，七十二行，无论干什么事情，如果以理想化为标准来要求，那就肯定会碰壁砸锅。道理很简单，所谓"理想化"，就是不考虑任何干扰因素，一切按照最完美的状态发展，但这是根本没办法实现的一种状态，只能留在纸上或梦想里。

人往高处走，水往低处流。人人都希望找到理想的工作，但求职千万不能理想化。不少人都曾幻想找到这样的工作：工资高，待遇好，奖金多，津贴厚，活既轻，又安全，离家近，名声好，工时短，假期长等。假如真有这么理想的工作，也早被人抢光了，绝不会轮到你我的。毕竟，老板要讲利润，计算投入产出，不会出大价钱养个闲人；政府要讲效率，强调各司其职，也不会用高工资哄个懒汉。

谈恋爱时，想找到理想的伴侣，郎才女貌，情投意合，亦属于人之常情，无可非议。但如果一定要把爱人理想化，要求另一半貌比潘安，才胜曹植，家资要厚，收入要丰，学历要硬，工作要棒，豪宅要宽，车子要靓，谈吐要雅，学问要大，名气要响，还要进得厅堂，下得厨房，上山能打虎，下海能擒龙……那你就准备打一辈子光棍吧。世间那些剩男、剩女，大都是这么挑来挑去，吹毛求疵，高不成低不就，结果就把自己剩下了。因为世界上根本没有这样十全十美、无可挑剔的人。

水至清则无鱼，人至察则无徒。交朋友也是如此，如果一定要找到肝胆相照、生死与共的朋友，就像管鲍之交、桃园三结义、钟子期与俞伯牙那种理想化的朋友，恐怕也是难于上青天，因为那种纯而又纯的友谊也只是见之于小说与传奇。因而，交友也不能苛求，现实生活中，有共同语言，有一致爱好，彼此性格相投，遇到难处能施予援手，这样的朋友便可称难得的挚友，交上个把就算是烧高香了。

还有创业，千万不要妄想一口吃成个胖子，一说创业就梦想日进斗金，财运亨通，干电商压过马云，搞房地产超过王健林，跻身富豪排行榜，那就过于理想化了，也太脱离实际了。还是像王健林建议的那样，"先定个小目标"，开个小公司，揽点小项目，做点小生意，挣点小利润，然后慢慢发展，稳扎稳打，抓住时机做大自己，向着自己的创业理想进发。

一个人成熟的标准之一，就是能分清理想与理想化的区别，坚守自己的人生理想，扎扎实实地为理想而奋斗；同时放弃理想化的梦幻，不再做玫瑰色的梦，不幻想会出现奇迹，不奢望天上掉馅饼。如果说那些涉世未深、不谙世事的青少年有点理想化的想法，尚可理解，社会和现实会慢慢教会他们如何分清理想与理想化的；一把年纪的成年人若还执着于理想化，信奉完美主义，对人求全责备，做事要求尽善尽美，那就未免有些执迷不悟，愚不可及，结局肯定会很可悲的。

　　有时候，我们就得对自己说：差不多就行了。这与其说是对现实生活的妥协，不如说是洞察世事的精明。有人嘲笑说理想不能当饭吃，理想主义过时了，未必有道理；而说理想化是慢性毒药，则是确凿无疑的。

"享受"与"忍受"

　　人生在世这几十年光景，大抵是在享受幸福与忍受痛苦中交替度过的，就如同一枚钱币的两面，相辅相成，相依相存，所差别者，就是某一面出现的次数不同而已。但无论是谁，都不可能只占有享受幸福的一面，而拒绝忍受痛苦的一面。

　　追求幸福，追求享受，是世人天性，与生俱来，无师自通，犹如日月经天、山河行地，无可非议。因而，人们尽情享受着童年无忧无虑的生活，享受着"人约黄昏后"的美好，享受着"洞房花烛夜"的甜蜜，享受着功成名就后的喜悦，享受着儿孙绕膝的天伦之乐。但另一方面，人们又不得不忍受生老病死等各种痛苦，要忍受病痛的折磨，忍受死亡的恐惧，忍受贫困的煎熬，忍受离别的思念之苦，忍受被人误解、歧视的委屈，忍受恶劣气候的肆虐，忍受生活条件的艰苦，等等，不一而足，这也是在所难免的事。

　　日月交替，昼夜循环，人不会总是享受幸福，也不会总是忍受痛苦。享受之后可能就是忍受，是谓乐极生悲，物极必反。纨绔子弟们恣情享受祖上留下的财产，夜夜笙歌，纸醉金迷，等待他们的就只能是忍受败家后的潦倒生活。所谓"富不过三代",就是因为那些败家子过度预支了对生活的享受,所以才会出现"金满箱,银满箱,转眼乞丐人皆谤"的败落悲剧。以此类推,大千世界,芸芸众生,有出生之喜,也有亡身之悲;有热恋时的如胶似漆,也有失恋后的痛不欲生;有大鱼大肉的饕餮之状,也有"三高"超标的病态之身;有滥用职权、巧取豪夺的畅快淋漓,也有中箭落马、身陷囹圄的悔恨莫及。天道好还,人皆难逃,谁都别想成为例外。

另一方面,忍受痛苦之后也可能是享受幸福,即所谓先苦后甜,否极泰来。忍受创业的艰辛,"衣带渐宽终不悔,为伊消得人憔悴",就可享受成功后的"春风得意马蹄疾,一日看尽长安花"。忍受做学问的寂寞,寒窗苦读的冷清,就可享受满腹经纶、学富五车的充实,"学成文武艺,货与帝王家"的自得。忍受苦恋的煎熬,矢志不渝,不懈追求,就可享受有情人终成眷属,好事多磨,美梦成真,"只羡鸳鸯不羡仙"。作家莫言忍受了几十年的惨淡经营,孜孜矻矻,殚精竭虑,终于获得了诺贝尔文学奖,享受到了巨大成功后的"漫卷诗书喜欲狂"。航天员杨利伟,忍受的是日复一日的枯燥艰苦训练,一次次残酷的选拔、考试、竞争,身体与心理的巨大压力,进入太空的种种风险,换来的是"中国航天第一人"的美誉、"航天英雄"的桂冠,还有鲜花美酒、青史留名。

我们每日的所有努力,说到底都是为了享受幸福,远离痛苦。但幸福有眼前幸福与长远幸福,有村上春树说的"小确幸"与"大得意",为了获得长远幸福与"大得意",有时候就得先放弃眼前的欢愉,忍受种种痛苦。无数事实证明,能忍受痛苦的人,才会有后福;会忍受痛苦的人,才会真正享受幸福。因为曾经忍受过痛苦的人,深知幸福来之不易,会比他人更珍惜来之不易的幸福。勾践忍受卧薪尝胆之苦,换来咸鱼翻身之福;韩信忍受胯下之辱,才有后来封王封侯之福;唐僧师徒忍受了九九八十一难之苦,换来了成佛成仙之福;红军忍受了爬雪山过草地之苦，方有"三军过后尽开颜"之福；运动员忍受长年训练之苦，才能换来摘金夺银之福；农民工忍受背井离乡之苦，换来的是亲人安定生活之福……

"不经一番寒彻骨，怎得梅花扑鼻香"，人要想享受幸福，就要先学会忍受痛苦，这是谁也无法绕开的路径。

总要留点痕迹

毕业 60 年、已 84 岁高龄的著名演员游本昌还在演戏，不仅如此，这个老顽童还成了万众瞩目的网红！早在 30 多年前，他就成功地在电视剧里塑造了济公形象，一时间，"鞋儿破，帽儿破，身上的袈裟破"的主题歌，响遍大街小巷。记者问他："您老早就功成名就，也到了颐养天年的岁数，何不在家享享清福，含饴弄孙，干吗还要那么辛苦？"老爷子幽默地说："人到这个世上来，总要留点痕迹。"

人过留名，雁过留声。诚如游老先生所言，人活这一辈子，总是多少要给历史"留点痕迹"，以证明你曾经来过，干过一些事，也给自己留点印记，给后人留点念想。游本昌留下的痕迹就是他精心塑造的 100 多个艺术形象，特别是那个疯疯癫癫的济公形象，更是形神兼备，深入人心，令人难以遗忘。

痕迹有深有浅。一般来说，一个人的贡献越大，留下的痕迹就越深，成就越卓越，留下的痕迹就越显赫，即所谓"抓铁有痕，踏石有印"。反之，做事越少，贡献越小，能力水平越低，留下的痕迹就越浅，一阵风吹过去，就啥也没有了。回顾历史，老子留下《道德经》，智慧闪耀千古；孔子留下《论语》，开启儒家文化先河；李冰父子留下了都江堰，至今还在造福天府之国；工匠李春留下赵州桥，成为建桥史的古老化石；蔡伦留下造纸术，成为撬动现代文明的巨大杠杆；李时珍留下《本草纲目》，为无数病人解除痛苦；"钱学森""邓稼先"们留下"两弹一星"；王选留下汉字激光照排技术；屠呦呦团队留下青蒿素……他们留下的痕迹又深又大，造福世人，创造奇迹，改写历史，因而千古留名，令人高山仰止。

痕迹有好有坏。人留下好的痕迹，有益于国家、民族，可推进社会文明与历史进步。好的痕迹多多益善，人民不会忘记，历史也会为之记下浓重笔墨。反之，若留下坏的痕迹，危害社会，祸乱国家，荼毒民众，阻挡历史前进，也会遗臭万年，被人唾骂千古。王莽貌似谦恭，阴谋篡汉；秦桧丧心病狂，谋害岳飞；魏忠贤一手遮天，祸国殃民；和珅贪污受贿，侵吞民脂民膏；袁世凯称帝，开历史倒车；张勋复辟，带辫子兵进京；汪精卫当汉奸，卖国求荣，这些都是大奸大恶之人，罪不容赦，留下深刻且极坏的痕迹，世代被作为反面教材来教育世人，引为鉴戒。

对我们一般人来说，能力有限，水平不高，即便能留下痕迹也如同轻描淡写，这倒也无所谓，只要力到之处常行好事，力欠之处常存好心，努力工作学习，尽力而为就行。万万不要因为想留痕迹而做出格的事。前不久，有位陈姓游客，每到一处，就想做记号留点痕迹，在北京房山怪石山景区13处景观石用红漆留下显著"痕迹"，结果受到有关方面的严厉处罚。这位游客的"痕迹观"就走得太偏了，成了一出闹剧，贻笑世人。

因而，咱这些升斗小民固然也应有点人过留名的想法，但更重要的还是要实事求是，量力而行。能给后人留下点好的"痕迹"自然最好，留不下也不必妄自菲薄，自惭形秽，只要诚诚恳恳地干过了，认认真真地活过了，生命就是有价值、有意义的。无论如何不要给社会留下垃圾污秽，留下负面的东西，"勿以恶小而为之，勿以善小而不为"，刘玄德这句千古名言值得我们人人记取啊！

"人生到处知何似？应似飞鸿踏雪泥。泥上偶然留指爪，鸿飞那复计东西。"东坡此诗，似乎也与"痕迹"有关，且颇具禅意，值得玩味。

做个善于赞美人的人

人都喜欢被赞美，这不仅是出于虚荣心之需要，也是提升自信心与成就感之需要，是对人的价值之肯定。那些人缘好的人、受欢迎的人、有凝聚力的人，都是善于赞美人的人。而另一方面，很多人却往往吝于赞美人，一是平时没这个习惯，赞美的话从来说不出口；二是压根儿就没有发现他人有什么长处，不说是嫉贤妒能，至少也是眼中无人。

赞美人不光需要宅心仁厚、襟怀开阔，同时也是个技术活，不是谁都能轻松胜任的。善于赞美人的人，话说出来让人听着舒坦、温暖、受用；而不会赞美人的人，看似表扬，甜言蜜语，但听起来却让人感到肉麻夸张，似乎言不由衷，与事实差距太大。

要学会赞美人，美其所美，至少要做好三点：

语言得体，拿捏好分寸。凡事过犹不及，赞美人时如果语言不当，过于夸张，说不定就成了讽刺。当然，赞美本就有情绪因素在其中，甚至是出于偏爱，因而赞美人时小有夸张、溢美，都属正常，但不能太过分，否则就会失真、失效。一个姑娘若是中人之姿，却赞美她美若天仙，别人不以为然，她自己也不会相信；一个作家只是小有名气，若给他戴

059

上"著名作家"的高帽，他肯定会心虚；一个正为减肥而发愁的人，听到你的"苗条多了"的恭维，只能哭笑不得，甚至怀疑你是在嘲讽他。恰到好处的肯定、恰如其分的赞美、不加水分的褒扬，才会使人真正感到舒服、快乐。

赞美应感情真挚，发自内心。赞美贵在发自内心，脱口而出，而不是"深思熟虑"的结果，更不是工于心计的考量。京剧《李慧娘》里，李慧娘在游西湖时，见书生裴禹斥责权臣贾似道而生敬意，不由发出赞美："美哉少年，美哉少年！"1935年10月21日，得知彭德怀率军歼敌一个团，击溃三个团，缴获战马近千匹，毛泽东欣喜若狂，激动地写诗赞美："谁敢横刀立马？唯我彭大将军。"这些都是发自内心的由衷赞美。也有些赞美是出于利益的考虑，显得虚头虚脑的，如《邹忌讽齐王纳谏》里，邹忌的妻子、小妾、客人都赞美他比城北美男子徐公长得好看，但这都不是由衷之言，而是各自揣着"小九九"，心里都有一己之私。这样的赞美，因功利性太强而失真，一旦被人看穿，反而会适得其反。

赞美还需要有善于发现美的眼睛。雕塑家罗丹说："世界上不缺乏美的事物，而是缺乏善于发现美的眼睛。"人皆有所长，各具其美，没有谁是一无是处的，只要你注意观察，不戴有色眼镜，就一定会发现他的美好所在。两军对垒，大战在即，曹操仍赞美对手孙权说："生子当如孙仲谋。"觥筹交错，已醉眼迷离的山涛犹赞美朋友嵇康说："嵇叔夜之为人也，岩岩若孤松之独立；其醉也，傀俄若玉山之将崩。"文友相聚，杜甫赞美同行李白："笔落惊风雨，诗成泣鬼神。"登上黄鹤楼，李白赞美诗友崔颢："眼前有景道不得，崔颢题诗在上头。"思慕前贤，谢灵运赞美诗人曹植："天下有才一石，曹子建独占八斗。"这些都成了千古名句，至今为人传诵。

喜欢赞美的人好像小太阳，能给人带来温暖和能量。这样的人做领导，下属会心情舒畅，干劲倍增；这样的人做同事，与其交往，如沐春风；这样的人做父母，儿女受益，更易成才；这样的人做朋友，互相激励，实现双赢；这样的人做夫妻，互相欣赏，可至白头。总之一句话，赞美人是天底下最占便宜的事，不争着干的人都是傻瓜。

从明天起，我要做一个善于赞美人的人。

与自己和解

人年轻时总喜欢与自己较劲，跟自己过不去，逼着自己干这个，干那个。想想看，这也是有道理的，因为年轻就有无限的可能，精力充沛，生机勃勃，不知天高地厚，还有大把时间可以挥霍。逼自己一下，就会发现自己的潜能；与自己较劲，就可能使自己提升；跟自己过不去，就是在逼自己更优秀。举凡那些事业成功的杰出人物，大都是自己把自己逼出来的。杜工部逼着自己"语不惊人死不休"，逼出个千古诗圣；李清照逼着自己"生当作人杰，死亦为鬼雄"，逼出个婉约派女魁首；齐白石逼着自己每日作画，"不教一日闲过"，逼出了个国画大师；周恩来逼着自己"为中华崛起而读书"，逼出一个大政治家……

然而，对大多数人而言，到了一定年龄后，就要学会一件事：与自己和解，不要再逼自己，再与自己较劲，再和自己过不去。因为，历经岁月洗礼、饱经沧桑的你，阅人无数，经事万千，该试的你都试过了，该折腾的都折腾过了，对自己有多大能耐、能吃几碗干饭已了然于胸，早已不应再做春秋大梦。事实证明，不论怎样努力奋斗，或限于才华，或囿于性格，或受制于能力，有些事情你就是干不来，有些工作你就是不在行，有些职位你就是不胜任。这个时候，你就不要再勉强自己，逼着自己拿血肉之躯去撞墙，去"跳起来摘果子"；更不要再盼望会出现奇迹，"天上掉馅饼"。你应该知道王宝钏的绣球不会砸向你，周公瑾的机遇不会轮到你，要准备接受"冯唐易老，李广难封"的结局。

当然，这个"一定年龄"，也是因人而异。对多数人来说，人到中年万事休，多已心力交瘁，"见惯秋月春风"，更无非分之想，那就要及早与自己和解，放下名缰利锁，看淡身外之物，忘却鸡虫得失，给自己松绑解套，老实本分地干好自己能干、该干的活儿，不再逼自己去做勉为其难的事。若再洒脱一点，还可学学陶渊明，不逼自己为五斗米折腰，宁可丢了官印，卸了官袍，遁迹山林，耕读自娱，"采菊东篱下，悠然见南山"，快哉悠哉。

也有人不知老之将至，一辈子都不肯与自己和解，终生都在逼自己"壮怀激烈"，永远保持"更上层楼"的态势。从曹孟德的"老骥伏枥，志在千里"，到辛弃疾的"老夫聊发少年狂"；从陆放翁的"僵卧孤村不自哀，尚思为国戍轮台"，到顾炎武"苍龙日暮还行雨，老树春深更著花"，他们依旧慷慨激昂，气冲斗牛，其实早已心有余而力不足，更多的是精神层面的自我激励。自然，那也是一种人生选择、一种别样活法，人各有志，自得其乐就好。

与自己和解，有时可能会不无痛苦。似乎放弃了一辈子的追求，降低了自己的人生标准，争强好胜了大半生，突然变怂了，不求上进了，泯然众人了。其实不然，你只不过丢掉了不可能的虚幻，接受了活生生的现实；放弃了玫瑰色的梦想，脚踩在坚实的黄土地；认可了真实的自己，同时也换回了早就该享受的轻松与愉悦。

与自己和解，并非自甘平庸，而是自知之明的表现。达观而论，对于我们绝大多数人而言，即便是奋斗终生，用尽洪荒之力，当将军也成不了霍去病，做学问干不过钱钟书，盖房子争不过王健林，学游泳超不过傅园慧，那就别难为自己，逼着自己去干不可能完成的事。反之，勇于与自己和解，承认自己能力不足，原谅自己才具平平，理解自己天赋有限，因而爱惜自己的宝贵身体，珍视生命的每一分钟，做一个平平常常又脚踏实地的人，或许会使自己的人生更加快乐。

你没有那么重要

　　大千世界，芸芸众生，但凡有点本事、地位、能量者，大都会自命不凡，觉得自己很重要，认为离开自己或许地球还会照转，可供职的那个单位、公司、团体估计就玩不转了，就要天下大乱了。其实，这只是一种自欺欺人的自我感觉，你并没有那么重要。

　　很多情况下，人只是显得重要而已，或因为你手里有权，或因为你坐着那把交椅，或因为你戴着一顶桂冠，所以可以发号施令，一呼百应，顺我者昌，逆我者亡。可是把那些身外之物去掉再试试，你的重要性立刻飞到爪哇国里去了，马上会泯然众人矣，谁还会再正眼瞧你？

　　大将韩信觉得自己很重要，文武双全，百战百胜，大汉朝一时一刻也离不开自己，可是吕后像杀只小鸡一样就轻轻松松把他搞定了，政权反而更稳定了。诗仙李白认为自己很重要，"天生我材必有用"，可在唐玄宗眼里，他不过是个会写几句诗歌的腐儒，多给几两银子就打发走了。文胆纪晓岚觉得自己很重要，是皇帝的股肱之臣，于是很热心地为朝廷出谋划策，没想到乾隆当场翻脸，恶毒地羞辱他说："朕以汝文字尚优，故使领四库全书，实不过以倡优蓄之。"甚至被称为真命天子的皇帝，绝大部分也重要不到哪里去，走马灯似的频繁更换，"乱哄哄你方唱罢我登场"，无怪乎被人小瞧，连孙大圣都会说"皇帝轮流做，明年到我家"。

一个人显得最重要的时候，大概是在你的追悼会上念悼词时，那时你会成为一个高风亮节的完人、博学多才的至人、贡献巨大的伟人。你的离去，不是"巨大损失"就是"重大损失"；不是"千古不朽"，就是"重于泰山"，可惜你已听不见了，最多能给你的亲属带来一点虚妄、短暂的安慰。

信不信，你的位置再重要，再举足轻重，你一旦离开，马上会有人来顶替，而且未必比你干得差。你的名气再大，再名扬中外，你一旦出界，很快就会被人忘却，成为明日黄花，正所谓"江山代有才人出，各领风骚三五年"。你的权力再大，再一言九鼎，你一旦下野，也会人走茶凉，"风流总被雨打风吹去"。总之，没有谁重要到不可替代，不可复制，不可轻离，不可或缺。

知道自己没那么重要，就不会给自己加那么大的压力，对自己抱那么多不切实际的期许，让自己活得那么辛苦劳累。你歇一歇，公司不会出事；你喘口气，单位不会停摆；你大睡三年，社会照样运转。历史经验证明，有时候励精图治还不如无为而治，文景二帝大概是汉朝最轻松的皇帝，同时这两朝也是两汉 409 年里最好的时光，被誉为"文景之治"。

而对于个人真正重要的，是你在家庭中的位置，那是无可替代的。对于年迈的父母，你就是孝敬养老的依赖，离开你，他们就可能晚年凄惨，无人送终；对于儿女，你就是遮风避雨的庐舍、衣食无忧的保障，离开你，温暖不复存在。因而，多陪陪家人，对老人尽孝，对子女关爱，是你的重要性的最佳表现之处。

当然，这世界上也确实有人很重要，可改变历史进程，决定民族兴衰，但那种人少如凤毛麟角。就中国历史而言，"天不生仲尼，万古长如夜"的孔夫子算一个，统一中国的秦始皇算一个，开创盛唐气象的唐太宗算一个，平叛收复新疆的左宗棠算一个，"驱除鞑虏，恢复中华"的孙中山算一个……而你我这些凡夫俗子，人微言轻，量小能浅，就别猪鼻子插大葱——装象了。即便有所成就，有所贡献，即便小有名气，小握权杖，也得有自知之明：你没有那么重要。离开你，地球照样转；离开地球，太阳系照样转；离开太阳系，宇宙也照样转。

痛苦是生命的一部分

前不久，我住院开刀，麻醉药劲过去后，就开始感到疼痛。一开始尚可忍受，慢慢就疼得厉害了，坐卧不安，浑身冒汗，更无法入眠。我叫来医生。他说，可以打止痛针，但所有的止痛针都是有副作用的。如果能忍，我劝你忍一忍，毕竟，痛苦也是生命的一部分。听他这么一说，我就咬着牙忍了大半夜，后来不知不觉睡着了。第二天醒来，就基本上不疼了。

在医院的几天，我一直在想着那位医生的话：痛苦是生命的一部分。越想越觉得有理，痛苦与幸福就好比一个硬币的两面，你不能只要幸福的那一面而拒绝痛苦的那一面。作家刘庆邦也说过："生命是一条毯子，苦难之线和幸福之线紧密交织，抽出一根就会破坏了整条毯子、整个生命。没有痛苦，人只能有卑微的幸福。"从天性上来说，人都是追求幸福并拒绝痛苦的，但痛苦却往往挥之不去，经意或不经意之间就会猛扑过来，使我们苦不堪言，痛彻心扉。

痛苦有两种，一是肉体的痛苦，一是精神的痛苦。肉体的痛苦还可以用药物来缓解，吃止痛片，打止痛针，都颇有效；而精神的痛苦通常是无药可医的，其结局要么是在痛苦中苦苦坚持，要么毅然与痛苦永久诀别。

20世纪，北京的湖里就曾跳下两个十分清醒的文化人。1927年6月2日，国学大师王国维自沉于昆明湖，他是痛苦于一个旧文化的衰落，自己又无力回天，所以只有"以一死见其独立自由之意志"。1966年8月24日，著名作家老舍跳进太平湖，他是痛苦于一场空前的政治运动，既无力抗争，又不愿同流合污，遭受屈辱，毅然选择了"玉碎"。

面对痛苦，固然可以像王国维、老舍那样决绝，求仁得仁；但对绝大多数人来说，还可以有更理性、更现实的选择。不论是肉体的还是精神的痛苦，首先要敢于正视，承认并接受它是生命中的一部分，既来之，则安之；然后就要学会忍受、坚持，与其和平共处，继而战胜痛苦，走出痛苦。

古人说"不如意事十之七八"，痛苦是我们经常遇到的事。失恋、破财、生病、受伤、事业失败、升职受挫、高考落榜、下岗失业、亲人去世等，每件事都能让我们感到无比痛苦。有的人反应强烈，哭天喊地，甚至走向绝路；有的人就比较冷静，能控制自己的感情，承受力较强，情绪也没那么大的波动，只是默默地忍受。造成这种差别的原因之一在于胸怀的不同，有人心胸只有一个碗那么大，一点痛苦就让他觉得无法忍受，痛不欲生；有人心胸有一个大水缸那么大，再大的痛苦在他那里也能被稀释。

面对人生之种种不幸，我们可以用坚强的意志来战胜痛苦，就像在监狱里受尽酷刑而坚贞不屈的江姐；可以用投身事业来转移痛苦，像受了奇耻大辱而发愤著述的司马迁；可以用读书学习来忘记痛苦，像备受屈辱、遭人冷落而悬梁刺股的苏秦。当然，我们还可以用时间来稀释痛苦。我们可能都有这样的体会，距离越近的痛苦，感受越强烈，时间越久远的痛苦，感觉越淡漠，有的甚至渐渐被淡忘了。所以，面对痛苦，一定要善于安慰自己，相信时间是治疗所有痛苦的最好药物，时间能稀释一切痛苦，这时需要的是耐心和等待。

　　佛家有云，人生来就是受苦的，生老病死之苦、饥寒交迫之苦、战乱灾荒之苦、生离死别之苦，不一而足。痛苦将会与我们伴随一生，但这没什么了不起，关键是我们不要被痛苦所击倒，要学会忍受痛苦，稀释痛苦，战胜痛苦。毕竟人生还有那么多幸福时光，还有那么多美好、有趣的事情，可别因为遇到点痛苦就坏了我们的好心情啊！

说"意义"

邻人孩子上小学二年级，写了一篇老师布置的命题作文《记一件有意义的事》，他的父亲拿来让我帮助修改。我一看不禁哑然失笑，孩子写的是，放学过马路时碰见一个老奶奶，就主动搀扶老人过马路，老人说"谢谢"，孩子"心里很高兴，因为我做了一件有意义的事"。这个题目，我几十年前上小学时也写过，也写的是帮老奶奶过马路。但说实话，我从来没干过这样的事，且料定邻人孩子也没干过，因为他自己还要大人接送上下学，能顾住自己过马路就不错了。

早晨起来，我去公园晨练，看到有打太极拳的、跳广场舞的、跑步快走的、引吭高歌的、打羽毛球的、踢毽子的，我心里想这都是有意义的，因为能强身健体。湖边还有不少钓鱼的，鱼很小，大都不过一两左右，没有食用价值。那些垂钓者，往往把鱼钓上来后，又扔进湖里，然后甩竿再钓。我当时心里就犯嘀咕，这有啥意义，你图个什么？不过，看那些垂钓者却聚精会神，心无旁骛，一个个乐在其中，我不禁又对"意义"说产生怀疑，难道干啥事都要考虑有无意义？意义到底是由谁确定的呢？

有意义，即有用、有价值。无意义，则无用、无价值。按平常标准来判定，一件事是否值得去做，终极标准就是看其有没有意义。电视剧《士兵突击》里那个傻小子许三多，懵懵懂懂地来到钢七连，班长教育他"要做有意义的事"，他就努力做好事，下死劲训练，最终成了特种兵里的"兵王"。这是个追求"有意义"的艺术形象。从现实来说，钱学森、邓稼先回国领衔搞"两弹一星"，对国防建设有巨大意义；袁隆平搞杂交水稻试验，对老百姓吃饱饭有至关重要的意义；屠呦呦团队研制的青蒿素，对疟疾病患者有重大意义；马云的电子商务对拉动消费、货畅其流有刺激意义；等等，不一而足。

这世界上的事，有些事的意义是无可争议的，为大家所共识；有些事的意义则是有分歧的，仁者见仁，智者见智。我有个原来写诗的文友，老是嘲笑我写杂文没意义，写诗才是文坛最有意义的事。可是近两年他也开始悄悄操持杂文了，我问他何以转变看法，他说，如今写诗的比读诗的还多，没意义了。而在关于中国建造大型对撞机的问题上，"菲尔兹奖"获得者、著名数学家丘成桐认为大有意义，诺贝尔物理学奖得主杨振宁则认为没意义，双方已争论很久，尚无结论。这就是说，不要轻易对意义下结论，更不要拿自己的价值判断强加给别人。

意义都是相对的，有些事，眼前看无意义，长远看却有意义；局部看无意义，全局看就有意义。还有些事，对你没意义，对别人就可能有意义；你觉得索然无味，别人可能会觉得兴趣高涨。譬如跳广场舞，你看着那些舞者疯疯癫癫，毫无意义可言；那些老头老太却兴高采烈，如醉如痴，不可一日无此舞。发射"天宫二号"，有人就觉得没意义，用这些钱可以干很多更有意义的事；而在行家看来，这一发射，对于加强国防建设、开展科学实验、巩固大国地位，不仅有现实意义，更有长远意义。

人生在世，我们固然要尽量多做那些有意义的事，但也不要拒绝做一些无意义的事，古人说"不为无聊之事，何遣有涯之生"，看似消极，其实深刻。因而，在大事上要强化意义，敢作敢为；在小事上要淡化意义，不要泛化意义，别动不动就问"有没有意义"。其实，我们做的很多事都是没意义的，吃喝拉撒、吹牛聊天、逛街游戏等，很难和意义挂钩，但确是生活中的重要内容。

在所有事关意义的事里，最重要的是人生要有意义，活出价值，有所作为，这是绝不能马虎苟且的。

你有几条命？

大家都知道，坊间素有"猫有九条命"的传说，形容其生命力极强，适应性极高，可以屡屡化险为夷，死里逃生。那么，人有几条命呢？

著名作家麦家给了个绝妙的答案："平庸的人只有一条性命；优秀的人还有一条生命；杰出的人另加一条使命。"这也就是说，芸芸众生，有的人只有一条命，有的人有两条命，有的人则有三条命。这当然是个文学家的夸张说法，用的是艺术思维。其实，谁都不可能真的有两条、三条命，不论是谁，一枪打中要害，一刀砍下首级，一跤摔下深渊，都绝无再生可能。但从精神层面，从人的价值实现方面来看，从历史和社会角度来看，人与人之间确实存在着一条命与两条命、三条命的量级差别。

按照麦家的说法，性命，是人的自然属性。这包括会吃会喝，会玩会闹，会恋爱会结婚，会生儿育女，是很多人都可以无师自通并熟能生巧的基本能力。具备了这些条件，你就是一个活着的、有性命的人，身份证、户口本、医保卡都有你的份。

生命，是人的社会属性。这包括服务社会，奉献人民，著书立说，发明创造，建功立业，参与公共事务等，是人的较高层次的生存状态。

能卓有成效地做到这些，就是活得有价值，活得有品位，不枉来人间一回，就会回首平生无憾事。

使命，即上天赋予的任务、历史赐予的担子、民族给予的责任。使命是个高大上的词，与使命相关的词也个个响亮璀璨，如英雄使命、光荣使命、伟大使命、神圣使命、历史使命、铁血使命等，不一而足，一听就让人肃然起敬，热血沸腾。"江山代有才人出，各领风骚数百年"，不同时代有不同的使命，不同的使命需要不同的杰出人物来承担。摩西带领被奴役的希伯来人出埃及，姜子牙出山辅佐武王伐纣，秦始皇的"六王毕，四海一"，诸葛亮的"三顾频烦天下计"，钱学森、邓稼先领衔"两弹一星"，邓小平开创改革开放新纪元等，他们都极为出色地完成了历史重托，不辱使命，因而辉映千古，光照史册。

一个人究竟有几条"命"，固然与其家庭出身、接受教育情况、文化熏陶程度、自己所处位置等有很大关系，但这更取决于自己后天的所作所为，包括志向大小、努力程度、奋斗精神、付出代价等。那些浑浑噩噩、无所用心、不求上进、坐吃等死的人，肯定只有一条"性命"。那些奋发向上、有所作为、积极进取、成就斐然的人，就有了性命之外更重要的"生命"。而少数开天辟地、纵横捭阖、力挽狂澜、救国救民、创造奇迹的杰出人物，则于性命之上还有生命，生命之上还有使命，令人高山仰止，心向往之。

大千世界，亿万生众。有的人，以洪荒之力奋斗，一辈子活出了常人几辈子的辉煌，创造了常人需要几十辈子才能挣下的财富，做出了相当于千万人所做的贡献，其生命的价值大得惊人。有的人，竭尽全力工作学习，在自己的岗位上发光发热，尽职尽责。为官清正廉洁，奋发有为，造福桑梓；为民兢兢业业，埋头苦干，奉献社会，同样值得敬佩，也是有意义的人生。也有的人，胸无大志，身无长技，干活不出力，做事不经心，怕苦怕累，好逸恶劳，干啥啥不成，严格来说，这样的人就这一条命都活得不太合格，有残次品之嫌。

人生惜短，转眼百年，"譬如朝露，去日苦多"。眼瞅着宝贵的生命一天天逝去，一去不返的光阴如白驹过隙，想想"莫等闲，白了少年头"的警言，盘点人生履痕的明细，我们每个人都不妨问问自己：自己有几条命？

人生因不完美而出彩

脱口秀主持人金星与歌手萨顶顶在网上对掐，对于萨顶顶嘲讽其变性一事，金星回应称："如果变性是我唯一的缺点的话，那我的人生堪称完美。"我佩服她的勇气和自信，但我更服膺季羡林的《不完满才是人生》里的观点："每个人都争取一个完满的人生。然而，自古及今，海内海外，一个百分之百完满的人生是没有的，不完满才是人生。"

古人也很认可这个道理。亚圣孟子说："鱼，我所欲也；熊掌，亦我所欲也，二者不可得兼。"西晋大将羊祜叹道："天下不如意，恒十居七八。"北宋苏东坡词曰："人有悲欢离合，月有阴晴圆缺，此事古难全。"就连孙猴子都懂这个理，当唐僧正为撕破的经书而懊恼时，悟空劝慰说："天地本不全，师傅何以要求全！"的确，我们如果不从实际出发，强求自己人生完美，那就是在难为自己。

不完美就是有缺憾，有缺憾的人生才是真正的人生。或天不作美，或命运不济，人生在世总难免有许多憾事。宋人释惠洪《冷斋夜话》卷九记："吾平生所恨者五事耳。第一恨鲥鱼多骨，第二恨金橘大酸，第三恨莼菜性冷，第四恨海棠无香，第五恨曾子固不能作诗。"清代学者陆文皋也突发奇想，在《雅斋趣谈》中总结了历史上的七大憾事：项羽未能杀刘邦于鸿门宴，此一憾；李广战功累累，不能封侯，此二憾；嵇康的"广陵散"未能传世，成为绝唱，此三憾；陆放翁没有看到"王师北定中原日"，此四憾；岳武穆不能寸斩秦桧竟听其善终，此五憾；梁山伯祝英台生不能成婚，唯有化蝶，此六憾；曹雪芹没有写完《红楼梦》，含恨而去，此七憾。其实，按这个标准，再列出十大、二十大憾事，也不算难。

生在富贵之家，聪明漂亮，身体健康，从小接受良好教育，一毕业就找到好工作，有个情投意合的人生伴侣，儿女双全，家庭和睦，事业成功，名利双收，被称为人生赢家，可以说是十全十美了。可这样的人生既难实现，也很乏味，且波澜不惊，难以出彩。给我们深刻印象的，往往是那些有缺陷的人生，楚霸王因兵败垓下自尽乌江而出彩，赢得"至今思项羽，不肯过江东"的千年美誉；司马迁因受宫刑但不屈不挠写成《史记》而出彩，留下"无韵之离骚，史家之绝唱"；梁山伯与祝英台未能完美结合，却有了化蝶的美好神话传说；身体上的极度不完美成就了极其伟大的科学家霍金……

人生就是一个发现缺陷然后去弥补的过程，只有在这个过程中才会体现出自己的人生价值与意义。因而，追求完美但又不抱幻想，正视缺憾但又不抱残守缺，脚踏实地但又胸怀抱负，有所作为又有所不为，这样的人生，即便不是完美的，也会是充实饱满的、丰富多彩的。因为困难会考验人的意志，艰苦会锻炼人的坚韧，走投无路会逼着人激发潜能，身处逆境会促使人自强不息，从而尽可能地弥补人生的缺憾，减少命运对人生的挫伤，在不完美的人生中享受生命的乐趣。

逢年过节，常见有人恭贺"万事如意"，这只是寄托了良好愿望、自欺欺人的说法罢了。实际上，只要在人生的一些关键时刻、关键事情上能比较如意或基本如意，就应该感谢命运之神的格外关照，可称人生

"基本完美"了。人生有憾，但通过个人的努力，"少憾"或无"大憾"，却是可以做到的。倘能珍惜年华，热爱生活，以达观之态视成败得失，以平常之心看进退荣辱，不因一事之憾而颓丧沉沦，不因一时之憾而抱恨终生，则月有亏缺依旧皎洁，人生有憾依然出彩。

第二辑

大道玉简

倘若你想"了不起"

作家莫言在汕头大学毕业典礼上的致辞中，像绕口令一样用了22个"了不起"，看似轻松调侃，其实颇具哲理，又接地气，既充满对莘莘学子的殷切期待，又近情理。

平心而论，这世上人人都想干了不起的事，做了不起的人，出了不起的名。但实际上，只有极少数人能心想事成，多数人壮志难酬。因为这除了与天赋与个人努力有关之外，还受很多因素制约，譬如"冯唐易老，李广难封"之类。所以，有的人尽管胸怀大志，本事也不差，却一辈子没能成为了不起的人，忙活几十年，还是泯然众人。有的人运气好，生逢其时，当然也肯干能拼，一不留神，就跻身了不起的队伍。

莫言肯定是了不起的人，他是典型的奋斗加天赋再加机遇而了不起的类型，听这个了不起的人来讲怎样才能了不起，还是相当有说服力的。他说："我们可能成不了马云和比尔·盖茨，但是马云和比尔·盖茨也没啥了不起，因为他们也是一步一步走过来的。"这就是说，马云和比尔·盖茨也不是天生就比我们强，有三头六臂，天赋异禀，原来也是平常人一个，但他们是一步一步走过来的，他们能做到，我们也能做到。

关键是，要像他们那样，一步一步又一步，步步不能省略，步步不能放松。晴天丽日要走，狂风暴雨也要走；人多势众要走；孤家寡人也要走。走着走着，你就了不起了。

"真正了不起的人，都是发自内心地认为自己没有什么了不起。而那些不是了不起的人，却觉得自己很了不起。"这是莫言第二个观点，很有点对立统一的辩证法味道。的确，那些真正了不起的人都很低调、很谦恭，根本就不屑于去争论自己是不是了不起这个无聊的问题。科学家屠呦呦一直都没觉得自己有啥了不起，她没留过学，没有博士学位，没有院士头衔，平静低调，默默无闻。可她一获诺贝尔奖，大家才知道她真是个了不起的人，她和团队研制的青蒿素，每年都要救治几百万疟疾病人。"救人一命胜造七级浮屠"，屠呦呦这份功德说多了不起都不为过。反之，如果一个人眼高于顶，觉得自己很了不起时，他就离"没啥了不起"不远了。当年，拿破仑率领几十万大军翻越阿尔卑斯山时，骄狂得不可一世，放言"我比阿尔卑斯山还要高"，觉得自己是天下最了不起的人。可没多久，他率领的军队就被俄军打得一败涂地，几乎全军覆没，狼狈不堪地逃回法国。紧接着滑铁卢一战，他又大败于英、普联军，结束了政治生命，被送到一个小岛度过残年。

最后，莫言说："要在平凡的岗位上坚持，成为一个自己觉得没啥了不起但是别人觉得了不起的人。"就数这句话最得人心、最具暖意，也最有励志价值。毕竟，谋事在人，成事在天，也许我们做了一切能做的努力，寒窗苦读，悬梁刺股，卧薪尝胆，埋头苦干，奋斗拼搏，自强不息，可是到末了，还是没能"了不起"，那也不必沮丧、灰心。只要努力工作，奉献社会，在本职岗位上当专家，成大腕，你就是了不起的人。那些功劳赫赫的"大国工匠"，虽都是普通工人，可谁敢小瞧？

"要得生富贵，须下死功夫"，哪一个了不起的人，都不会一帆风顺，都要"在盐水里泡三次，在血水里浴三次，在碱水里煮三次"，吃得炼狱之苦，忍得牛马之劳，"为伊消得人憔悴，衣带渐宽终不悔"，方有可能跻身了不起的队伍。因而，每一个想了不起的人都须先扪心自问：你做好这些准备了吗？

郭德纲的"板砖论"

　　如今，相声演员郭德纲非常火，说相声独树一帜，常常是一票难求；当主持驾轻就熟，诙谐幽默；演影视剧也顺风顺水，颇受欢迎。但郭德纲也一直都是个有争议的人，批评他的板砖和赞美他的鲜花差不多一样火爆。有人预言"这小子就是个泡沫"，兔子尾巴长不了；有人指责他的某些作品风格低俗，类似二人转；有人声称他抄袭传统相声名段，将一些传统相声名段改为自己的段子；有人还挖掘出他当年与故人的是非恩怨……面对这些争议和责难，郭德纲很坦然地说："什么叫成功？成功就是善于把扔过来的板砖铺成道路。"

　　的确，人生在世，如果要想干出点名堂，要想获得成功，出人头地，不受批评、不挨板砖几乎是不可能的。那些意志脆弱的人，可能就会被飞来的板砖砸趴下了，一蹶不振，这也就是鲁迅说的被"棒杀"了。而意志坚定的人，则会勇敢地面对批评和指责，做到"有则改之，无则加勉"，从批评中汲取营养，从指责里看到自己的短处，当然对那些恶意的人身攻击和无端造谣也会一笑置之，用郭德纲的话来说，就是把扔过来的板砖铺成自己前进的道路。

算起来，近代中国文化人中鲁迅是被人扔板砖最多的一个。这其中既有善意的批评和商榷，也有恶意的攻讦和污蔑；既有来自文化名流的争鸣意见，也有来自文化流氓的无耻谣言，比如说他拿苏联政府的卢布，比如说他的作品"抄袭"日本作家等，潇洒的鲁迅不仅用这些板砖铺成自己前进的道路，而且用这些板砖垒成了一座巍峨的文化高峰，至今无人企及。

小巨人姚明是鲁迅的崇拜者，他的成长也同样没少挨板砖。他刚进军美国 NBA 时，美国媒体对他的嘲讽声、质疑声、批评声，简直是铺天盖地，板砖多如雨点。面对板砖，姚明表现了东方人的智慧和倔强，他没有据理力争，没有用板砖回击，因为他知道那没有用，最好是用事实说话。你不是嘲笑我是"瘦竹竿"吗，我就拼命苦练，把自己练成"肌肉男"；你不是讽刺我打球作风太软吗，我就专门在硬仗、恶仗中努力表现自己；你不是攻击我体力差，一场球无论如何也拿不下 20 分吗，我就打出个样子让你看看，一场球拿他个三四十分，出口恶气。姚明也用这些板砖铺就了自己的成功之路，成了 NBA 巨星。

"草根"演员王宝强，个人条件不好，用他自己的话来说，"我个子矮，长相一般，皮肤不好。除了会要套把式，一无是处"。许多人也不看好他的演艺道路，不断给他泼冷水、扔板砖。在工友眼里，他是个有妄想症的人。不知有多少人给他吹冷风，讽刺他，说他根本就不是这块料，说他是"癞蛤蟆想吃天鹅肉"，要他照照镜子看看自己到底啥模样。若是换个人，接到这么多的板砖，恐怕早就灰心丧气，彻底放弃了，可王宝强每挨一块板砖，都顽强地反弹："你们越说我不行，我就越要做个样子给你们看看，我坚信自己就是与众不同。"就这样，他"不抛弃，不放弃"，倔强地寻找机会，再小的角色也不放弃，再普通的群众演员角色他都演得认认真真，先是《盲井》，后是《天下无贼》，再后来是《士兵突击》，一部比一部演得好，最后终于脱颖而出，用这些板砖铺就了自己的明星之路。

　　"成功就是用板砖铺成前进的道路"，这句话极富哲理，更具有可行性。郭德纲、姚明能行，你我也能行，临渊羡鱼不如退而结网，咱还是先干起来再说！

做一条命运的漏网之鱼

北大女生刘媛媛在《超级演说家》中的一段演讲在网络上疯传，她说："命运的手掌里面是有漏网之鱼的，而且现实生活中寒门子弟逆袭的例子更是数不胜数。所以当我们遭遇到失败的时候，我们不能把所有的原因都归结到出身上去，更不能去抱怨自己的父母为什么不如别人的父母，因为家境不好并没有斩断一个人成功的所有可能。"

从本质上来说，刘媛媛的这段演讲仍属"励志鸡汤"之类，早已风光不再。但她的这段话之所以能被大家所认可，引起青年人的普遍共鸣，是因为她的"鸡汤文"是加强版或改进型的。这段话不像过去的好多"鸡汤文"那样，一味大话欺人，瞎打吗啡针，乱服兴奋剂，让人升虚火；而是直面现实，承认有不平等的命运之网，承认大多数人无法挣脱命运之网的摆布，而自己要做的就是一条命运的手掌里面的漏网之鱼。这样讲，就比较客观和实在，也让人觉得可信，能具体操作，一反过去那种空泛而虚无缥缈的说教，不再空喊什么"有志者事竟成"，"天不负苦心人"。

那么，怎样才能做一条命运的漏网之鱼？

首先，你要与时俱进，适者生存，体型要短小精悍，才能从网眼里逃生。物竞天择，是一条自然界中亘古不变的规律。6500万年前，当毁灭的大网笼罩地球时，体型庞大的恐龙彻底灭绝，无一漏网，而体型小的珊瑚虫、蜻蜓、虾、蟹、蛙、鲵等，却活了下来，并延续至今。人也是一样，鸿门宴上的刘邦、煮酒论英雄时的刘备，本来已是人家砧板上一条待宰杀的鱼，刀斧手就埋伏于帐后，只待一声令下，便杀将而出。这两位的应对办法是，缩小体型，贬低自己，态度谦恭，主动示弱，韬光养晦，能屈能伸，结果就成了一条命运的漏网之鱼，不仅死里逃生，后来还成了大气候。

　　其次，你的头脑要足够灵活，善于审时度势，才能发现网的漏洞。天网恢恢，疏而不漏，只是一种夸张之语，其实，任何网都是有漏洞可寻的，但绝大多数落网者就是因为没有发现漏洞之所在，结果只有束手就擒，成了命运之网的俘虏。秋收起义失败后的毛泽东，眼看走投无路了，面对国民党撒下的铺天大网，坚信天无绝人之路，几经权衡，把队伍带到了井冈山。那里位于三省交界之地，谁都不管，正是大网的漏洞。红军就在这里成长、壮大，积蓄力量，最终成了燎原之火，烧出了一个新天地。

　　再次，如果你的身体足够强悍，力量足够强劲，意志足够强大，也能破网而出。刘媛媛自身就是典型例子。她家境贫寒，生活困窘，父亲略有文化，母亲是个文盲，又生活在偏远山村，教育条件很差，本来她是注定要成为命运之网的牺牲品的，就像她的那些邻居的孩子一样。可刘媛媛不认命、不屈服，以超常的努力、超强的意志，克服了种种难以想象的困难，硬是把命运大网顶了个窟窿，破天荒地成了村里第一个考上北大的学生，也成了许多学子励志发奋的楷模。

　　命运的手掌的确非常恐怖，很少有人能逃出其掌心，甚至包括神通广大的孙猴子，照样被压在五行山下。但是命运对于个别顽强不屈的硬汉、勇于抗争的强者，也是无可奈何的。因而，现实生活中固有很多人在命运之网里任其摆布，听天由命，但也有不少人成功地脱网而出，成了命运的漏网之鱼，实现奇迹般的逆袭，活出辉煌人生，令人羡慕。

做一条命运的漏网之鱼，须足够强大坚韧，足够聪慧睿智，还要善于通达权变。倘若这三条都做不到，那就只有泯然众人了。

积小胜为大胜

每当我们为自己进步太慢、成绩太小而感到沮丧时，就可能会有高人来安慰：不要急，来日方长，何妨积小胜为大胜。

大胜基本上有两种方式：一是毕其功于一役，一举取胜，如郑成功收复台湾，摧枯拉朽，令人痛快淋漓，被占领38年的宝岛回归祖国；二是积小胜为大胜，14年的抗日战争，国人坚韧不屈，持久抗争，终于将日寇驱逐于国土之外。做人也是一样，王勃用一顿饭工夫，写成一篇《滕王阁序》，妙笔生花，文采斐然，即大功告成，一举成名；司马迁每日笔耕不辍，含辛茹苦，写了13年，才有了"史家之绝唱，无韵之离骚"的百世留名。

积小胜为大胜，从一般道理上讲是不错的，类似的成语还有水滴石穿、精卫填海、积沙成塔、集腋成裘等，意即只要"不抛弃，不放弃"，始终努力，坚持不懈，小胜积累多了，终究会量变引起质变，达到"大胜"的目标。事实上也确有许多这样的成功范例，成为我们高山仰止的楷模。但也有更多人虽几十年如一日地奋斗拼搏，小胜不断，最后却并没有心想事成，收获到大胜的果实，令人遗憾。

一个作家，虽很用功，也能吃苦，天天都在写，月月都有作品，年年都有进步。但若这些小成果含金量过低，分量有限，只是一味地低水平积累，不要说去采摘诺贝尔文学奖的桂冠了，就是想跻身于著名作家的队伍都很难。而在作家圈里，这样的作家比比皆是。

一个生意人，早起贪黑，每天都有进项，时不时发点小财，银行卡里的存款与日俱增，只要不出意外，最后做成个小老板，有房有车有产业，是没啥问题的。但如果他幻想着就这样小打小闹，日积月累，便可以积小胜为大胜，将来有朝一日成为中国或亚洲首富，那也是痴人说梦。

一个官员，勤勉努力，小心谨慎，文凭、能力、人缘、政绩都不错，按部就班得到提拔，到致仕时升到县级干部大有希望，但要想出将入相就难了。因为那种职务的官员不是靠几十年小心翼翼的工作熬出来的，而是靠出众的能力、不凡的业绩、特殊的机遇、超常的发挥换来的，少了一条也不行。

由此可见，要想积小胜为大胜，首先要方向正确，让每一个小胜都成为通向大胜的铺地砖，最忌东一榔头西一棒子，积累虽然很多，但和最终的大胜目标没有关系。其次，小胜要蕴含一定质量，才有意义。这是因为小胜与大胜不仅仅是数量多少的关系，更重要的是质量高低的关系，越往前走，对质量的要求就越高，最后的大胜必定是数量与质量的高度有机结合。若小胜质量太低，是永远不可能企及大胜高度的。再次，在小胜通往大胜的道路上，不能一直是波澜不兴的模式，一定要有若干次跳跃式发展、突击性提升。以马云为例，他从一个三人小公司起家，创立中国黄页，创立阿里巴巴网站，创立淘宝网，创立第三方网上支付平台支付宝，一步一个台阶。通过这几次跳跃，苦巴巴的小老板马云就跃升到"一览众山小"的首富高度。可以说，有了这三条，就等于拿到了通向大胜的特别通行证，想不成功都难。

古今中外，无论何时何地，都是小胜到处都有，大胜少如凤毛麟角，没有获得大胜虽然遗憾，但未必就是人生失败，享受过程同样也是乐趣。一个作家，或许永远达不到莫言的水平，但他在"我手写我心"、讴歌真善美的过程中享受到的写作乐趣，可能并不比莫言少。一个老板，做着小本生意，温饱有余，未必有和马云同桌吃饭的荣幸，但与家人共进晚餐的天伦之乐，同样弥足珍贵。

　　大胜固可以作为奋斗目标，但也不必过于干扰我们的生活，沉浸在或许不会通向大胜的小胜里，也别有一番情趣。

"马云"们的观察

马云是个很善于观察的人，自然也是个眼光不凡的人。他说：据我多年观察，凡是与学习有关的场所，门口停的大都是奔驰、宝马、路虎、劳斯莱斯等牌子的豪华汽车；而在网吧、游戏厅、麻将馆、棋牌屋门口，停的都是摩托车、电动车、自行车！然后他得出一个令人不无刺激的结论：这就是富人会越来越富，而穷人会越来越穷的原因！

法航一个资深空姐则从自己的观察角度来补充马云的结论。她在多年服务中发现一个规律：头等舱旅客看书的较多，公务舱旅客看杂志或用笔记本办公的较多，经济舱旅客看电影、玩游戏、聊天、睡觉的较多。在机场，贵宾厅里面的人大多在读书或办公，普通候机区的人基本上都在低头玩手机。由此，引起了她的深思：到底是人的位置影响了行为，还是人的行为影响了位置呢？

美国学者马丁·米勒，是研究好莱坞著名女星玛丽莲·梦露的专家，他根据梦露的日记和藏书整理出了一份梦露读过的书单，其中包括各类书籍多达430本，以文艺类的小说、诗歌为主，但也有科学、政治、园艺等类的书籍，门类丰富，视野开阔，甚至包括马克思的《资本论》、弗洛伊德的《梦的解析》、汤因比的《历史研究》、马基雅维利的《君主论》。许多书籍上都留下了她或长或短的读书心得。

三个不同国籍、不同职业的人分别从不同角度进行观察，得出一个共同结论：读书是成功的重要阶梯。但三个人又各有侧重，马云是个商人，在商言商，一说到读书，他首先想到的就是贫富差别，是"要想改变口袋，先要改变脑袋"！法航空姐服务多年，阅人无数，"见惯秋月春风"，她最直观的看法就是，"多读书才能坐头等舱，才能跻身成功者的行列，否则就有被淘汰的可能"。而学者马丁·米勒在谈到自己的研究成果时，用诗一样的语言兴奋地说："一想到梦露也读书，就心中充满欢乐。浮华尘世里，你永远有同道，智慧的风吹过田野，吹过梦露，也吹过你。"

当然，即便我们开不上奔驰、宝马、路虎、劳斯莱斯等牌子的豪车，不能与"马云"们为伍，也仍旧要读书；即便我们坐不起头等舱，享受不了贵宾厅的服务，也仍旧要读书；即便梦露不读书，没有大明星做伴，我们也会该读书时照样读书，该发奋时照样发奋。因为读书能把我们引向智慧之路，为我们打开知识之门，使我们收获精神幸福之果。一书在手，可与古今大师交流，可站在巨人肩膀上远望，可神游八极，心骛宇宙，这么好的事，上哪儿找去？诚如季羡林先生所言："天下第一好事，还是读书。"

世人做事，往往出于两种考量：一是功利，二是兴趣。读书也是一样，从功利的角度来说，读书确实可以帮助我们发财、升官、成名，开宝马车，坐头等舱，即古人所言"书中自有千钟粟，书中自有黄金屋，书中自有颜如玉"。但功利的目的要受很多客观条件制约，未必能人人好梦成真，甚至多数人难以通过读书来改变命运，所以纯粹出于功利目的的读书难以持久。而出于兴趣的读书，则主要是内心的欲望驱使，目的是使灵魂愉悦，使眼界开阔，使精神脱贫，与穷富无关，与贵贱无碍。

我们既可以"红袖添香夜读书"，也可以"雪夜闭门读禁书"；既可以"书卷多情似故人"，也可以"立志读尽人间书"。出于这样的目的读书，方可持之以恒，乐此不疲，修炼精神，美化人生。

"再好的手机都要充电，再好的电脑系统也要更新"，这还是马云的金句。换言之，不管出于什么动机，多读书都是好事。

好饭不怕晚

好饭不怕晚，盖因火候到而蒸炖煨煮更细，时间足而煎炒烹炸味道尤佳。《战国策》则说了另一条原因："晚食以当肉，安步以当车。"人生也是如此，少年早慧固然可喜，大器晚成也足资欣慰；青年得志令人羡慕，老树开花也别具风采。

就说南非前总统曼德拉吧，足足坐了 27 年牢，出狱时已 72 岁高龄，可他的"好饭"才刚刚开始。3 年后，他获得诺贝尔和平奖；4 年后，他当选南非总统；10 年后，他被选为最伟大的南非人；20 年后，他被尊称为"南非国父"。出狱后的 33 年里，他共获得世界各国授予的 100 项奖项。这样丰盛的"好饭"，哪个总统、国王能有这样的"口福"？哪个高官、政客不羡慕嫉妒恨？

再说学者作家张中行。75 岁之前，他默默无闻，除了人们提起《青春之歌》时，会说到他是那个落后男人余永泽的原型。75 岁以后，他迎来自己的"好饭"，突然大爆发，新作一本接一本问世，内容一本比一本精彩。《负暄琐话》系列，平和恬淡，清隽优雅；《禅外说禅》深入浅出，雅俗共赏；《说梦草》《顺生论》思想深刻，文笔优美；《流年碎影》娓娓道来，平实自然。他的"好饭"就被冠名以"散文大家"之作，清香，淡雅，精致，有"高人、逸人、至人、超人"之风。

再往早里说，姜子牙的"好饭"也晚得可以。老姜早年贫困潦倒，以卖笊、面、牛、酒及贩猪羊为生，均不利。后来他还当过算命先生，干过几天小官，混饭而已。直到80岁高龄，他才盼到了自己的"好饭"，出山后被周文王封为"太师"，尊为"师尚父"，并辅佐周武王伐纣成功，封王于齐国。都称王称霸了，姜子牙的"好饭"，自然少不了山珍海味，凤肝龙髓，不仅自己大快朵颐，子孙后代也大沾其光。

2013年，82岁的加拿大女作家爱丽丝·门罗成为诺贝尔文学奖历史上第13位女性获奖者，被誉为"当代短篇文学小说大师"。为了这一顿"好饭"的到来，她辛勤耕耘了将近70年，卧薪尝胆，不离不弃。有人说她不够聪明，不是写作的料，她不理会；有人说专写短篇小说得不了诺贝尔文学奖，她不为所动，一心写她的"豆腐块"；有人说她是小地方的小作家，写的东西根本没人注意，她仍不受干扰，坚持不懈……最后，终于等来了属于她的"好饭"，色香味俱佳，令人垂涎欲滴——多少作家写一辈子也没能盼来这一顿文学盛宴。

张爱玲有句名言："出名要趁早。"世界上没有人会成心把"好饭"拖到最后才端上来，"好饭"晚到也是不得已的事。"好饭"之晚，或因"食材"难凑，或因火候不到，或因制作复杂，遇到这种情况，须耐心等待，不能着急。如果机遇不逢，积累不足，功力不够，火候不到，强行揭锅必然会吃夹生饭。

当然，也不是谁都能享用到晚来"好饭"的，除了努力奋斗、日积月累外，你还得身体好，寿命长。曼德拉活了95岁，张中行活了97岁，姜子牙活了100多岁，他们就能有滋有味地享用晚来"好饭"。东晋权臣桓温奋斗了一辈子，眼看称帝"好饭"就要来了，却呜呼哀哉，驾鹤西去；王宝钏苦守寒窑十八年，终于等来了夫妻团聚、荣华富贵的"好饭",可惜只吃了十八天就一病不起,殊为可叹!

人生苦短,世事无常。倘有条件,无论是建功立业,还是著书立说,抑或成人成才,都要尽量往前赶,趁着胃口佳,牙口好,早早吃上"好饭",会吃得更香。但若时运不济,道路坎坷,前半生壮志难酬,不得不晚吃"好饭",也要惜福自珍,好好享用。"失之东隅,收之桑榆",历来多有美谈;"苍龙日暮还行雨,老树春深更著花",更是难得的境界。

一"拼"到底

人生在世，多多少少总要和一个"拼"字相伴。

拼有两意，一是不顾一切地去干，豁出去了。譬如拼命、拼力、拼搏、打拼、血拼、拼死拼活，拼个鱼死网破等。二是比拼较劲之意，如拼爹、拼关系、拼学历、拼颜值、拼财力等。

就说这后边一层意思吧。许多人一辈子都在与人比拼、较劲，乐此不疲，甘之如饴。也有人对此不以为然，以为它俗不可耐，君子不为之。既然此事不能人同此心，那就求仁得仁，各取所需吧。

一般来说，商人要拼销售、拼研发、拼产品质量；官员要拼政绩、拼威信、拼工作水平；军人要拼武器、拼战术、拼战斗意志；作家要拼作品、拼人气、拼作品销量；明星要拼表演、拼颜值、拼粉丝规模；运动员要拼实力、拼心态、拼临场发挥。从积极方面来理解，如果不会比拼，不善比较，心中无数，缺乏知人之智，做不到知己知彼，没有了竞争动力，商人可能会折戟商海，官员很难有所作为，军人必败于战场，明星很难大红大紫，运动员也与佳绩无缘。

从人生轨迹来看，"比拼"几乎是人与生俱来的本能。孩子一出生，就会拼命大哭，叼住母亲奶头，拼命吮吸。再大一点，就会与其他孩子比拼玩具，比拼娇宠，比拼鞋帽。少年发蒙时，要拼成绩，拼名校，拼学历，拼爹娘；风华正茂时要拼工作，拼职位，拼婚姻，拼住房；人到中年要拼事业，拼发财，拼仕途，拼儿女——比谁的儿女有出息，能光宗耀祖；进入老年则要拼健康，拼养生，拼长寿，甚至还要拼身后哀荣，谁的墓碑贵，谁的坟茔大，谁的追悼会规格高。五花八门，不一而足。就这样一路拼来，拼到驾鹤西去。不知黄泉路上还有什么好拼的没有，譬如说，比拼谁家的后人烧的纸钱多。真可谓一"拼"到底。

这种种比拼，固然也有一些积极意义，如能激发人的竞争精神，挖掘人的潜能，慰藉人的成就感，满足人的虚荣心等，但也须把握有度，适可而止，以防过犹不及，物极必反。过于"拼爹"，骄横跋扈，容易把自己变成纨绔子弟，弄不好就进了班房；靠拼关系、拼靠山立身处世，自己没有真才实学，一旦树倒猢狲散，那日子也很不好过；拼学历可以骄傲一时，若能力不进步，水平不提高，就是哈佛、耶鲁的毕业生，也一样会被淘汰。

真正睿智的人，是不会在各种庸俗的比拼中浪费生命的。严子陵不屑于与人比拼自己和皇帝的同窗之谊，而甘愿垂钓于富春江上；陶渊明主动退出官场比拼的行列，"采菊东篱下，悠然见南山"；王冕性格孤傲，鄙视权贵，耻于与人比拼富贵，"不要人夸好颜色，只留清气满乾坤"；杨绛追求灵魂自由，人格高尚，"我和谁都不争，和谁争我都不屑"。这些人都是人中翘楚、高洁君子，令人心向往之。

退而求其次，我们至少要明白，做人处世，不必凡事都去比拼，要有所为，有所不为。拼爹、拼钱、拼吃、拼喝、拼关系、拼颜值、拼奢侈、拼排场之类的事，以不沾惹为好。还有些东西，可以拼一阵子，没必要拼一辈子，拼一阵子或是时务之需，拼一辈子则是顽固不化。真要比拼，那就拼本事、拼学问、拼贡献、拼事业、拼家风、拼操守，这些比拼，能使人变得杰出、优秀，多些也无妨。

说到底，人是为自己而活着的，以舒心惬意为要，不是活在与他人的比拼中，大可不必在意他人眼光，非要与他人比个尺短寸长。

拥抱麻烦

好不容易申请到了一个大课题，级别很高，挑战性很强，难度也相当大，心中感到忐忑不安。我向主管领导汇报，说该课题前景很诱人，但麻烦不是一般的大，恐怕很难搞定。领导气冲斗牛地表示："怕啥，没麻烦要我们干什么，人就是为战胜麻烦而生的。"这句话很提气、很励志，自然也很有道理。

从内心来说，人人都怕麻烦，都希望过太平日子，静谧安详，波澜不兴，无忧无虑，诸事顺遂。要说也是，干吗要去招惹麻烦呢？但问题是，树欲静而风不止，你不去找麻烦，麻烦却要来找你，人自打出生就注定要与麻烦为伍，一辈子都离不开麻烦的骚扰。就像《红楼梦》里的袭人劝诫宝玉时说的那句话："成人不自在，自在不成人。"

既然麻烦在所难免，会不时前来"拜访"，与其躲来躲去，畏首畏尾，倒不如主动出击，拥抱麻烦，认识麻烦，化解麻烦，最终战胜麻烦。因而，尽管我也很怕麻烦，但我赞成这样的态度：迎难而上，以苦为荣，明知山有虎，偏向虎山行，主动拥抱麻烦，也拥抱找麻烦的人。

怕麻烦的人，往往心理承受能力很差，缺乏耐心，没有韧劲，更没有担当，很难成就大事。怕麻烦的人，上学怕麻烦，干活怕麻烦，结婚怕麻烦，生养孩子怕麻烦，做家务怕麻烦，连一个家庭都经营不好，更不要奢谈什么"治国平天下"了，道理很简单，"一室不扫，何以扫天下？"

一般来说，人的欲求越多，目标越大，对自己期望越高，麻烦就会越多、越大。也可以这么说，许多麻烦都是自找的，要做人、要干事就会有麻烦。遇到麻烦越多的人，就越重要；解决麻烦越多的人，就越成功。倘若总有人给你找麻烦，你就肯定是个举足轻重的"大人物"。

譬如一个影视明星，当导演不麻烦你时，你可能已没票房价值了；当娱记不麻烦你时，你可能已被媒体遗忘了；当狗仔队不麻烦你时，你可能已成过气明星了；当影迷不麻烦你时，你可能已被边缘化了；当广告商不麻烦你时，你就没有商业价值了。

就算是个普通人，也是一样。当孩子不再麻烦你时，可能已经长大成人，远离你了；当父母不再麻烦你时，可能已经不在人世了；当爱人不再麻烦你时，可能你们之间已经有隔阂了；当朋友不再麻烦你时，可能你们之间的友谊已经淡漠了；当老师不麻烦你时，可能认为你已"朽木不可雕也"了；当上级不麻烦你时，可能你已被弃用了；当老板不麻烦你时，你肯定要被炒鱿鱼了。

人其实就是一直生活在麻烦之中，一直在与麻烦周旋中体现价值，在解决麻烦中增长才干。而且，不仅有人在麻烦你，你也在麻烦别人，你今天为他人化解麻烦，将来可能也会有人帮你化解麻烦。所以，请珍惜身边麻烦你的人，请妥善地处理好每一件麻烦事，请不怕麻烦地做好本职工作，行使应尽的责任和义务。

说拥抱麻烦，拥抱麻烦我们的人，可能有些夸张、矫情，但至少对某些麻烦和麻烦我们的人，却是完全适用的。譬如，我们要拥抱找我们麻烦的衰老父母，别忘了我们曾经给他们添过多少麻烦；明星要善待那些找你麻烦的影迷，哪一天他们都不来麻烦你，那你的日子就不好过了；学生要拥抱总是"找麻烦"的老师，没有他们的麻烦，你怎么能学到知识、成人成才？

人的成长，就是在无数麻烦的煎熬中汲取养分；人的卓越，就是不怕麻烦、敢于拥抱麻烦；人的伟大，就是藐视麻烦、善于化解麻烦。所以，如果有人说：你有麻烦了！先不要慌，这可能是挑战，也可能是机遇；可能会让你焦头烂额，也可能让你大放异彩。这就是生活的真谛——沧海横流，方显英雄本色。

大师都是"笨人"

近读几本名人传记，受益匪浅，大开眼界。无意中我发现一个规律，古今中外那些大师都是"笨人"，笨得好笑，笨得出奇，但最后都笨出了大名堂、大成就，笨成了大师泰斗、人杰名流。

大师都爱下笨功夫。胡适说："这个世界聪明人太多，肯下笨功夫的人太少，所以成功者只是少数人。"以国学大师钱穆为例，他几十年如一日做读书笔记，一丝不苟地查抄资料，每日读书写作 10 个小时，踏踏实实地钻研学问。学者张自铭评价说："辛亥以还，时局屡有起伏，先生未尝一日废学辍教。"历史学家孙国栋说："钱先生研究、讲学、教育、著述兀兀 80 年未尝中断，这番毅力精神旷古所无。而学问成就规模之宏大，实朱子以后一人。"钱穆自己总结治学体会时也说："古往今来有大成就者，诀窍无他，都是能人肯下笨功夫而已。"

大师都爱用笨办法。达·芬奇小时候跟著名艺术家弗罗基俄学画，老师要他从画鸡蛋开始，以此练习光影、渲染、素描、配色、留白、布局等技巧。他每天一丝不苟地照着鸡蛋画，一画就是三年。不知不觉间，他的画力大增，水平猛涨，很快就超过了他的老师。后来，达·芬奇画的《最后的晚餐》和《蒙娜丽莎》等画作，成了难得的世界名画，他也终于成为伟大的艺术家。背书也是笨办法，常被聪明人嘲笑为死记硬背，但很多大师都喜欢这个办法，并乐此不疲。早年，章太炎在台湾做记者。一次与同学李书聊天时，他自信地说："在我所读的书中，95%的内容我都可以背诵出来。"李书不信，认为这是不可能的事，于是把自己读过的经书全搬了出来，想考倒他。不料，章太炎如数家珍，连哪一句出自哪本书的哪一页都丝毫不差，让李书佩服得五体投地。有这样的背功，章太炎后来成为海内外闻名的国学大师，想想也没什么奇怪的。

大师都爱使笨劲。钱钟书的脑子很好用，幼有"神童"之誉，但做学问时从不偷懒耍滑，舍得使笨劲。进入清华后，一些"聪明"学生开始优哉游哉，享受生活，学习上只求"60分万岁"。而钱钟书的目标是"横扫清华图书馆"，每日泡在图书馆里，抄抄记记，梳理勾陈，甘之如饴。最能代表他学术成就的《管锥编》，引述了4000位名家上万种著作中的数万条书证，汪洋恣肆，博大精深。那就是他下了一辈子笨劲的结果。爱使笨劲的还有大发明家爱迪生。最为人津津乐道的是他发明灯泡的试验，为了选择合适耐用的灯丝，他先后试验了1600多种不同的耐热材料，这种不厌其烦、不怕重复、舍得花费99%的汗水的笨劲，终于使他那1%的灵感得到实现，从而获得巨大成功，给人类带来了光明。

《老子》说："大智若愚，大巧若拙，大音希声，大象无形。"其实，大师们的这些笨功夫、笨办法、笨劲，都不是真笨、真傻，而不过是他们不愿走捷径，不肯投机取巧，想扎扎实实搞学问，一丝不苟干事业而已。那些当初嘲笑他们笨的"聪明人"，早就被湮没、淘汰了，而这些靠笨功夫立身，用笨办法修业，使笨劲做事的"笨人"，不经意间都成了行行业业的大师巨匠。因而，同样有"笨人"精神的诺贝尔奖物理学奖得主杨振宁给人题词时，就常写："宁拙毋巧。"这也是"此中有真意，欲辩已忘言"的经验之谈啊。

谁挡了你的路？

近日，与一个做官的朋友小酌。只见他情绪低落，唉声叹气，怎么也打不起精神来。原来，他副处长已干了多年，正处长退休后，本想着"多年媳妇熬成婆"，没有功劳也有苦劳，他以为自己终于水到渠成，该转正了，可没想到上边调来一个更年轻的当了处长，一下子把他的路挡死了。他很灰心地说，老处长挡了我好几年路，新处长又把路挡得严严实实，前途无望，不寒而栗，这日子是真没法过了。

我没做过官，不知道一个正处级有那么大吸引力，也不知道官场里的曲曲弯弯，但按常识判断，揆情度理，世间万事的基本道理大致都是相通的。就说这有人挡路的事，何止官场仕途，行行业业都不稀罕，可以说是司空见惯的常态。路就那么宽，难以并行不悖，不是人家挡了你的路，就是你挡了人家的路，那么，遇到有人挡路的事咋办？我想，其实也很简单，不外乎三条办法。

一是绕开。既然前边有人挡路，条件比你优越，你又不能硬顶，不愿闹个鱼死网破，短期内也看不到他给你让路的可能，你还不甘心久居人下，那就"曲线救国"，想办法调个单位，换个处室，绕开绊脚石，说不定就柳暗花明了。二战时，法国修了个马其诺防线，固若金汤，坚不可摧，想挡住希特勒的虎狼之师。若要硬攻，必将损失惨重，还未必奏效，德军就避实就虚，绕开了马其诺防线，从背后轻轻松松拿下法国。做人亦是同理，即所谓"树挪死，人挪活"。

二是另辟蹊径。倘若堵得太严，左突右冲仍然了无生路，实在干不下去，那就干脆改行走人，另开新路，这也就是鲁迅先生说的那个道理，"其实地上本没有路，走的人多了，也便成了路"。范蠡功成名就后，看出勾践是个白眼狼式的挡路专家，就急流勇退，改行经商，成为巨富，并三散家财，世人誉之："忠以为国；智以保身；商以致富，成名天下。"沈从文本以写小说为长，却因政治运动频仍，被堵得无路可走，难以再跻身作家队伍，他就索性改行去搞古代服饰研究，经过几十年苦心钻研，俨然成为一代大师。

三是硬拼。狭路相逢勇者胜，自古皆然。如果你想和挡路的人硬拼死磕，那就卧薪尝胆，奋发图强，先努力做大自己，不断提升实力，达到水平奇高、能力特强的程度，见神杀神，见佛杀佛，让挡你路的人自愧不如，自动让贤，或把你的竞争者逼到绝处，打他个落花流水，前边就成了一马平川，畅通无阻。

不过，还有一件事要弄清楚，你得搞明白到底是他人在挡你的路，还是你自己在挡自己的路。有时候，看似他人在挡你的路，其实是你在挡自己的路。譬如说你的懒惰平庸、昏聩无能，你的不思进取、乏善可陈，你的一无所成、众叛亲离，都可能是你的拦路虎，而横在你面前的他人，则不过是这些拦路虎的化身。如果你足够优秀、足够强大、足够杰出，谁也挡不住你前进的步伐。想想看，谁能挡住秦始皇的统一之路，谁能挡住孙中山的共和之路，谁能挡住邓亚萍的夺冠之路，谁能挡住马云的电商之路……所以，与其怨天尤人，盲目抱怨有人堵路，不如先在自身找找原因，看看是不是因为自己的不足和缺陷而招来了挡路之人，因为在很多情况下，其实都是我们自己在挡自己的路。

如果你确实很能干、很敬业、很有水平，而不幸被人挡路，那又有什么可怕？是金子在哪儿都会发光，或走人，或改行，或杀出一条血路，古今中外，哪个成功者不是这样走过来的？

跟谁当学生很重要

人生在世，起步总要从当学生开始，选谁当老师，跟谁当学生，是至关重要的事。纵观古今中外那些搞出名堂的成功人士，大多都与其得到名师的指点、奖掖、提携有关。当然，因没选对老师受到连累的事也不少。

师者，"传道、受业、解惑也"，一个人能不能真正"学得文武艺"，就看你跟谁当学生了。苏格拉底是古希腊三哲中的第一位，博览群书，学富五车，是其时一等一的大学者。柏拉图拜他为师，苦学不辍，终得其真传，也成为著名教育家、哲学家。亚里士多德跟柏拉图学习，由于他既聪明又勤奋，又得到大师亲炙，后来，青出于蓝而胜于蓝，成为百科全书式的科学家，马克思称赞他是古希腊最博学的人。柏拉图跟对了苏格拉底，横空出世；亚里士多德跟对了柏拉图，一飞冲天，都成为千古美谈。

老师还有指路功能，跟对了老师，就找准了方向，明确了路径，走下去肯定是一马平川，风光无限。法拉第跟随戴维，经其指点迷津，学到了研究方法，掌握了实验技术，更重要的是确定了科研方向，并后来居上，取得了比老师更大的成就。所以，当戴维在填写登记表中"对科学的贡献"一栏时，只写了一句话："最大贡献———发现了法拉第。"蔡锷曾师从梁启超，当袁世凯"复辟"开历史倒车之际，梁启超策划并支持蔡锷讨袁护法，建立了不世功勋。钱学森投师著名火箭专家冯·卡门，不仅从老师那里学到了知识与技术，还明确了自己的奋斗方向，最终成为"火箭领域中最伟大的天才之一，我的杰出门生"（冯·卡门语）。

跟谁当学生之所以很重要，还因为这事关自己的前途与发展。跟对了老师，就等于跟对了前途，跟出了发展空间。鬼谷子虽带的学生不多，但个个都成了人中龙凤，人人都前途无量，出将入相。苏秦，任合纵联盟"从约长"，兼佩六国相印，一时风头无两；张仪，战国时期著名的纵横家、外交家和谋略家，首创连横的外交策略，任秦国宰相，被封为武信君；孙膑，大军事家，齐国军师，成功指挥桂陵之战和马陵之战，奠定齐国霸业。庞涓本也有大好前途，出任魏国大将，权倾朝野，但他最后忘了老师的教诲，嫉贤妒能，利令智昏，结果砸了饭碗，丢了小命。

跟对老师，会如沐春风，全面受惠，终身受益。刘质平跟李叔同学音乐，李对其关怀备至，学业上指教，思想上启迪，事业上提携，经济上资助，生活上关心。毕业后，李叔同又资助他去日本留学，把自己价值连城的书法精品全部交给刘质平。刘质平称他与李叔同"名虽师生，情胜父子"，一点也不夸张。毛泽东跟杨昌济学习，杨老师对这个学生授业上不遗余力，思想上润物无声，生活上关心备至，经济上倾力资助，事业上为他引路，还把爱女杨开慧嫁给毛泽东，堪称超一流恩师。

名师出高徒，从来多佳话。跟对老师的名流还有很多。颜回、子路跟对了孔夫子，李鸿章跟对了曾国藩，傅抱石跟对了徐悲鸿，鲁迅跟对了章太炎，萧红跟对了鲁迅，张君秋、言慧珠跟对了梅兰芳，王淦昌跟对了叶企孙，常宝华跟对了马三立，小沈阳跟对了赵本山，宋祖英跟对了金铁霖，姚明跟对了李秋平，刘翔跟对了孙海平……这一长串名单，有古有今，有文有武，都是功成名就的一时名流。如果没有跟对老师，没有恩师的教导、提携、资助、关心，不能说他们绝对不会出人头地，但路途肯定会特别艰辛，代价也会超乎寻常。万一跟错了老师，"以其昏昏使人昭昭"，说不定就会明珠暗投，被带到沟里，毁了一生的事业。

与"敌"共舞

人生在世，既要和朋友来往，亦少不了与敌手打交道。若没有朋友，落落寡合，形单影只，生活是寂寞乏味的；若少了敌手，自己唱独角戏，无从激发斗志，潜能很难得到挖掘，也难以达到自己的人生高度。因而，那些人生辉煌的杰出人物，都是在与敌手的激烈较量中显出英雄本色的。

当然，所谓敌手，并非只是战场上刀枪相见、你死我活的另一方，广义来说，与我们利益相悖、权力相争、立场不同、观点相异的人，都可称之为"敌手"，譬如论敌、情敌、政敌等。与"敌手"争斗，会磨砺人的意志，丰富人的历练，增强人的力量，提升人的智慧。在与敌手的周旋中，人能得到精神升华，最后成就一番功业。如果谁说自己一辈子没有一个敌手，四平八稳，与世无争，人生无痕，那也是很可悲的。

敌手，即与自己实力相当、能力相等的对手。最有名的就是辛弃疾在《南乡子·登京口北固亭有怀》里那句名言："天下英雄谁敌手？曹刘。生子当如孙仲谋！"

生活上需要敌手。喜欢下棋者，要找一个水平相当的对手，才能杀得酣畅淋漓，欲罢不能。谈恋爱时，如果有一个或几个情敌，竞争激烈，难分高下，那才能见真情、见魅力，含金量也高。事业上更需要敌手，古往今来，凡是轰轰烈烈的事业、有声有色的历史，都是与强大的对手激烈碰撞的结果。刘、项争夺天下，金戈铁马，刀光剑影，杀得难解难分，于是就有了鸿门宴、十面埋伏、霸王别姬、四面楚歌等一幕幕历史大戏生动上演。

鲁迅是文坛伟人，他的伟大，至少一半要拜敌手所赐。看看他的那些对手吧，胡适、林语堂、郭沫若、成仿吾、陈垣、徐志摩，还有梁实秋，个个都是国内顶级的文人、学者，学富五车，满腹经纶。为了与他们论是非，争黑白，鲁迅不得不使出浑身解数，动用自己的所有知识储备，殚精竭虑，呕心沥血，才有了那一篇篇闪烁着智慧光芒的杂文，才奠定了他在现代文学史上的崇高地位。不过，钱理群教授指出："鲁迅自己也一直期待真正对手的出现，能够打中他的要害。但最可悲的是，这样一个人始终没有出现。如果鲁迅有真正的对手，鲁迅的人生会更加精彩。这是一个很大的遗憾。至今，他真正的对手都没有出现。"这不能不说个遗憾。

没有敌手，自娱自乐，不仅自己没有激情，观众也看得索然无味。在羽毛球赛场上，一提及林丹和李宗伟这两个名字，就会吸引公众的目光。每一次"林李大战"，双方都会碰撞出激烈的火花。林丹由衷地表示："我非常非常感谢这样伟大的对手，因为有这样强劲的对手，才能让我每天不敢偷懒，不敢放松，要更加努力地去面对每一天的训练。"这就是敌手的意义之所在，敌手可以激发我们的竞争意识，使我们不甘平庸，不肯落后；可以鞭策我们，使我们不敢懈怠，不肯放松，永远进取；可以使我们保持危机感，始终心存忧患，在激烈的竞争中升华自己，实现人生价值。

人生需要敌手，没有敌手的人生是残缺不全的。一个人如果没有敌手，很可能就是落后的开始；没有敌手，就会自高自大，成为井底之蛙；

没有敌手，就会自我感觉良好，"山中无老虎，猴子称大王"；没有敌手，就会鼠目寸光，"不知有汉，无论魏晋"；没有敌手，就会裹足不前，得过且过，最终被时代所抛弃。当然，也不能学堂吉诃德，闲极无聊，挖空心思去找敌手，居然去与大风车较量，那就愚不可及了。

　　与"敌"共舞，或宿敌、劲敌、天敌，或论敌、情敌、政敌，都会壮怀激烈，跌宕起伏，是很有激情的生活。

不试咋知道行不行

　　范进想去参加乡试，问岳丈胡屠夫借盘缠，被骂得狗血喷头："这些中老爷的都是天上的'文曲星'！你看不见城里张府上那些老爷，都有万贯家私，一个个方面大耳？像你这尖嘴猴腮，也该撒泡尿自己照照！不三不四，就想天鹅屁吃！"范进想，不试试咋知道自己行不行，自古无场外的举人，如不进去考他一考，如何甘心？这一试不要紧，试出了《儒林外史》里的一段千古佳话——范进中举。

　　试，就是大胆实践；试，才有实现的可能。范进如果不去试一回，他就只能永远是个穷酸秀才，当个私塾先生，一辈子受累受苦，窝窝囊囊。他大起胆来一试，没想到金榜题名，步入仕途，从此吃上皇粮，改变命运，成了天上的"文曲星"。中国搞改革开放，一开始也是在试，面对种种因循守旧的观点与非议，总设计师邓小平大声疾呼："改革开放胆子要大一些，敢于试验，不能像小脚女人一样。看准了的，就大胆地试，大胆地闯。"于是，试着分田到户，试着搞承包制，试着建特区，试着打破铁饭碗，试着搞股份制，试着搞中外合资，结果就试出来了繁荣发展的大好局面。

试，肯定是有风险、有代价的，但一旦获得成功，将会千万倍地偿付这种代价。20世纪五六十年代，中国试着搞"两弹一星"，吃尽苦头，历经艰辛，在方方面面都做出了巨大牺牲。中途有人要打退堂鼓，说是代价太大，下马别试了。可国家政府还是顶住压力，坚持下来，步履维艰，不断前进，最终获得巨大成功，为民族建造了可靠的安全盾牌，一代代华夏子孙都将受益无穷。20世纪70年代，屠呦呦带领团队试验青蒿素，经历了数百次试验，在金钱、物力、精力、时间上都付出了巨大代价，还要冒着中毒的风险去试验药性，然而，试验的成功却造福了千千万万的疟疾患者，屠呦呦也因此成为诺贝尔奖得主。

试，就有失败与成功两种可能；不试，就不存在任何可能。单位里搞竞争上岗，你千万别自惭形秽，连名都不敢报，不妨去试上一回，是骡子是马，拉出来遛遛。成功了就会事业更上一层楼，失败了也不会掉皮掉肉，谁愿嘲笑就让他笑两声。看上一个意中人，与其每天暗恋，受尽煎熬，不如直接大胆表白，或许这一试就能心想事成，抓住桃花运，抱得美人归。即便表白被拒，除了有点丢面子、伤自尊，别的也没啥损失，而且你试过了，知道没有机会，以后想起来也不留遗憾。

人都是有潜能的，有时候你自己都不知道自己有多强。试的过程，往往就是挖掘、释放潜能的过程，会把你所有的本事都逼出来。马云试着搞电商，雷军试着造小米，李彦宏试着建百度，俞敏洪试着办新东方，一开始谁都没有十足的把握，谁都不知道自己究竟是不是这块料，可试着试着就尝到甜头、渐入佳境，试着试着就成了行家泰斗、大腕教父。还有张艺谋，本是个摄影师，却不安分守己，想试着当导演；电影导演干成了，又试着导歌剧、导奥运会开幕式、导山水情景剧，一不小心就成了全能型的国际名导。

人在幼年时，天真无邪，无所顾忌，啥都想试，试着说话，试着走路，试着穿衣吃饭。可长着长着，懂得多了，阅历广了，反倒变得患得患失，怕这怕那，唯唯诺诺，啥都不敢试了。因而，我们还是应该保留点赤子之心，该试就要大胆地试：试着应聘，试着创业，试着转行，试着创新。在试的过程中要不怕失败碰壁，不怕风言风语，不怕丢人，不怕没面子；在试的过程中可寻找机会，挖掘潜能，挑战极限，实现升华。

人生充满机会与挑战，不试咋知道行不行？这需要知识与智慧，更需要勇气与胆识。

学问的用法

　　我在大学里有个同事，爱读书，很勤奋，学问颇大。但他在教学方面却一塌糊涂，因其不会活用学问，加之口才欠佳，茶壶里煮饺子——倒不出来，结果是屡屡在学生评教中被排在最后。这一学期，因连续评教排在末位，他已被教务部门警告，若第三次出现这样的结果，就要解聘走人。

　　真正的有学问的人，应是既会做学问，也善于用学问，不仅肚里有货，而且该用时还能拿得出来，得心应手地用学问来指导工作、思考问题、著书立说、建功立业、优化人生。古时嘲讽那些只会死读书的人为"两脚书橱"，更刻薄的说法是"百无一用是书生"，"宁为百夫长，胜作一书生"。这些死读书的人不是没有学问，而是不善于理论联系实际，不能活学活用书本知识。

　　学问的用法大体有这样几类，有厚积薄发的，有厚积厚发的，有薄积薄发的，有薄积厚发的，不一而足。不管什么法子，能把学问用好、用活，才是硬道理。

　　北宋赵普是薄积薄发型的。他读书不多，学问不大，但人极聪明、练达，脑子活络。他信奉儒学治国方略，自称"半部《论语》治天下"，把自己有限的学问极度放大、充分使用，辅佐赵匡胤干了不少大事，成了一个很不错的宰相。在内存不足的情况下充分活用学问、指导实践方面，赵普无疑是个典范，对后世很有影响，颇有值得借鉴之处。

毛泽东是厚积厚发型的。他是个无书不读的大学问家，也是个古往今来最会活用学问的行家里手。别人读四大名著，也就是看个热闹，最多为孙猴子喝几声彩，陪林黛玉掉几滴相思泪。毛泽东则从这里看出了斗争艺术，悟出了战略战术，读出了阶级斗争，看出了历史规律。他的军事理论和水平，有相当一部分就来源于《三国演义》。他在讲中国革命战争策略问题时，引用林冲与洪教头比武的例子，说明斗争要有进有退。在动员八路军到敌人后方去的会上，他讲了孙悟空钻进铁扇公主肚子里的典故，收到很好的鼓动效果。此外，他运用愚公移山的故事教育大家，挖山不止，改造中国，更是国人耳熟能详的范例。

大多数人则是厚积薄发型的。他们学富五车，满腹经纶，却下笔谨慎，出言精严，办事稳妥，以至于十分学问仅能用其二三，殊为可惜。但如果把学问用得很扎实，有底蕴，能站得住脚，经得起推敲，为文多可成为经典，做事则会成功非凡。苏轼是文化巨人，通古晓今，博览群书，可他却热衷于写小文章，其代表作前后《赤壁赋》，不过区区几百字，《赤壁怀古》更短，不到百字，但美不胜收，都是难得的文化瑰宝。鲁迅的杂文大都是千字文，但因为字字珠玑，文采斐然，不少都成了传世名篇。厚积薄发者，稳如磐石，满腹锦绣，无论著书立说还是做事经业，都好似杀鸡用牛刀，举重若轻，是最可靠的成功之道。

还有一种是薄积厚发型的。古人说"学成文武艺，货与帝王家"，本有些俗气与功利，但毕竟人家还有个十年寒窗的苦读，有个悬梁刺股的经历。时过境迁，如今能平心静气地身居斗室去厚积学问者日渐其少，而多是无心向学，浅尝辄止，略知一二就急于卖弄，想赶快拿来换银子、换前程的浅薄之人。由于学养不足，学识浅薄，有的甚至胸无点墨，却偏要"厚发"卖弄，其结果是，为文卖字者，炮制一堆文化垃圾，惨不忍睹；教书育人者，误人子弟，滥竽充数；影视从业者，瞎编乱造，糊弄观众；商海淘金者，发财无门，四处碰壁；官场博弈者，颟顸昏庸，一无是处……

学问来之不易，难在融会贯通，贵在联系实际。会用学问者，如虎添翼，事半功倍，智者当鉴之。

"半路出家"也精彩

　　著名语言学家周有光，生前常说自己是半路出家，50岁以前是搞经济学的，51岁才开始搞拼音研究。可是，没想到他搞出了大名堂，对中国语文现代化的理论和实践做了全面而科学的阐释，被誉为"汉语拼音之父"。可见，只要真心热爱，舍得投入，功夫到了，肯撸起袖子，用洪荒之力，半路出家也精彩。

　　说到半路出家，我们就会想到杨五郎、鲁智深、贾宝玉、李叔同、李娜等，走的都是典型的半路出家的路子。就说李叔同吧，他本是南京高等师范学校的音乐、图画教师，多才多艺，博学多闻，是著名音乐家、美术教育家、书法家、戏剧活动家，是中国话剧的开拓者之一。39岁时，他看破红尘，正式出家，法号弘一，拜了悟和尚为师。皈依佛门之后，他一洗铅华，笃志苦行，不畏艰难，深入研修，潜心戒律，著书说法，成为世人景仰的一代佛教宗师，被佛教弟子奉为律宗第十一代世祖，也是国内外佛教界著名的高僧，他的后半生比前半生还要精彩。

　　半路出家有自愿的，如李叔同，也有不得已的。沈从文就是被迫改行，半路出家去搞古代服饰研究。他原来是写小说的著名作家，曾经有得诺贝尔奖的可能性，可后来因为政治运动、风云变幻，他被剥夺了写作的权力，不得不半路出家，去中国历史博物馆和中国社会科学院历史研究所工作，主要从事中国古代历史与文物的研究，著有《中国古代服饰研究》等，成了研究古代服饰的权威，也配得上"精彩"二字。

人生苦短，很多行当，就是干一辈子都未必能干出什么名堂，更何况一个半路出家的人。因为一入行岁数就比人家大，经验和经历却等于零，要从头干起，肯定是很吃亏的，这就是明显的劣势。张艺谋 37 岁半路出家当电影导演，李叔同 39 岁半路出家当和尚，周有光 51 岁半路出家研究汉语拼音，里根 52 岁半路出家由演员而从政，陈毅 58 岁半路出家当外交部部长，范蠡 68 岁半路出家经商。他们中有的已过去人生的三分之一，有的已经过了大半辈子，从年龄和经历上来说，没任何优势可言，却干得风生水起、活色生香。李叔同、周有光就不说了，张艺谋成了国内数一数二的大导演，里根成了美国最成功的总统之一，陈毅的外交部部长也干得风风火火，名扬世界，范蠡经商成了巨富，世人誉之："忠以为国；智以保身；商以致富，成名天下。"这就叫事在人为，境由心造。

一个人能不能成功，其实与入行的时间早晚关系不是太大。神秀和尚，少习经史，早年出家，是庙里的"老革命"；慧能目不识丁，剃度又晚，属于半路出家的成年"儿童团"。但是慧能有慧根，悟性高，硬是力压神秀，承了衣钵。事实证明，如果有天赋，有悟性，肯钻研，肯学习，就算是入行晚，半路出家，照样可以干得精彩无比，不一定会输给那些"老资格"。而且，半路出家并非全是劣势，原有积累的经验、阅历、学识、思维，有的可通用，有的可借鉴，甚至呈现出明显的"杂交优势"。

大千世界，纷繁复杂，谋事在人，成事在天。那些自愿半路出家的人，既然已深思熟虑，决心改行，那就要义无反顾，倾情投入，在新行当里展示新的风采。还有一种情况，有时候我们可能无法主宰自己的命运，不得不改行、转岗、跳槽、改换门庭、另谋高就、半路出家，干自己不熟悉的事情，那就要既来之，则安之，扬长避短，尽快补课，适应新环境，熟悉新业务，在新的领域里证明自己，再创辉煌。

给"好事者"点个赞

柳宗元在《黔之驴》记:"黔无驴,有好事者船载以入。"言语中似对此人颇有轻视之意,但想想看,若没有这"好事者"的好事之举,饿虎无驴肉可饱腹,我等无佳文可欣赏,"黔驴技穷"这个成语也难以问世,那损失就大了。可见,追根溯源,论功行赏,还真该给这位"好事者"点个赞才是。

天下本无事,事大都是人造出来的,有好事也有坏事,有喜事也有祸事。人多怕事,不愿麻烦,喜欢清静淡泊,遇事总躲得远远的,生怕惹事上身,多一事不如少一事。可也有一种人就是喜欢没事找事,平素爱管闲事,喜揽乱事,一听见有事,不管是否与自己有关,立即两眼放光,肾上腺素激增,疯狂投入,乐此不疲。于是,天下就热闹起来了,人们的生活就丰富起来了,历史也变得生动起来。

明朝的万户,就是个"好事者"。本来,他好好当官,领取俸禄,一家老小衣食无忧,过着小康生活,优哉游哉。可他却没事找事,要试着坐火箭上天,不仅花光了家里的积蓄,弄得家徒四壁,老小饥寒,而且四下举债,一次次地试验他的火箭。最终,在一次试验中,他死于火箭爆炸。可就是因为万户的"好事"，开启了人类探索太空的梦想，他也被誉为"世界航天第一人"。

敦煌的王道士，也是个"好事者"。他本是个半路出家的小道士，每天干着看守洞窟杂役的活儿，挣得一点可怜的香火钱，饿不死，也撑不着，根本犯不着那么费心，能对付着干就行了。他却不肯安分，每天在洞里这儿敲敲，那儿摸摸，四下踅摸，一不留神就发现了藏经洞，没想到，后来居然形成了那么大规模的具有世界影响的敦煌学。

好事的老外更多。达尔文家境不错，按父亲的安排，他不论当医生还是干律师，都能活得很滋润，做个体面的绅士。他却没事找事，硬要去研究什么"猴变人"，满世界跑来跑去，挖化石，采树叶，反正都是不挣钱的活，还把家里的钱倒贴进去不少，被人嘲为"败家子"。可老天没有亏待他，19世纪最伟大的发现"进化论"，就记在了达尔文的账上，让其千古不朽。

好事，不夸张地说，是古今中外所有成就大事业者的典型性格，他们往往闲不住，不甘寂寞，没事就急得慌，不愿虚度年华，不肯坐吃等死，总要闹出点事来，也不管有没有用，与自己生活是否有关。文王被拘羑里，闲极无聊而演《周易》；陈汤遇战机难得，假托奉诏打匈奴；托马斯·莫尔见不得穷人受苦，虚构《乌托邦》，为世人造梦；马克思愤天下不平，写《资本论》为工人出头；牛顿看苹果落地，悟出万有引力定律等，都属于"没事找事"的好事之举，但最后也都成了气候，被传为佳话，有的甚至影响了历史的进程，改变了人类的命运。

还有那些"神经兮兮"的航天科学家，地球上的事还没收拾完，他们的眼光却早已盯上太空，瞄准外星。登上月球还不算，还要去更遥远的火星上去兜风，不仅花费巨资，劳民伤财，而且到目前为止还看不到有任何实际收益，无怪乎一直有人说他们是"没事找事""瞎折腾"。可是，如果我们把眼光放远一些，今天的毫无用途之举，可能是明天的至

关重要之事，而那些"好事"的科学家，就可能是拯救人类的大功
臣。

　　"好事者"所干的那些事情、所感兴趣的那些玩意儿、所研究的那些
项目，其实大都与自己的生活无关，弄成了不会提高幸福指数，弄不成
也不耽误吃喝花费，原可置之不理。但他们却异想天开，倾情投入，甚
至不惜付出终身之力。

　　推动历史前进的，多是"好事者"的功劳，为其点赞！

伟大不是用来比较的

郎平带领女排国家队获得世界冠军，载誉归来，好评如潮，欢声雷动。同时也有人为她鸣不平，说这么伟大的教练，收入尚不及一个远谈不上伟大的演员王宝强，因为他有9套房、上亿元的财产，这也未免太不公平了。

再早，屠呦呦与黄晓明也被拉出来比较过。这原本是八竿子打不着的两种人：一个是耄耋之年的老科学家，一个是正值盛年的偶像明星；一个终生在实验室里与瓶瓶罐罐打交道，一个在影视界靠演技吃饭，凭颜值走红；一个堪称伟大，一个还算著名。比啥呢，老太太喜获诺贝尔医学奖，朋友前来祝贺，她却自嘲说，70万美元奖金，"在北京连个客厅也买不起"。黄晓明大婚，不仅排场宏大，声势空前，而且耗资惊人，一出手就是两个多亿。这一冷一热，就有人看不过去了，为之感慨万千，大呼不平。

类似的比较还有很多，乍一听似乎也有些道理，但往深里想想，则不无偏颇。如比较鲁迅与周迅，邓小平与袁隆平，钱学森与梅兰芳，姚明与章子怡，汪峰与撒贝宁，张万年与姚贝娜，等等，论者无非是见仁见智，各持己见，很难得出公允服人的结论，其中一个重要原因就是他们相互之间缺乏可比性。

首先，伟大可以有很多表现形式。说到伟大，我们便会想起孔子、老子、柏拉图、马克思、牛顿、华盛顿、孙中山、鲁迅、爱因斯坦、毛泽东、周恩来、邓小平等众多政治家、思想家、科学家。还会想到伟大旅行家徐霞客、伟大民间艺人瞎子阿炳、伟大画家徐悲鸿、伟大作家鲁迅、伟大艺术家梅兰芳……他们分工不同，贡献各异，但都可跻身于伟人行列。

其次，伟大是事业和贡献的副产品，与财产金钱无关。伟大固然可以带来巨额财产，像伟大的发明家爱迪生；但伟大的人也可能穷得一文不名，如伟大的文学家曹雪芹。伟大是历史和社会的厚赠，财富则拜市场经济所赐。譬如假设将来中国也搞"先贤祠""名人堂"之类的，相对清贫的屠呦呦、郎平肯定会入选，而财富较其多百倍千倍的黄晓明、王宝强恐怕就不会有这个机会。

其三，如果一定要拿伟人、名人来比较，那也只有比他们对人类的贡献，比事业的高度，比对历史的影响。因为，伟大固可以与地位、职业、性别、财富无关，但绝对与成就、贡献、水平、品格相连。而一味地比较伟人、名人的收入、财富，是浅薄、庸俗和无聊的，也是对伟人们心胸品格的亵渎，套用一句老话，就是"燕雀安知鸿鹄之志哉？"。

伟大不是用来比较的，伟人们也不会在意旁人对他们的议论纷纷、比长比短，你爱说啥就说啥，我这里是"也无风雨也无晴"。屠呦呦还会照常忙她的试验，写她的论文，而不会关心黄晓明送给娇妻的钻戒有几克拉；郎平还会依旧打磨她的球队，研究她的战技术，琢磨如何延续女排的辉煌，而不会关心王宝强到底有几套房子、几多细软。我们如果真的爱戴他们，就不要用"关公战秦琼"之类的无知笑谈去打搅他们，乱其心志，坏其情绪，影响其正常的生活工作。

至于"黄晓明""王宝强"们，钱是自己挣的，房是自己买的，都是光明正大之举，不必在意网友们拿来比较、议论。倒是需要好好演戏，提高演技，苦心孤诣，精雕细刻，努力向着伟大艺术家的目标进发。这样，将来被人拿来比较时，那就不但是财富骄人，腰缠万贯，艺术上同样技压群雄，鹤立鸡群，岂不更有价值？

马克思有句名言："如果我们选择了最能为人类幸福而劳动的职业……我们的幸福将属于千百万人。我们的事业是默默的，但她将永恒地存在，并发挥作用。"以此赠送给那些贡献巨大而低调朴实的伟人。

博尔特的脚

里约奥运会上，牙买加"闪电"博尔特再创奇迹，以 30 岁的"高龄"连获男子 100 米、200 米、4×100 米接力比赛的奥运金牌，这是他第三次蝉联男子 100 米、200 米比赛的冠军，堪称前无古人。许多人都说他是天才，天赋异禀，无人能及，可羡而不可学。而专家可不这么认为，他们说博尔特的先天条件并不算好，个子太高，体重太大，会妨碍跑步，频率会慢，他如果要跑得比别人快，付出的辛苦要多出许多。那么他一再获胜、屡创奇迹的秘密是什么呢？网上公布的一张博尔特的双脚照片，或许可以帮我们揭秘。这双脚在长期高强度的训练下，已经严重变形，足弓塌陷，看起来就像一双 70 岁以上老人的脚。博尔特看着自己的脚说："这就是我成为世界第一的原因。"

无独有偶，里约奥运会上还有一个可与博尔特相媲美的传奇巨星菲尔普斯，他也有着同样的故事。这届奥运会上，菲尔普斯摘下 5 枚金牌、1 枚银牌，他在职业生涯中总共拿下了 23 枚奥运金牌。有人说他是"外星人"，有人说他是"半人半神"，有人精心研究他的食谱，有人发现他的身材与众不同，开玩笑建议把他"解剖"看看有什么特殊结构。当然，更多的人说他是个游泳天才。对此，菲尔普斯有些迷惑不解："我算是个天才吗？我也不知道是不是，我不知道什么叫作天才。"菲尔普斯之所以不大认可自己是个天才，是因为他太知道自己这个天才是怎么来的。他从12岁起，就开始跟着以严格著称的教练鲍伯·鲍曼学习游泳，每周训练7天，每天至少要游12公里，还要参加各种陆上有氧训练。长期以来，菲尔普斯每周都要比对手多训练一天。因为鲍曼告诉他，只有这样，他的身体才能比对手优异七分之一。他的妈妈心疼地说，菲尔普斯的生活中只有吃饭、睡觉、游泳这三件事。他的两个姐姐想了很久，再也想不出弟弟的其他爱好，"如果不游泳，他要么听音乐，要么看电视或者打游戏"。如果说他是游泳天才，天才就是这样打造出来的。

推而广之，那些在奥运会上摘金夺银、大放异彩的体育明星，都为此而付出了巨大的代价，流过成吨的汗水，忍受着艰苦训练带来的病痛，在寂寞枯燥、周而复始的训练中默默地坚持着，数年如一日，含辛茹苦，卧薪尝胆，然后才有了一鸣惊人的辉煌、技压群雄的骄傲。平心而论，这样的训练当然很枯燥乏味，缺少"生活情趣"与"幸福指数"，远不如泡吧、拼酒、"斗地主"、"修长城"来得轻松、愉快。但既然选择了以竞技体育为职业，如果想在赛场上一枝独秀，实现人生价值，想当创造奇迹的运动天才，也只有这条奋斗拼搏之路可走，绝不会有什么终南捷径。有人梦想潇潇洒洒就能成功，"谈笑间，樯橹灰飞烟灭"，那也只是东坡的艺术夸张，如果没有吴蜀将士的竭尽全力，拼死抗争，等待周公瑾的只能是"铜雀春深锁二乔"的悲剧。

"宝剑锋从磨砺来，梅花香自苦寒来。"从古至今，不论任何领域中任何天才的出现，都大体是从这个路子艰辛走来。用大文豪高尔基的话来说："天才，就其本质而说，只不过是一种对事业、对工作过盛的热爱而已。"正是因为这种"过盛的热爱"，奥运赛场成就了短跑天才博尔特、游泳天才菲尔普斯、撑竿跳天才伊辛巴耶娃、排球天才朱婷、羽毛球天才林丹、举重天才龙清泉……

博尔特用这双变了形的脚，给我们讲述了一个天才背后的故事，告诉了我们什么叫天道酬勤，没有人可以随随便便成功，并提醒我们，要想达到他那样的人生高度，先问问你的脚准备好了吗？

格局与结局

　　每个人都有自己的格局，格局就决定了未来的结局。这样说或许有些抽象，那就举个例子吧。三个泥瓦匠在工地砌墙，有人问他们在干什么。甲没好气地说："砌墙，你没看到吗？"乙笑着说："我们在盖一幢高楼。"丙则满面春风地说："我们正在建一座新城市。"二十年后，甲仍在砌墙，乙成了建筑公司老板，丙成了主管城市建设的副市长。不同的格局决定了这三个人的不同结局。

　　所谓格局，就是指一个人的志向、眼光、胸襟、胆识等心理要素的内在布局。而人和人之间的差距，主要就差在格局大小上，人的历史局限，也主要是限制在格局上。诚如坊间那句流行语："格局决定结局，态度决定高度。"譬如一颗苹果种子，栽种到花盆里，最多只能长到一两尺高；栽种到缸里，就能长到一米多高；栽种到庭院里，则能轻轻松松长到五六米高！这也是对格局的一种形象诠释。

　　一般来说，格局大，结局就大；格局小，结局也小。格局大者，即志向远大，对局势、态势、形势的理解和把握与众不同，高人一筹。看见秦始皇浩浩荡荡的仪仗人马，别人只有敬畏的份，刘邦却认为"大丈夫当如是"，项羽则说"彼可取而代之"。有了这样的大格局，后来两人的逐鹿天下、龙争虎斗，也都是意料之中的事。曾国藩在谈到如何将事业做大时有这样一句名言："谋大事者首重格局。"大格局是一种人生智慧，是一种思想境界，也是一种品性、一种姿态。有大格局者，就不会计较细枝末节，凡事从大局出发，能舍弃个人利益来成全大局；与人交往时则能求同存异，隐忍宽容，以共襄盛举；审时度势时就不会纠缠于一时之胜负、一事之得失，因为他瞄准的是大目标，在意的是大格局。

格局广，结局就广；格局窄，结局也窄。格局广，就是要有度量，有涵养，能容人，会用人，能听进不同意见，善与各种人相处；格局广，就能经事，不怕事，肯干事，善成事，"海纳百川有容乃大，壁立千仞无欲则刚"。"白衣秀才"王伦的格局狭窄，胸无沟壑，嫉贤妒能，连林冲都容不下，更不待说晁盖、吴用、公孙胜等一干好汉，结局是丢了山寨，死于非命。宋江之成功则得益于其格局广阔，心胸豁达。他自己虽不文不武，才干平平，却一向善待朋友，急公好义，有"及时雨"之名，又肯招降纳叛，不计前嫌，广结天下英雄，五湖四海皆兄弟，居然使一个小小的水泊梁山形成了天下闻名、惊天动地的格局。

格局高，结局就高；格局低，结局就高不到哪里去。格局高，就是站得高看得远，料事眼光远大，遇事高瞻远瞩，处事棋高一着，做事高屋建瓴。试看近些年的风云人物，无论是马云做电子商务，俞敏洪成立新东方，柳传志经营联想，还是李彦宏推出百度，雷军拿下小米，王健林创建万达等，都是关键胜在格局上。他们首先是眼光高，看到了常人看不到的领域；其次是谋略高，敢于出奇兵，不怕冒风险；再次是善经营，运筹帷幄，高人一着，先人一步，最终成了风靡一时的经济大鳄。他们的成功轨迹再次说明，只会盯着树皮里的虫子不放的鸟儿是不可能飞到白云之上的，只有心中装满了山河天地的雄鹰才能自由自在地在蓝天翱翔！

人生成功有很多条件，生逢其时，善抓机遇，有贵人相助，个人有才能且努力进取等，都不可或缺。但如果个人格局有限，发展的空间就很有限；而格局过人者，则可以把各种有利条件充分利用、整合、倍增，在同样的平台可以做出更大的成就，演出更精彩的剧目。

格局来自哪里？来自修养、学问、见地、历练。格局不会凭空而来，功夫下到了，自然会水到渠成。

不疯魔，不成佛

作家陈忠实生前常爱说一句话："不疯魔，不成佛。"意思是说，无论做啥事情，若不是全神贯注，心无旁骛，达不到痴迷的程度，就不可能成功。这既是其创作体会与经验之谈，也是古今中外成功者们的共同轨迹。

电视剧《解密》里，数学天才容金珍为了破解"紫密"电码，废寝忘食，全力以赴，白天计算，晚上计算，连做梦时都在计算；甚至住旅馆时在墙上计算，钻山沟时在石头上计算，看墓地时在坟头计算，杀手用枪指着他的时候还在计算，将生死置之度外，几乎到了走火入魔的地步。天道酬勤，他终于成功破解"紫密"电码，成了隐蔽战线克敌制胜的大英雄。

如果说电视剧的情节或许是虚构的，那么现实生活中也不乏容金珍式的"疯魔"人物。

东晋大画家顾恺之终日沉醉于绘画艺术，时常处于"入魔"状态，每每迷恋于创作而忘记其他。有时在睡觉时梦到一个好的创意，他就立刻翻身下床，执笔作画。一次，他要在家请客，请帖都发出去了，却因忙于绘画，把这事忘了。朋友们赶来赴宴，他还感到莫名其妙。最后，为了赔礼，他送给每个朋友一幅作品。正因为如此，人说他是"痴黠参半"，画画时是天才，干别的时都像"弱智"，称他是"才绝、画绝、痴绝"，表现为"痴迷、痴黠、痴智"。

唐代的诗人贾岛更因痴迷于炼字而出名，一个"推敲"典故就让他千古留名。他为写诗炼字已达到了"疯癫"的程度，整天不茶不饭，苦思冥想。曾有两句诗"独行潭底影，数息树边身"让他琢磨了三年，为此绞尽脑汁，煞费苦心。直到把这两句诗写成了，才感慨万千："两句三年得，一吟双泪流。知音如不赏，归卧故山秋。"

搞科学研究、创造发明，同样需要不顾一切的"疯魔"精神。譬如诺贝尔，就曾被人说是"科学疯子"。他为试验新型安全炸药，多次遇险。在一次试验时发生了爆炸事件，试验室被炸得无影无踪，五个助手全部牺牲，连他的弟弟也未能幸免，父亲也因惊吓而去世。但是，诺贝尔却百折不挠，继续进行试验，和死神角力。有一次，只听得一声巨响，试验室里浓烟弥漫。人们都失声惊呼："诺贝尔完了！"这时候，他从浓烟中冲了出来，满脸是血，一边奔跑，一边高喊："我成功了！我成功了！"他就是凭着这种令人匪夷所思的"疯魔"精神，终于研制出了新型炸药的安全使用方法，可大量运用到生产中去。

明朝人万户为试验利用火箭飞天，献出了宝贵生命。美国莱特兄弟为研制飞机，宵衣旰食，殚精竭虑，一辈子连妻子都没顾上娶。俄国物理学家利赫曼，为证实雷电是大气中的强力放电现象，冒险利用铁杆向天取电。他们的"疯魔"精神，都推动了历史的前进，同时也使自己名垂史册。

大千世界中，人人都在做事，但付出的努力程度却大相径庭，效果自然也天差地别。有人偷工减料，出工不出力；有人三心二意，边做边玩；有人按部就班，满足于朝九晚五；也有人不遗余力，废寝忘食；更有人全力以赴，竭尽全力，不惜"五加二、白加黑"，把事业当生命，干起来不要命，这就是所谓"疯魔"精神。我们羡慕那些成功者，看到他们享受的鲜花掌声，看到他们"成佛"后的巨大荣耀，却往往看不到他们为此付出的巨大努力和不顾一切的"疯魔"精神。

美国记者问篮球巨星科比："你有什么成功秘诀？"科比幽默地说："你见过洛杉矶早上四点的风景吗？"因为他二十年来，每天早晨四点就开始练球了，每天练球 14 个小时，因而获得外号"球疯子"。"不疯魔，不成佛"，这又是一个生动的例子。

苍蝇何以变"蜜蜂"？

　　近日读报，看到一则轶闻。澳大利亚有种苍蝇以吸取植物汁液，咀嚼植物的嫩叶、嫩果为生，它们身上几乎不带细菌和病毒，倒像蜜蜂一样整天在植物丛中飞来飞去。它们无意间传授了花粉，为澳大利亚农、林、牧业带来了累累硕果。还有人把这种苍蝇烹制成可口的佳肴，它还出口供世界各地的学校、科研机构教学及研究使用。因而它深受当地人民的青睐，其形象还出现在 50 澳元的纸币上。

　　澳大利亚的苍蝇，其实原来也与世界各地的苍蝇差不多，喜欢在肮脏的地方生活，是垃圾箱的常客，身上携带着大量病菌。但是，澳大利亚非常注重环境建设，到处是绿草鲜花，见不到污水横流，垃圾也及时覆盖并做无害化处理，这就逼得一向与龌龊环境为伍的苍蝇不得不改变了生活习俗，成了以吸食植物汁液、花粉为生的新式苍蝇。如此一代代地进化，澳大利亚苍蝇就变成了第二"蜜蜂"。

　　环境可以改变苍蝇，环境也可以改变人。我们最熟悉的典故自然就是晏子的"橘生淮南则为橘，生于淮北则为枳"。楚王想用一个齐国罪犯羞辱晏子，说你们齐国人是不是都爱当小偷啊？晏子机敏地反驳说，我们齐国人在家乡都是守法公民，一到楚国就变成了小偷，是因为你这里就是适宜于产生小偷的环境。结果他把楚王驳得哑口无言。

再说个奇葩的例子，曾有关于在印度南方林区多次出现"狼孩"的报道。有的农民刚出世的婴儿，因看管不慎，被失去小狼的母狼叼走当狼崽喂养。时间长了以后，在狼群里长大的孩子也习惯于披头散发，赤身裸体，吃生肉，睡山洞，像狼一样用四肢爬行、嚎叫、打斗，昼伏夜出。狼的环境把人变成了"狼"。反之，在动物园里养大的狼，则野性全失，跟一条家犬差不多，居然能和羊、猪和平共处，如果一下子被放生到野外，这样的狼没有一点生存能力，只能活活饿死。

用好的环境来改变人，或曰"环境育人"，是精神文明建设的题中应有之义，也是中国传统文化的重要内容。古人早就说过"近朱者赤，近墨者黑"的道理，荀子则在《劝学》里举例说："蓬生麻中，不扶而直；白沙在涅，与之俱黑。"更有孟母"三迁"的美谈。古今一理，营造文明、和谐、风清气正、道德高尚的人文环境，对于培养大批高素质的人才至关重要。所以，大力建设文明小区、文明村庄、文明校园、文明办公场所，绝不是多栽几棵树，多挂几块标语牌，多搞点文体活动那么简单，重点还在于环境育人，用美好的环境、良好的风气来熏陶、教育、改造人。

环境育人还有一个重镇就是家庭教育。美国学者温斯特曾做过一项研究，追踪比较两个家族200年以来的繁衍发展。其中爱德华兹家族产生了100位大学教授，14位大学校长，70位律师，30位法官，60位医生，60位作家，300位牧师、神学家，3位议员，1位副总统；尤克斯家族则出了310个流氓、440个性病患者、130个罪犯（包括7个杀人犯）、120个酒徒、60个小偷、190个妓女。由此可见，营造一个有文化、重教养、正能量的家庭环境是多么重要。

存在决定意识，人一方面是会思想的芦苇，一方面又有很强的可塑性，每个人都是环境的产物，不同的环境会造就不同的人。澳大利亚优美、洁净的环境把苍蝇变成了"蜜蜂"；同样，高雅、健康、文明、和谐、美好的环境也能净化人的灵魂，陶冶人的性情，造就无数正人君子，创造人间乐土。

绝　境

大千世界，古往今来，无论是个人、团体，抑或民族、国家，都有顺风顺水的好日子，蓝天白云，鸟语花香；也有处于绝境危地的时候，山穷水尽，走投无路，叫天天不应，叫地地不灵。

平心而论，大多数绝境都是无可挽回、不可抗拒、无法逆转的，要不然也不叫绝境。殷纣王自焚于摘星楼，卫王赵昺投海于崖山，拿破仑惨败于滑铁卢，林黛玉死在宝玉的大婚之夜，"戊戌六君子"绝命于北京菜市口等，无不如此，诚如谭嗣同的绝命词所言："有心杀贼，无力回天。"

当然，绝境中创造奇迹，绝处逢生，咸鱼翻身的事例也有，尽管很少，却极具励志意义，故而被人们反复传颂，津津乐道。兵败被俘、受尽羞辱的越王勾践，惨遭宫刑、痛不欲生的司马迁，被乌台诗案折腾得生不如死的苏东坡，出师不利、惨遭败绩、自杀未遂的曾国藩，发起反清起义屡战屡败、屡败屡战的孙中山，都曾身陷绝境，四面楚歌，但后来又都创造奇迹，反败为胜，他们的经历都被传为历史佳话。

人生在世，不如意事十之七八，谁都不可能一帆风顺，或多或少都有遇到绝境的时候，生意破产，炒股失败，高考落第，恋爱受挫，身患绝症等，严重时连跳楼的心都有。绝境面前，一般有两种态度：一是消极认命，接受失败，心灰意冷，自认倒霉；二是拼命抗争，积极争取，拼他个鱼死网破，闹他个天翻地覆，或有一线生机，也许会绝处逢生。前者可以理解，后者令人敬佩。

说到绝境，古人也举有四例："寡妇携儿泣，将军被敌擒，失宠宫女面，落第举人心。"就说这打败仗的事，项羽兵败乌江，陷入绝境，他本可以乘船逃逸，然后再招兵买马，卷土重来，可是他选择了"死亦为鬼雄"，一死了之；而被宋军困于黄天荡的金兀术，却不肯束手就擒，通过重金悬赏，得高人指点，挖渠引水，走出绝境。同是面临大渡河天险，同是遭遇围追堵截，石达开优柔寡断，一错再错，导致数万太平军壮烈牺牲；红军则飞跃泸定桥，强渡大渡河，走出绝境，再创辉煌，避免了成为"石达开第二"、全军覆没的命运。

而且，绝境固然是通向灭亡的最近距离，也可能是走向新生的最佳跳板。日寇大举进攻，"中华民族到了最危险的时候"，被逼到亡种、亡国绝境的中国人，捐弃前嫌，万众一心，地无分东西南北，年不分男女老幼，"冒着敌人的炮火前进"，终于赢得抗战胜利，获得民族新生。

"沧海横流，方显出英雄本色"，身处顺境，风平浪静，大家彼此彼此，称兄道弟，很难分出燕雀鸿鹄，驽马良驹。而只有被逼进绝境，大厦将倾、山河破碎之时，才能看出谁是挽狂澜于既倒的英雄，谁是"我以我血荐轩辕"的人杰。绝境，让他们把潜能挖掘到极致，使出浑身解数；绝境，逼着他们破釜沉舟，置之于死地而后生；绝境，使他们成为大写的人、奇迹的创造者。

绝境亦有真假虚实。有的是真绝境，确实大势已去，病入膏肓，谁都难有回天之力；有的是假绝境，看似无路可走，危机四伏，其实并非如此，咬紧牙关，坚持一下，绝地反击，就可能会死里逃生。绝境，对弱者来说，是坟场、地狱，只有死路一条；对强者来说，则可能是磨刀石、炼剑炉，"山重水复疑无路，柳暗花明又一村"。

　　没人喜欢绝境，但大大小小的绝境会时不时困扰人们。我欣赏的面对绝境态度是：坦然正视，勇于抗争。

世上哪有"聪明药"？

韩国《朝鲜日报》报道称，最近，为迅速提高孩子的学习成绩，考上理想大学，首尔江南一带的家长中流行起了给孩子注射一次要12万韩元（约合人民币672元）的"大脑活性化针"，这种针也被称为"聪明针"。除为孩子定期打"聪明针"外，一些家长还精心准备了"聪明汤"和"高考丸"等。

其实，这也不算多奇怪，追求聪明一直是世人的梦想。理由很简单，聪明的人学习轻松，成绩拔尖；聪明的人做事快捷，事半功倍；聪明的人受人称赞，脸上有光；聪明的人，少走弯路，多是人生赢家，令人羡慕，使人向往。但古今中外无数事实证明，人想变聪明，从无捷径可走，更无灵丹妙药。博览群书，勤学苦读，才会成为聪明的学者；见多识广，饱经风霜，方可成为生活的智者；善于钻研，不懈追求，才能成为事业的强者。迄今为止，还没有听说谁打了"聪明针"、喝了"聪明汤"就立刻变得聪明盖世、事业成功、名闻天下的。

尽管如此，还是世世代代都有人企图通过服用什么汤药、注射什么针剂而使自己聪明起来。中国《古今医鉴》卷八就记载了"聪明汤"的做法，使用的药材有茯神、远志、天麻、莲子、核桃、龙眼肉等，这都是好药，服下肯定能增加营养、补充能量，但说其能让人变聪明恐怕不大靠谱。20世纪70年代，英国曾有科学家发明了"聪明水"，大赚一笔，名噪一时，人人争相服用，趋之若鹜。后来经权威专家验证，"聪明水"最多具有"安慰剂效应"，便被彻底抛弃了。21世纪初，美国人发明了一种"聪明药"，确实可以使人提高学习成绩，提升工作效率，快速、高效地记下需要背的东西，处理各种难题。但后来人们发现，大量服用这类药物会引起焦虑、成瘾、行为偏执、易怒、暴躁等症状，原来这其实是一种乔装打扮的"兴奋剂"。

科学极大地改变了世界，造福了人类，推动了历史进程，提高了人们的生活质量，但科学不是万能的，不可能解决所有问题。至少目前的科学技术还不可能通过吃药、打针、喝汤使人变得聪明起来。人们始终念念不忘的后悔药、忘情水、青春永驻药、长生不老药之类的药物，都只是美好的幻想。

怎么使人聪明起来呢？诗仙李太白的秘诀是"三万六千日，夜夜当秉烛"，诗圣杜工部的经验是"为人性僻耽佳句，语不惊人死不休"，书法家颜真卿的办法是"三更灯火五更鸡，正是男儿读书时"，杂文家鲁迅的招数是"把别人喝咖啡的工夫都用在工作上"，历史学家范文澜的体会是"板凳要坐十年冷，文章不写一句空"……他们都是一等一的聪明人，方方面面的大家、泰斗，都有着令人钦佩的不世业绩。梳理他们的成功实践，总结他们的过人才智，不难发现这样几个关键词：勤奋、坚持、刻苦、弘毅。其实，如果做到了这几点，大千世界，芸芸众生，无论是谁都会变得聪明起来，而不必去吃那些自欺欺人的汤汤药药。

"一分耕耘，一分收获"，"种瓜得瓜，种豆得豆"，这是人世间最基本的效能规律，也是最公平的动能效应，谁都不能例外。不肯投入，不愿努力，害怕吃苦，企图走捷径、找窍门、寻秘诀而去敲开成功之门的人，历来都是要碰钉子的。这种聪明只能算是投机取巧的小聪明，是"聪明反被聪明误"的假聪明，是大愚若智的伪聪明，搞学问不足以成其事，干事业必定摔跟头。这样的"聪明"只能得到这个结果。

第三辑

史海钩沉

少年不望万户侯

那是一个虎狼遍地而又英雄辈出的年代。

1911 年 4 月 24 日晚，香港临江边的一幢小楼上。夜阑人静，万籁俱寂。从广州来香港迎接日本归来参加起义志士的林觉民，在屋里踱来踱去，思绪万千。想到三天后就要参加广州起义，敌众我寡，九死一生，自己早已抱定必死的决心，可是，龙钟老父，谁来赡养；弱妻稚子，情何以堪？一时间，柔肠寸断，不能自已。

林觉民，字意洞，1887 年出生于福州一个士绅之家。他风流倜傥，才华横溢，诗文、书法皆佳；且生性诙谐，出口成趣，每开口便满座倾倒，貌似弱不禁风的白面书生，实为能轻生死的伟丈夫。

想到父母的养育之情，他不由潸然泪下。林觉民幼时，因叔叔没有儿子，生父就把他过继过去，嗣父待他视同己出，倍加呵护。他生性聪慧，13 岁即奉父命参加科举考试，然无意获取功名，遂在考卷上题了"少年不望万户侯"七个大字，扬长而去。他 14 岁时，考入全闽大学堂；20 岁时，赴日本留学。如今，父母养育之恩还未报之万一，自己却要涉必死之地，而且自己这一死，还必然会连累父亲、家人。白发人送黑发人，怎么对得起风烛残年的高堂？可是，自古忠孝难以双全，既已决心"为国牺牲，百死而不辞"，也只有心头一硬，亏欠自家老父了。于是，他凛然写下《禀父书》："不孝儿觉民叩禀：父亲大人，儿死矣，惟累大人吃苦，弟妹缺衣食耳。然大有补于全国同胞也。大罪乞恕之。"

他又想到了与妻子的恩爱之情。尽管林觉民和妻子陈意映是奉父命结婚，先结婚后恋爱，但两人感情非常深厚，缠绵悱恻，恩爱无比，妻眼下又是有孕之身，实在不忍割舍。可是，忍看"遍地腥云，满街狼犬"，既然立志"以天下人为念"，要舍生取义，救中国，挽危亡，就要抛却儿女情长，置生死于度外。一家不圆才能换来万家团圆，一人赴死才能换来万众新生。想到这里，他毅然在一方手帕写下"意映卿卿如晤：吾今以此书与汝永别矣！吾作此书时，尚是世中一人，汝看此书时，吾已成为阴间一鬼"。一时大恸，泣不成声，"吾作此书，泪珠和笔墨齐下，不能竟书而欲搁笔……吾充吾爱汝之心，助天下人爱其所爱，所以敢先汝而死，不顾汝也。汝体吾此心，于啼哭之余，亦以天下人为念，当亦乐牺牲吾身与汝身之福利，为天下人谋永福也"。1300 余字，一气呵成，写完，泪已湿透手帕。

天亮，林觉民洗漱完毕，将遗书从容交给一位朋友，说："吾辈此举，事必败，身必死，然吾辈身死之日距光复期必不远矣。我死，幸为转达。"

三天后的下午 5 时，广州总督衙门前，起义军突然发起猛攻，枪弹如雨，杀声震天，血肉迸飞，尸横街头，林觉民右手握枪，左手握炸弹，似一头愤怒的狮子，奋勇冲锋，锐不可当。一番血战后，下午 5 时 30 分，他随黄兴勇猛攻入总督衙门，纵火焚烧督署。冲出督署后，又转攻督练所，途中与清巡防营大队人马相遇，展开激烈巷战，林觉民腰部中弹，力尽被俘。

翌日，时任两广总督的张鸣岐和水师提督李准会审林觉民。林觉民虽有伤在身，镣铐紧锁，依旧气宇轩昂，毫无颓态，他在法庭上分析天下大势，抨击腐败政府，号召民众投身革命，侃侃而谈，掷地有声，慷慨陈词，满庭震动。就连主审张鸣岐也不得不叹道："惜哉，林觉民！面貌如玉，肝肠如铁，心地光明如雪。"他还试图劝降，林觉民怒斥之："余自决意革命，志在革除暴政，建立共和，使国家富强，人民幸福；今举事未竟，唯祈一死，幸勿多言！"三日后，林觉民高喊口号，慷慨就义，时年24岁。

"寂寂黄花，离离宿草，出师未捷，埋恨千古。"黄花岗的黄花开了又败，宿草青了又黄，不觉已百余春秋逝去。重读孙中山《黄花岗烈士事略》序言："是役也，碧血横飞，浩气四塞，草木为之含悲，风云因之变色。全国久蛰之人心，乃大兴奋。怨愤所积，如怒涛排壑，不可遏抑，不半载而武昌大革命以成。"于是，又想起林觉民情深意切的《与妻书》，不禁心有戚戚，感佩万千。

古人云："读《出师表》不下泪者，其人必不忠；读《陈情表》不下泪者，其人必不孝；读《祭十二郎文》不下泪者，其人必不友。"在下不妨也续貂一言：读林觉民《与妻书》而不动情者，其人必是冷血动物也。

星移斗转，百岁一瞬。林觉民，那个曾经风度翩翩的多情少年，那个杀身成仁的英武志士，你以鲜血浇灌的自由之花已盛开于神州大地，无数"意映卿卿"正尽享甜蜜的爱情生活。敢问一句，你在那边还好吗？

他们也年轻过

年轻，意味着朝气蓬勃，意气风发；意味着敢想敢干，无所畏惧；也意味着嘴上无毛，办事不牢；还意味着荒唐逆反，贪玩自大。名人、伟人也都曾年轻过，糗事与不堪也能装满一箩筐。

"昨夜一夜大风，今天仍然没停，而且其势更猛。北平真是个好地方，唯独这每年春天的大风实在令人讨厌。没作什么有意义的事——这些混蛋教授，不但不知道自己泄气，还整天考，不是你考，就是我考，考什么东西？""过午看女子篮球赛，不是去看打篮球，我想，只是去看大腿。""论文终于抄完了。东凑西凑，七抄八抄，这就算是毕业论文。"这是季羡林年轻时的日记，一个典型的厌学愤青跃然纸上。

"我们打牌不赌钱，谁赢谁请吃雅叙园。我们这一班人都能喝酒，每人面前摆一大壶，自斟自饮。从打牌到喝酒，从喝酒到叫局，从叫局又到吃花酒，不到两个月，我都学会了。""我那几个月之中真是在昏天黑地里胡混。有时候，整夜的打牌；有时候，连日的大醉。"这是胡适对自己年轻时生活的自述，分明看起来是一个吃喝嫖赌的花花公子。

年轻时的钱钟书，恃才傲物，少年轻狂，眼高于顶，以傲睨天下而著称。还在清华大学读书时，他就曾口出狂言："整个清华，没有一个教授有资格充当钱某人的导师！"因为在他眼里几个名教授"叶公超太懒，吴宓太笨，陈福田太俗"，其他一般教授自然更不入他的法眼。父亲写信命他拜访大师章士钊，他也懒得理会，无动于衷。

厌学、贪玩、荒唐、自大，确实是许多年轻人的标签，这没什么好奇怪的。差别就在于，有的人就这么一直混下去了，最终误了学业，蹉跎岁月，一事无成；有的人则后来幡然醒悟，毅然告别既往，发奋用功，自强不息，变得内敛成熟，最终事业精进，功德圆满，成为一代名流。

季羡林度过青春逆反期，很快就成为一个发奋读书的优秀学生。他除了听课，每天都泡在图书馆里，在知识的海洋里遨游，学习成绩在班里名列前茅，并顺利地考取了留学德国的公费生。在德留学十年期间，他经历了战争、饥荒、瘟疫、贫穷等磨难，但他克服种种困难，依然坚持学习，以优异成绩学成归来。最终，季羡林成了一位学贯中西、厚重蕴藉、温文尔雅的著名学者，被尊为"学界泰斗""国宝"。

胡适的"昏天黑地里胡混"，也没持续多久，他很快就告别了那些狐朋狗友，远离了灯红酒绿的场所，成为一个勤奋异常的学生。后来，他游学美国，得名师指点，寒窗苦读七年。毕业回国后，他仍刻苦钻研学问，著书立说，多有建树，不遗余力地提倡白话文，身体力行倡导新诗，呕心沥血投身教育，终以著名学者、诗人、历史学家、文学家、哲学家而闻名于世，获各国授予的 36 个博士头衔。

钱钟书的年少轻狂，也随着时间推移、年龄增长而日渐消退，而学富五车的渊博，则使他更加睿智达观，对人益加谦和，对学问益加敬畏，终成一代大家，被誉为"文化昆仑""国学大师"。而对于昔日的年轻气盛，也多有反思，他给吴宓女儿吴学昭回信时自我检讨："先师日记中道及不才诸节，读后殊如韩退之之见殷情，'愧生颜变'，无地自容。"他深悔自己随众而对老师恭而不尊，以致"弄笔取快，不意使先师伤心如此，罪不可逭，真当焚笔砚矣！"但事已至此，"内疚于心，补过无从，惟有愧悔"。

人都年轻过，也荒唐过，或幼稚无知、任性使气，或贪玩废学、狂妄自大，不一而足。年轻人犯错误，连上帝都会原谅。但关键是，要早日觉悟，尽快成熟，告别过去，更弦易辙，这才是人间正道、成才之门。

"苏老泉，二十七。始发愤，读书籍。"发愤什么时候都不晚，觉悟则越早越好。

曾国藩的"三忌"

　　曾国藩被誉为"立德立功立言三不朽，为师为将为相一完人"。说到成功经验，他自己总结说，"天道忌巧，天道忌盈，天道忌贰"，我就是守住了这"三忌"。这"三忌"看似平淡无奇，其实正是大道至简，真理至朴，深含做人处世的最本原经验。

　　天道忌巧。曾国藩本人就不是个太聪明的人，读书唯靠刻苦，做事全靠勤奋，作战靠"扎硬寨，打死仗"，所以，他也特别讨厌那些投机取巧、巧言令色的人，倡导"去伪而崇拙"。少时读书，他甚至不如房外偷听的窃贼效率高，曾被传为一时笑谈；成年时用兵，则皆中规中矩，少有出奇制胜的战例。他有自知之明，知道自己没有孙膑吴起之才，从不高估自己的能力，不低估对手的智商，谨慎徐图，稳扎稳打，反而一步步地在与太平军的作战中占尽了上风。事业的成功，使他更认可这样的道理："天下之至拙，能胜天下之至巧。"宁拙毋巧，宁朴毋华，成就了曾国藩，也成就了无数拙人、笨人。

　　天道忌盈。做事要留有余地，做人要留有退路，曾国藩深谙此理。他对晚清政局的补救居功至伟，避免了清王朝快速覆灭，一时风头无两，名震天下，可是他却低调内敛，主动要求裁剪湘军，自愿交出兵权，既保证了国家不再发生新的动乱，保全了功臣们的身家性命，也保证了自己和家族的世代安稳。世间事，盈则亏，满者溢，事物到了极端，就会走向反面，即所谓物极必反，乐极生悲。许多人不懂这个道理，凡事没有节制，不知收敛，财物上贪得无厌，仕途上只进不退，权势上越大越好，享受上穷奢极欲，最后身败名裂。历史上，李斯、韩信、霍光皆败于盈极而亏；范蠡、张良、曾国藩则得益于见好就收，即是典型例证。

河南巩义有个康百万庄园，在大厅悬挂有一幅"留余匾"，上面写着《四留铭》："留有余，不尽之巧以还造化；留有余，不尽之禄以还朝廷；留有余，不尽之财以还百姓；留有余，不尽之福以还子孙。"或许就是因为历代子孙都做到了自觉"留余"，凡事张弛有度，适可而止，远离穷奢极欲，康家整整兴盛了十二代四百余年，打破了富不过三代的规律，也是对"天道忌盈"的最好诠释。

天道忌贰。贰就是有二心，用心不专，对人不忠。大千世界中那些青史留名的成功人士，无不是一心一意干一件事，忠心耿耿对朋友、对家人，坚韧不拔，矢志不渝，最后赢得云开雾散，水落石出，成就一番伟业。反之，那些三心二意、朝秦暮楚、见利忘义、忘恩负义、这山望着那山高的投机钻营者，多结局不佳。三国吕布，原为丁原部将，后杀丁原附董卓，又杀董卓附袁绍，又叛袁绍附张杨，被骂为"三姓家奴"，后死于非命。清朝大学者钱谦益，原为明朝重臣、文坛领袖，后为清朝犬马，为之拼命效忠，然仍被入贰臣录，被人讥为"两朝领袖"，臭名远扬。

忠诚，是做人的重要美德。一曰忠于事，看准的有价值的事，就要聚精会神，心无旁骛，干到底，干出名堂。二曰忠于人，忠于你值得信赖的人，同心同德，同甘共苦；忠于爱侣，"执子之手，与子偕老"；忠于朋友，肝胆相照，荣辱与共。三曰忠于信仰，不忘初心，对于自己认定的科学信仰，要坚信不疑，不因遇到挫折而动摇，不因面临困难而怀疑。

如是，谨记"天道忌巧，天道忌盈，天道忌贰"的古训，守持坚定信仰，朝着奋斗目标，踏踏实实，埋头苦干，一心一意，初衷不改，奋斗数十春秋，我们也不难采摘到成功的果实，做出一番令人称道的事业。

君子之争

孔子曰："君子无所争，必也射乎！揖让而升，下而饮。其争也君子。"意即君子没什么可争的事，如果有的话，那一定是射箭比赛吧！比赛中先互相作揖、谦让，然后依次上场，比赛完毕，又互相敬酒。这就叫君子之争。意即竞争一定要讲规则、守规矩，一定要是阳光操作、良性竞争。

在"争"这件事情上，君子的态度大致分为两种：一是与世无争，即"君子无所争"，譬如杨绛。她毕生信奉并践行一句名言："我和谁都不争，和谁争我都不屑。"谦恭中含着傲骨，一团和气里透着咄咄逼人。她其实是不争之争，在不争中争来了自己的人生价值与社会地位，可谓高明之极、典雅之至。

还有一种是与世有争的。他们有原则、有锋芒、有底线、有棱角，该力争时绝不客气，一定会据理力争。但他们之间的争又是君子之争，光明磊落，堂堂正正，观点摆在明处，决不放暗箭、打黑枪，不靠权势压人，唯向真理认输。

北宋神宗时，司马光与王安石之间的争论就是君子之争。两人私交笃密，互慕对方才华，但是政见不同。一个急于改革变法，力图大破大立；一个老成持重，求稳防乱。王安石当政时，大力推进变法，司马光极力反对，但王安石并未以势压人，挟嫌报复。王安石罢官后，司马光复出，果断废新法、罢新党，也没有找王安石的麻烦，反而在王安石死后帮他照料后事，并在《资治通鉴》中大赞他的道德文章。

北宋仁宗时，范仲淹多次提携富弼，二人结成忘年之交，"相勖以忠，相劝以义"。他们虽都是革新人士、庆历新政的核心人物，但在具体实施方面却各有主张，一缓一急，一弛一张，并经常争论，史称他们"平日闲居，则相称美之不暇；为国议事，则公言廷诤而无私"。一争起来，他们就互不相让，每每脸红脖子粗。有人劝富弼，范公有大恩与你，凡事须谦让为好。富弼答曰：我同范公乃君子之交，先生看重我，是因我有独立见解，并非让我诸事随声附和，我怎能因私恩而忘公理呢？二人还是该争则争，不肯妥协。史载，他们"凡有大事，为国远图。争而后已，欢言如初"。

还有一种很"另类"的君子之争。汤一介在《"真人"废名》文中记，当年学者废名和熊十力都研究佛学，各有心得，各树一帜，常为此争论，邻居也习惯隔墙听到两人的高声辩说。有一天辩论声忽戛然而止，旁人好奇，过去一看，两人竟打起来了，因为互相卡住对方的脖子，所以都发不出声音。被人劝开后，废名气哄哄地走出。但至次日，废名又来了，与熊十力讨论别的问题，又争得不亦乐乎。

与君子之争相对应的是小人之争。君子之争，争的是政见、看法、学术观点，小人之争，争的是利益、权势、酒色财气；君子之争，光明正大，不掖不藏，直抒肺腑，小人之争，偷鸡摸狗，阴谋诡计，见不得人；君子之争，襟怀宽阔，雅量高致，和而不同，小人之争，心地狭窄，小肚鸡肠，睚眦必报；君子之争，越争越明，能争出共同提高、双赢局面，小人之争，只会两败俱伤，狗咬狗一嘴毛。

历汉、魏、晋、南北朝迄于明、清的佛道之争，陆九渊心学与朱熹理学的朱陆之争，清末变法修律过程中张之洞与沈家本的"礼法之争"，世界科学史上的牛顿与莱布尼茨之争，经济学家林毅夫与张维迎有关产业政策的林张之争等，都是君子之争。而民国初期的"府院之争"、某卫视的"一姐之争"等，则是典型的小人之争。

君子之争，能争出朗朗乾坤，风清气爽，因而多多益善；小人之争，只能争得乌烟瘴气，臭气熏天，还是少点为好。

两组名单的对比

　　湖南作家刘诚龙曾经做过一个很有趣的试验，他把两组名单给 10 个人看，问他们对这些人是否熟悉，为什么熟悉，结果很出人意料。

　　第一组名单是：傅以渐、王式丹、毕沅、林召堂、王云锦、刘子壮、陈沆、刘福姚、刘春霖。第二组名单是：李渔、洪升、顾炎武、金圣叹、黄宗羲、吴敬梓、蒲松龄、洪秀全、袁世凯。结果，10 个人中对第一组名单中的名字一个都不知道的有 7 人。10 个人中对第二组名单中的大多数名字都知道。这个试验他做过多次，结果大同小异。以此类推，可以很肯定地说，普通人群中熟悉第二组名单的比熟悉第一组名单的要多得多。可是，在当时，第一组名单中的人物是多么辉煌与显赫啊！而第二组名单中的人物呢？曾经是那样门庭冷落，默默无闻。

　　为什么？因为第一组名单里的人，全是清朝的科举状元，第二组里的呢，全是清朝的落第秀才。

　　第一组名单里的人，都是学习成绩拔尖，考试名列前茅的，所以才有独占鳌头之荣，接下来的披红挂彩、游街示众、四邻夸耀，甚至被招为驸马，成为宰相快婿，等等，自然都在情理之中。可是谁能想到，当初风头出尽、光彩照人的一帮状元郎，到后来大都平平淡淡，湮没无闻，被人遗忘了。反倒是昔日那些惨不忍睹的落第秀才，后来竟然都成了大气候，或成为影响巨大的著名思想家，或成为千古不朽的文学家，或成为叱咤风云的农民领袖，或成为翻云覆雨的一代枭雄，个个有声有色，大放异彩，人人声名远播，载入史册。两相比较，反差巨大，令人不胜感慨，真是天地无常，造化弄人啊！

当然，这两组名单的简单对比，绝不能说明当初学习好的、考试成绩优秀的，将来到了社会上就一定难出成绩，一事无成。因为状元里出类拔萃的人物也很多，后来大有名气的也不少，譬如贺知章、王维、吕蒙正、文天祥、翁同龢等，他们的成就都非同一般。这个对比更不能说明，别看我现在学习不好，考试不行，一到社会上就会如鱼得水、左右逢源。毫无疑问，要达到同样目标，学习成绩不好的肯定比成绩好的要付出更大的代价、更多的时间。但这两组名单的对比至少能说明一点，只要道路正确，方法得当，锲而不舍，不论是科举失意的秀才，还是高考落第的学子，照样能出人才，照样是卧虎藏龙，照样可以大展宏图、青史留名。

一年一度的高考大战风起云涌，令人惊心动魄，又是几家欢喜几家愁。那些高考状元、探花、榜眼们自可以弹冠相庆，兴高采烈，准备行囊，到高校深造。而那些名落孙山的学子，也大可不必灰心丧气，一蹶不振，看看刚才的两组名单，琢磨琢磨其中的深刻意蕴，也许会给你增添几分勇气和信心。高考固是独木桥，人生却有千条路，只要努力拼搏，不懈奋斗，"有志者事竟成，破釜沉舟，百二秦关终属楚；苦心人天不负，卧薪尝胆，三千越甲可吞吴"。谁知道你将来会不会成为新一代的顾炎武、黄宗羲、吴敬梓、蒲松龄呢？

"三代"是个坎

如今，社会上常有"富二代""官二代""星二代""穷二代""红二代"之类的说法，但绝少听说有"三代""四代"的。因为不论什么职业、门第，最多传到三代就打住了，即所谓"代"不过三，三代是个坎。

先说"富不过三代"，这是从古人所说的"道德传家，十代以上，耕读传家次之，诗书传家又次之，富贵传家，不过三代"那里来的。这一高论，从数据上也得到了印证。2013年全球富豪榜上有四分之一的富豪财富来源为继承，但财富普遍继承到第二代为止，超过三代的仅有22位。道理很简单，爷爷辈儿敢打敢拼，创下家业，第二代尚能继承财富，守持家业，到了第三代就吃喝嫖赌，穷奢极欲，很快就败家了。现在的问题是，有些"富二代"就不务正业，花天酒地，把家业败光了，成了"二世祖"。

再说"官不过三代"，这虽没成为流行提法，但实际上是相当普遍的事实。爷爷辈儿官高权重，少不得封妻荫子，鸡犬升天；"官二代"或直接或变相世袭，也能安享荣华富贵；到了孙子辈儿，爷爷辈或致仕养老，或寿终正寝，就罩不住了。所以，第三代能沾上光的很少，虽不至穷困潦倒，但离平民距离也不大了。袁世凯曾威风八面，几个衙内也耀武扬威，可到了孙子辈儿，有的居然困窘到离讨饭不远了。

还有"星不过三代"，其实"星"能到二代的都不多，到三代的就更寥若晨星了。说实话，家里能出一个明星都极不容易，须得相貌好，脑子灵，悟性高，能吃苦，又有贵人提携，才可脱颖而出，谈何容易？因而，"星二代"能站住脚的不多，青出于蓝而胜于蓝的更是凤毛麟角，也就是葛优一二人罢。张国立、宋丹丹、陈宝国、李保田、庞学勤、李默然等老明星，都有从事演艺工作的子弟，大多表现平平，成为著名演员的可能性微乎其微。更不用说什么"星三代"了。

再说"将不过三代"，名将之后无名将，似乎也是个规律。岳飞之子岳云、关羽之子关平、张飞之子张苞、李广之子李敢这样的"将二代"，虽比不上父辈，也算是能征善战的将领，即便是赵奢之子赵括，尽管有纸上谈兵之恶名，也曾是三军统帅。但"将三代"就很少耳闻了，出类拔萃的更少，李广孙子李陵勉强算一个，最后还兵败大漠，连累司马迁成了"废人"。杨宗保就更不用说了，连穆桂英都打不过，让老令公地下无颜。

还有"文不过三代"。名文人之后再出大家的，苏洵、苏轼、苏辙父子算是一例，还有班彪、班固、班昭一家子，但也都没有延续到第三代，孙子辈基本都没什么作为。鲁郭茅巴老曹六大家的第二代，都是普通人，有两个与文学沾边的，成就也无法与父辈比，第三代就不用提了。诺贝尔文学奖得主莫言的女儿，好像也不是搞文学的。毕竟，作家不是谁想干就能干的，没有点天赋和机遇，光靠勤奋是难以成事的。

算来算去，三百六十行里少数能传三代以上的，都是靠技术吃饭的行当。像天津泥人张、北京王麻子剪刀、洛阳郭氏正骨，都传了很多代。这些行当，利润不大，占用资金有限，技术含量不高，竞争不激烈，对从业人员要求也没那么苛刻，所以，波澜不惊地一代代传下来了。

可见，三代是个坎，这也合乎盛极必衰、否极泰来的道理。不论家境穷富，出身贵贱，职业雅俗，不到百年，就一定会穷富换位，贵贱颠倒，此乃天意所赐，也是人为所致。是故，眼下占高枝的别得意，要惜福修德，处洼地的也别沮丧，要自强不息，走着瞧吧，等不到三代就会大翻身。当然，这种乾坤倒转，还要加上人为因素，光等不行，穷困者要玩命奋斗，富贵者要可劲糟践，最多三代，就会重新洗牌，再排座次。

最后的"高贵"

人之将死，百相千态。毕竟是在最终告别这个世界的时刻，对生之留恋，对死之恐惧，常使人们难以自控地严重失态，方寸大乱。或万念俱灰，惶恐无比；或痛哭流涕，失魂落魄；或神经错乱，胡言乱语，总之是可怜之极、卑微不胜，全无尊严可言。但也有人能在最后时刻仍保持自尊、自重、自爱，以高贵的气质来面对死亡，他们的人生"闭幕"，从容、淡定、素雅、高洁，留下千古美谈，令人无限钦佩。

孔子的爱徒子路，疾恶如仇，正直不阿，明知卫国有乱，还义无反顾地身涉险地，拼力拨乱反正。他与乱党蒯聩以死抗争，被其帮凶石乞挥戈击落冠缨，子路道："君子死，冠不免。"在系好帽缨的过程中，他被人砍成肉酱。子路死后，孔子非常伤心，吃饭时见到肉酱就将其盖上，不忍食用。子路的高贵就表现为矜持自重，不肯稍有苟且，哪怕以死为代价。

嵇康的高贵则体现在从容淡定上。因受钟会陷害，竹林七贤之一嵇康被押上刑场。面对成千上万的围观者，嵇康气定神闲，从容不迫。离行刑尚有一段时间，他便在刑场上用古琴抚了一曲《广陵散》，旋律不乱，没有悲声，如同天籁之声。曲毕，嵇康把琴放下，叹息道："从前袁孝尼曾跟我学《广陵散》，我每每吝惜而没教授他，《广陵散》现在要失传了。"说完后，他从容就戮，不像赴死黄泉，倒像赴宴友家，完全当得起那个有名的成语：视死如归。

1793 年 10 月 16 日，雍容华贵的法国路易十六皇后玛丽被推上断头台。她不小心踩到了刽子手的脚，忙轻声道歉，说："对不起，先生，我请求您的原谅，我不是有意的。"有评论说，玛丽皇后在她一生的最后时刻无意中说的这句话，让法国人至今脸红发烧。玛丽皇后的高贵，体现在她保持了一生的彬彬有礼和良好教养，即便是面对屠刀高悬。

142 年后的一个夏日，福建长汀中山公园。阴云密布，天低风急，瞿秋白被押送到一个八角亭前，坦然坐下，自斟自饮，谈笑自若，神色无异。他边饮边言："人生有小休息，有大休息，今后我要大休息了。"酒足饭饱，瞿秋白坦然正其衣履，昂首直立，手夹香烟，顾盼自如，缓缓而行。见到一块草地，回头看了看行刑者，他点头示意说："此地甚好。"枪声骤然响起，秋白从容就义。瞿秋白的高贵，表现在信仰的坚定，三军可夺帅，匹夫不可夺志。

傅雷先生之死似乎不是那么"惊天动地"，也没有戏剧性的情节，但同样闪耀着人性的光彩，让人看出其非同一般的高贵气质。十年"浩劫"时期，饱受凌辱、被逼自缢的傅雷夫妇，为防踢倒凳子的声音吵醒深夜熟睡的邻居，事先在地上铺了一床棉被。这确是区区小事，但临死之际还能考虑到不影响他人，不给他人添麻烦，表现了他们高度的文明和修养。

和傅雷先生异曲同工的，还有夏衍，他是位国家级高干，资格老，级别高。夏衍临终前，感到十分难受。秘书说："我去叫大夫。"正在他开门欲出时，夏衍突然睁开眼睛，艰难地说："不是叫，是请。"随后就昏迷过去，再也没有醒来。尊重他人，平等待人，是夏老自觉养成多年的良好习惯，同时也使他人生最后一句遗言备显高贵、感人至深。

　　高贵的气质，特立独行，清新磊落，如同空谷幽兰、绝壁松柏，是极不容易养成的，需长期陶冶，自觉坚持，刻苦磨砺，努力提高。而一旦养成高贵的气质，则可受益终身，甚至在生命即将终结的那一刻，也能气质不改，初衷不变，"生如春花之灿烂，死如秋叶之静美"。

以貌取人的代价

爱美之心，人皆有之。以貌取人，不夸张地说是每个人的自发价值取向和本能冲动，尤其是在今天这个看脸的时代。找对象时肯定是要以貌取人的，所谓"上得厅堂，下得厨房"；拍电影时也要以貌取人，越漂亮越叫座，演技差点也不要紧，只要颜值高，照样演女一号、男一号；挑空姐、选酒店服务员、招聘老师，都要以貌取人；甚至参加体育竞赛，相貌出众的也占尽便宜。

但是，以貌取人有时是要付出代价的。

以貌取人的曹操，自己虽其貌不扬，却看不上相貌更丑陋的张松，与其话不投机，对其轻慢过甚，结果失去了本可轻易到手的西川地图，更失去了一举占领西川的机会，把"天府之国"拱手让给刘备。直到几十年后，他的后人们大动干戈，以死伤无数将士的巨大代价，才弥补了这个缺憾。

俄罗斯大诗人普希金也是个"外貌协会"铁杆会员，找老婆时忽略了对方的素质、学养、品德，唯一的要求就是漂亮，最后他也确实如愿以偿，娶到了莫斯科第一美女。可是，这个花瓶老婆只知道每天出席各种舞会、酒会、交际会，既不欣赏也不关心普希金的诗歌创作。这且不说，她还在外边拈花惹草，给普希金"戴绿帽子"，逼得普希金不得不进行决斗以维护荣誉，最后死于非命。

就连以学问大、修养高而闻名天下的孔夫子也未能免俗。《史记》记，孔子有个弟子叫宰予，能说会道，一开始给孔子的印象不错，但后来渐露真面目，既无仁德又十分懒惰，大白天睡觉，不读书听讲。孔子骂他是"朽木不可雕也"。孔子的另一个弟子叫澹台灭明，字子羽，相貌丑陋，孔子很看不上他，对他的态度十分冷淡。后来，子羽只好退学，自己苦研学问，努力修身，积德行善，影响越来越大。后来，子羽游历时，跟随的弟子有三百人，声誉很高，各诸侯国都传诵他的名字。孔子听说后，感慨地说："吾以言取人，失之宰予；以貌取人，失之子羽。"

美国也有一个这样的例子。一天，哈佛大学校长办公室来了一对貌不惊人、衣着普通的老夫妇，要见校长。秘书一眼就断定这两个乡下土老帽根本不可能使哈佛获益，说："他整天都很忙！"女士回答说："没关系，我们可以等。"过了几个钟头，秘书一直不理他们，希望他们知难而退，自己走开。他们却一直在等。秘书终于决定通知校长，校长不耐烦地同意了。女士告诉他："我们有一个儿子曾在哈佛读过一年，他很喜欢哈佛，在哈佛的生活很快乐。但去年他意外死亡，我们想在校园里为他留一个纪念物。"

校长并没有被感动，反而觉得很可笑，傲慢地说："夫人，我们不能为每一位曾读过哈佛而后死亡的人建立雕像的。如果这样做，校园看起来像墓园一样。"女士说："我们不是要竖立一座雕像，而是想要捐一栋大楼给哈佛。"校长仔细地看了老夫妇的寒酸穿戴与平凡外貌，轻蔑地说："你们知不知道建一栋大楼要花多少钱？750万美元！"女士沉默了。校长很高兴，总算可以把他们打发了。

女士转向丈夫说："只要750万就可以建一座大楼？那我们为什么不

建一座大学来纪念儿子？"就这样，斯坦福夫妇离开了哈佛，到了加州，成立了斯坦福大学来纪念他们的儿子。这就是著名的斯坦福大学的由来。这件事被美国人称为美国历史上以貌取人"最严重的后果"。

尊重、善待每一个人，不管他出身高贵还是出身低贱，不管他是貌比潘安还是形如张松，不管他富可敌国还是一穷二白。这既是人际交往的底线，也是有教养的表现，而且说不定还会有意外收获。但是相反，也许会失去很多，譬如价值连城的川西地图、名扬四海的斯坦福大学。

居里夫人的手稿

居里夫人是世界上两次获得诺贝尔奖的第一人，她的成就包括开创了放射性理论，发明了分离放射性同位素的技术，以及发现了两种新元素——钋和镭。但她也为此做出了巨大牺牲，由于在实验时长期接触放射性物质，她患上再生障碍性贫血，最后死于白血病。即使是100多年后的今天，她存放在法国国立图书馆的手稿、文件、衣服、家具等，都带有辐射。这些物品需要经过1601年才能进入半衰期，因而会一直保存在特制的铅箱里。按规定，人们可以目睹居里夫人的手稿，但须签署免责同意书，穿上防护服，小心谨慎地参观。

为科学发展而献身，居里夫人既不是第一人，也不是最后一人。在科学发展史上，几乎每一项科学实验的成功、每一项新技术的问世，都需要人们付出无数心血，需要冒极大的风险，甚至是付出生命的代价。

14世纪，明朝人万户为试验利用火箭飞天，把47个自制的火箭绑在椅子上，自己坐在上面，双手举着2只大风筝，然后点火发射，不幸火箭爆炸，万户为此献出生命，被称为"世界航天第一人"。18世纪，为了证实雷电是大气中强力的放电现象，俄国物理学家利赫曼冒着生命危险，利用铁杆向天取电，结果被雷击死。德国的里利塔尔，操纵自制的滑翔机，一生进行过两千多次试验飞行，一次突遇狂风，不幸失身殒命。19世纪，被誉为"国宝"的日本科学家野口英世，不顾年高体弱，亲自到非洲考察"黄热病"，不幸感染此病，以身殉职。

英国医学家辛普逊为了解除病人动手术的痛苦，不惜冒险试验和筛选各地送来的麻醉药品。一次，他和两个同行一起嗅一种苏格兰化学家送来的无名药水，以实际试验其效能。起初他们还能谈话，但渐渐失去了说话的能力，进入深眠状态。不知睡了多长时间才苏醒过来，如果药力再强一点，那他们恐怕将永远陷入睡眠状态，再也不能复苏过来了。"辛普逊"们正是以这种甘冒风险的精神，发现了理想的麻醉剂，造福了全人类。

炸药大王诺贝尔就曾被人们称为"与死神打交道的人"。1867年秋，他采用雷酸汞做引爆剂，实验进行了几百次，都归于失败。有一天，"轰"的一声巨响，他的实验室被送上了天，人们惊呼："诺贝尔完了！"这时，只见他满身鲜血，从浓烟中跑出来，高兴地喊道："我成功了，我成功了！"就这样，由诺贝尔发明的用金属管装雷酸汞的引爆雷管问世了。

诺贝尔奖得主屠呦呦为研制中草药治疗疟疾，废寝忘食，殚精竭虑，对200多种中药开展实验研究，历经380多次失败。而且，为了检验药效，她还带领研究人员冒着危险多次尝试，终于成功分离出新型结构的抗疟有效成分青蒿素，为广大疟疾患者带来了福音。

这些科学家不计名利，不怕危险，不顾后果，他们为科学献身的精神和举动，曾被人看作疯子、傻子、呆子，可就是这些"疯子、傻子、呆子"，用他们的聪明智慧，用他们的血肉之躯，用他们的宝贵生命，推动了科学巨轮的前进，创造了今天的世界文明。科学家常被人誉为天才和智者，其实他们的献身精神才更值得赞誉与效法，没有这后一条，天才也无法做出这么大的贡献。

如今，居里夫人开创的放射性技术还在广泛使用，辛普逊发明的麻醉剂还在造福病人，屠呦呦研制的青蒿素还在有效剿灭疟原虫，万户带来的火箭时代正带动人们探索遥远的外空，诺贝尔科学奖正激励无数科学家在科学研究的崎岖山路上努力攀登，共同创造人类的美好生活。

科学需要献身精神，勿忘居里夫人的手稿。

如意·得意·快意

晋人羊祜说："天下不如意事，十常居八九。"宋人辛弃疾也有同感："叹人生，不如意事，十之八九。"这可能略有夸张，但也大体不差。掰着指头数数，每人都有不少不如意事，婚姻不如意，事业不如意，仕途不如意，生意不如意，子女不如意，身体不如意，等等。

大千世界，红尘一生，人基本上就是在如意和不如意之间游走，谁也不可能"万事如意"，但大家偏又最爱说这种拜年话，无非讨个彩头。因为，如意的背后是利益，而人与人的利益往往是矛盾的，你要"万事如意"了，别人就可能走投无路了，关键是如何对"如意"合理分割，以求和平共处，就像胡雪岩说的那样，"前半夜想想自己，后半夜想想别人"。自己如意也让别人如意，这如意事就容易长久；反之，倘若你如意，别人就不能如意，你的如意是建立在别人的不如意之上的，你的如意就很容易变为不如意。还有一个办法，就是少想不如意事，多想如意的事，这是民国元老于右任的人生态度。他曾写过这样一副对联："少思八九，常想一二"，横批是"如意"。既然"不如意事，十常居八九"的大趋势无法改变，那何妨索性忘掉或少思那不顺心的"八九"，多想想让人高兴的"一二"。这可不是阿Q的精神胜利法，而是达观者的生活态度。

人一如意，最容易流露出来的是得意情绪，想控制都很难。"酒中仙"李白一碰到美酒加好友就兴奋难抑："人生得意须尽欢，莫使金樽空对月"；屡试不中，46岁才中进士的孟郊登科后简直有些失态了："春风得意马蹄疾，一日看尽长安花"；写诗得了妙句的清人赵翼，也是相当自得："枉为耽佳句，劳必费剪裁。平生得意处，却自自然来。"就是咱寻常百姓，小有如意时也会得意扬扬，娶个漂亮老婆，孩子高考上榜，炒股赚了一笔，仕途进了一步，都免不了自鸣得意，志得意满，这也是人之常情。

不过，得意往往是把双刃剑，得意若失了分寸，会被人嘲笑为"小人得志"；一味得意忘形，则会误事出错。所以，兰陵笑笑生说"事遇机关须退步，人逢得意早回头"，弘一法师说"得意勿恣意奢侈，失意勿抑郁失措"。这些都是经验之谈、睿智之语。达观而清醒的态度应当是：得意淡然，失意泰然；不以一时之得意而自夸其能，亦不以一时之失意而自堕其志；对失意人莫谈得意事，处得意日莫忘失意时。

得意若不加节制，就会变为快意。快意有两解：一曰恣意所欲，二曰心情舒畅。这里主要说的是前一层意思，怎么高兴就怎么来，想怎么干就怎么干。譬如"快意恩仇"，想报恩就滴水恩当涌泉报，想报仇就干脆利落地手刃仇人，不会前怕狼后怕虎。畅其所欲，固是快意的动人之处，但也是快意的危险之处。如果谁想干什么就干什么，怎么痛快就怎么来，那就肯定会天下大乱了。

殷纣王出于"快意"，把大臣比干开膛破腹；周幽王为了"快意"，烽火台戏诸侯以求美人一笑；楚平王贪图"快意"，纳儿媳为老婆，结果导致国破家亡；秦始皇为了"快意"，一声令下，四百六十多个儒生被埋进大坑；明成祖遂了"快意"，杀了方孝孺一家十族九百多人……平民百姓的"快意"虽没那么大动静，但因为由着性子来，不知自制，导致的犯罪可是年年都有。为"快意"打架斗殴，为"快意"吸毒赌博，为"快意"寻找外遇，都没啥好结果。这么说吧，一个人如不受制约地"快意"，是很危险的，就像失控的汽车。

如意要珍惜，不能失之于贪；得意要适度，不能得意忘形；快意要克制，不可为所欲为。办好这三件事，人活得就敞亮了。

尾 声

　　尾声，原系戏曲音乐名词，如可指京剧全剧结束的音乐；后被引申用事指大型乐曲中乐章的最后一部分，电影、电视剧的结尾，文学作品的结局，某项活动快要结束的阶段，还有一个人的暮年、一个朝代的最后时光等。

　　尾声很重要。《战国策》云："行百里者半于九十。此言末路之难也。"比喻做事愈接近成功，就愈困难，越要坚持到最后。世间万事万物，开头好再加上结尾好，善始善终，才能有一个圆满的结局。不论干什么，如果前面形式生动，内容丰富，有声有色，轰轰烈烈，最后却草草收兵，不了了之，"其兴也勃焉，其亡也忽焉"，就成了虎头蛇尾，必然会贻笑大方。小提琴协奏曲《梁祝》，本是一出爱情悲剧，让人扼腕叹息，热泪长流。但作者独具匠心地在乐曲的尾声设计了尾声"化蝶"，在轻盈飘逸的弦乐衬托下，梁山伯与祝英台从坟墓中化为一对蝴蝶，在花间自由飞舞，永不分离，把人们引向神话般的仙境，表达了人们对美好生活的追求和向往。可以说，如果没有"化蝶"的尾声，《梁祝》的艺术感染力肯定会大打折扣。

元代文人乔梦符谈到写"乐府"的章法时提出，要有"凤头、猪肚、豹尾"。开头要像凤凰头那样美丽、精彩，引人注目；主体要像猪肚子那样厚重、充实，有丰富的内容；结尾要像豹尾一样孔武有力，似能横扫千军。这种形象的比喻，其实也是对所有文体的文学作品的共同要求。《百年孤独》的开头就是这样的"凤头"："多年以后，奥雷连诺上校站在行刑队面前，准会想起父亲带他去参观冰块的那个遥远的下午……"这个开头被世界无数作家不断模仿。结尾则是这样的"豹尾"："羊皮卷上所载一切自永远至永远不会再重复，因为注定经受百年孤独的家族不会有第二次机会在大地上出现。"这个结尾更是成为魔幻现实主义的经典结尾。

做事固然"万事开头难"，但是有一个圆满的尾声更难能可贵。想想看，我们见过多少只有开头没有结尾的事情，譬如几乎各地都有的烂尾楼。由是，我想起林则徐的一件轶事。他曾在巡抚张师诚手下任职，有一年除夕，张要他写一封拜表贺岁，本是例行公事，谁知道送张过目时，他在拜表上改了无关紧要几个字，并要他即时再抄正。林则徐赶着回家过年，虽感费解，但还是认真抄正了。等到天亮张师诚回来，看了一遍拜表，就向林则徐"做一长揖"，说："从前看你的书法，越到临尾，越有精神，我心里就很佩服，此事更让我敬重。我阅人无数，做事有始有终者必有大成，我看好你。"林则徐后来的事业辉煌，就得益于他做事善始善终的风格和品质。

做人也是如此，要牢记初心，唱好尾声。尾声贵在高洁。许多人都能不改初衷，保持晚节，安享夕阳红。但也有不少人，特别是一些大权在握的官员，保持谨慎大半生却晚节不保，贪污受贿，以权谋私，成了"59岁现象"的俘虏，一世英名，毁于一旦。尾声最宜从容。清初文学批评家金圣叹，因"哭庙"案被判斩杀。刑场上，金圣叹泰然自若，昂然向监斩索酒畅饮，边酌边说："割头，痛事也；饮酒，快事也；割头而先饮酒，痛快痛快！"他洒脱不羁，从容不迫，临危不惧，视死如归，果然有名士风采。尾声尤需达观。有头就有尾，有生就有死，看透生死，乃智者所为。妻子死了，庄子鼓盆而歌："生死本有命，气形变化中。天地如巨室，歌哭作大通。"坦言生死，陶渊明诗曰："纵浪大化中，不喜亦不惧。"直面大限，杨绛先生说："我双手烤着生命之火取暖；火萎了，我也准备走了。"凡此种种，皆成佳话。

有头有尾，方为人道；有始有终，天必佑之。

自嘲与自信

在2014年索契冬奥会开幕式上，表演不慎出现重大失误：在奥运五环展示环节，本该形成五环的五朵雪绒花中有一朵没打开。闭幕式上，俄罗斯人用自嘲的方式来弥补开幕式的失误：开场舞蹈最后，由舞蹈演员先还原了开幕式时的"故障四环"，再慢慢展开形成了一个完整的五环，现场顿时爆发出了热烈的掌声！央视主持人沙桐说："俄罗斯找到了一种既自嘲又独特的弥补方式。这种幽默感需要强大的自信。"

没错，能主动自嘲的人，都是足够自信者。西汉文人杨雄写过《解嘲》奇文，南宋诗人陆游写过《自嘲》一诗，鲁迅也有诗曰《自嘲》，其中名句"横眉冷对千夫指，俯首甘为孺子牛"流传甚广。这几位都是不同领域里的超级牛人，自嘲不仅没使其丢份掉价，反而更显得魅力十足。

自信是自嘲的基础，有了高度自信的支撑，自嘲就成为为人处世的一种积极态度。古今中外，那些成功名人，几乎都是自嘲高手，因为他们对自己的能力和成就充满自信。明代大画家徐渭，多才多艺，佳作迭出，但因其特立独行而屡遭攻讦，他就画了一幅《青藤书屋图》，并题写对联自嘲："几间东倒西歪屋；一个南腔北调人。"这不仅回击了外界的嘲讽，也表明了自己的艺术追求。美国总统林肯也是一个自信满满的人。1858年，林肯与政敌道格拉斯公开辩论。道格拉斯对林肯进行恶毒的人身攻击，骂他是不折不扣的两面派。林肯并未反唇相讥，而是幽默地说："请大家评评理，要是我真有另一张脸，我还会戴上如今这张吗？"现场顿时掌声雷动，一片喝彩。因为林肯相貌丑陋，他就巧妙地以此自嘲，成功化解了政敌的攻击，为自己加分不少。

自嘲不是目的，而是一种达到目的的巧妙手段。成功的自嘲都是智慧的产物，能自嘲的人，多是智者中的智者、高手中的高手。因为成功的自嘲不仅要嘲讽自己，而且要嘲讽得高明而不伤筋骨，辛辣而不动根基。以自嘲来解除尴尬，常可取得四两拨千斤之效。杨澜在一次大型活动的主持中，不慎被绊倒在地。但她不慌不忙地自嘲道："看来我的翻滚动作还不过关，有待锻炼，下面请看高难度翻滚动作的舞狮节目。"尴尬就这样轻松地化解了。而用自嘲来推介自己，则可取得出奇制胜的效果，许多名人都长于此道。启功写过一个自嘲式的自传说："中学生，副教授。博不精，专不透。名虽扬，实不够。高不成，低不就。瘫趋左，派曾右。面微圆，皮欠厚。"寥寥数言，谦虚、自信的成功者形象跃然纸上，远比一本正经地自我吹嘘的效果要好得多。

豁达的自嘲，实际上是以守为攻，能起到保护自己的作用。苏格拉底的妻子是个泼妇，常作河东狮吼。一日，苏格拉底的妻子又对他大吵大闹，他只好退避三舍。刚好走到楼下时，其妻怨气难平，从楼上倒下了一盆冷水，把苏格拉底淋得跟落汤鸡一样。这时，他不慌不忙地说："我就知道雷响过后必有大雨，果然不出我所料。娶这样的老婆好处很多，可以锻炼忍耐力和提高修养。"他都自嘲到这个份上了，想嘲弄他的人也觉得无话可说了。再如身材矮小的潘长江，常主动拿自己的身高解嘲，自称"袖珍男子汉"，他都把自己说得这样不堪了，别人还能说啥？

不仅如此，他还将身高劣势变为优势，专与高个子的女演员配戏，以突出喜剧效果，成功地塑造了多个艺术形象。他那句名言"凡是浓缩的都是精品"，也成为自信的象征，不胫而走。

有位西方哲学家说：聪明者笑自己，愚蠢者笑别人。自嘲是智慧和勇气的结果，自嘲是自信和自强的表现。学会自嘲，勇于自嘲，我们的生活会更有情趣，更加丰富多彩。

"滴水"与"涌泉"

"滴水之恩，当涌泉相报"，是古人留下的一句老话，其用意甚佳，激励人们多做善事，将来好人必有好报。但这句话也有两点缺憾：一是用语明显过于夸张，施恩与报恩之比例差之过大，现实生活中能做到投桃报李就不错了；二是此乃"小概率事件"，也就是说这种事很少。但很少不是没有，出现一件两件，就够大伙议论好长时间的。

古人漂母，也就是替人洗衣服的妇人，给饥肠辘辘的韩信吃过几回早餐，估计也就是半个窝头一个炊饼的分量，可能最多值半个铜钱，是典型的"滴水之恩"。后来，韩信发达了，被封王封侯，不忘昔日之恩，赠漂母千金，堪称"涌泉相报"。东坡曾诗赞："虽知灯是火，不悟钟非饭。山僧异漂母，但可供一荒。"如今，漂母墓、漂母祠仍在淮安境内，香火兴旺。

今人马云，1980 年在大学读书时曾得到澳大利亚人肯·莫利的 200 美元资助，也就是"滴水"的分量，他一直念念不忘。2017 年 7 月，马云亲赴澳大利亚来圆自己的感恩梦，他以马云和莫利之名，在肯·莫利的母校纽卡斯尔大学设立名为"马-莫利"的 2000 万美元奖学金计划，成为该校史上收到的最大一笔捐赠。200美元和2000万美元相比，也是"滴水"与"涌泉"的比例。

美国人约翰·布朗为妻子治病，来到中国看中医。其时，他由于四处求医，无心打理公司，遇到暂时资金困难，囊中羞涩，这个已无力继续支付在北京为妻子看病时请的一个翻译的薪酬，但那个小伙子在没有报酬的情况下，继续热情地为他服务一周，完成了全部疗程。三年后，这个已大学毕业正愁着找工作的小伙子，突然收到一封来自美国的聘书，正是那个美国人约翰·布朗给他寄来的，他说：我现在想在北京办一家分公司，聘请你为代理人，报酬是每月八万美金。这真是"天上掉馅饼"，小伙子都快乐疯了。这又是一个"滴水之恩，涌泉相报"的故事，看来知恩图报是全世界人民都认同的美德。

施人以滴水之恩，是很容易的事，花钱不多，费力不大，多属举手之劳，可对你是"滴水"，对他人就可能是雪中送炭，能解燃眉之急。没有漂母的窝头接济，韩信就可能饿死；没有莫利的200美元资助，马云的大学或许读得就没那么顺畅；没有那个北京小伙的无私相助，约翰·布朗的就医就可能遇到困难。所以，见人有难时，能帮忙时就多点热心，能资助时就多点善心，谁知道你碰到的是不是未来的韩信、马云？

当然，施恩时功利心不能太强，如果做一点善事就老想着将来会收获"涌泉相报"，一是降低了自己的境界层次，有些俗不可耐；而且，"涌泉相报"的事在现实生活中少之又少，总惦记这事是会令你失望的。毕竟，被救助者就是想"涌泉相报"，也是有条件限制的，像马云那样一下就拿出2000万美元的人太少了。做好事、善事时还是要只求心安，不图回报的为好。

"滴水"与"涌泉"的故事，多有传奇色彩，说起来热闹，做起来困难，即便是真的，也无法普及推广，毕竟"滴水"好找，"涌泉"难寻。

而相对比较对等的施恩报恩关系，如"投我以木桃，报之以琼瑶"，似更可行，更接地气，也更合乎世人的价值观。如果人人都能做到这一点，知恩图报，投桃报李，那社会的文明层次就能上个不小的台阶。

自作自受

　　有个歇后语叫：木匠戴枷——自作自受。与之意思类似的词还有自食其果、作茧自缚、咎由自取等。意即自己做的事情带来的后果，要自己承担。《尚书·太甲中》说："天作孽，犹可违；自作孽，不可逭。"《五灯会元》记："僧问金山颖：'一百二十斤铁枷，教阿谁担？'颖曰：'自作自受。'"其实，历史上这种例子非常多。

　　20世纪20年代，学者刘半农欲编一本"骂人专集"，便在《北京晨报》上刊登了一则"启事"，公开征集各地的骂人方言。语言学家赵元任看到这则启事后，一时兴起跑到刘半农那里，用湖南、四川、安徽等地方言把刘半农骂了个"狗血淋头"。随后，周作人也来了，用绍兴土话对刘半农一顿大骂，尔后扬长而去。几日后，刘半农去教室上课，又被广东、广西和湖北籍的学生用土话骂了一番。每每挨骂，刘半农总是连声说："好！好！谢谢！"事后，他又总是自怨自艾地叹道："我这真是自作自受，都是'粗话启事'惹的祸。"

　　刘半农的自作自受还只是多挨了几句骂，受了若干窝囊气，唐朝酷吏周兴则差点掉了脑袋。有人告密说周兴和丘神勣串通谋反，武则天便命令来俊臣审这个案子。来俊臣请周兴到家里做客，他们一边议论一些案子，一边相对饮酒。来俊臣对周兴说："有些囚犯再三审问都不肯承认罪行，有什么办法使他们招供呢？"周兴说："这很容易！只要拿一个大坛子，用炭火在周围烧这个大坛子，然后让囚犯进入瓮里去，什么罪他敢不认？"来俊臣就吩咐侍从找来一个大坛子，按照周兴的办法用炭在周围烧着，于是来俊臣站起来对周兴说："有人告你谋反，太后命令我审问你，请老兄自己钻进这个坛子里去吧！"周兴哀叹："我这是自作自受啊！"当即磕头认罪。

相比较而言，史上最惨的自作自受，莫过于商鞅之死。商鞅变法，推行严刑峻法、保甲连坐制度、奖励军功制度等，秦国大治。秦孝公死后，他受到贵族的诬害以及秦惠文王的猜忌，逃亡至边关，欲宿客舍，老板见他未带任何凭证，便告诉他说"商君之法"规定，留宿无凭证的客人是要"连坐"治罪的。商鞅哀叹："我这是'作法自毙'。"后来商鞅被擒，身受"车裂之刑"，家人受株连而死，皆是依据昔日他所制定的法律。

比较有戏剧性的自作自受的例子是法国国王路易十六。1791年，法国有个叫盖卢定的医生，有感于死刑犯在行刑时会遭受巨大的身心痛苦，主张在执行死刑时，应该让犯人在一瞬间、还没有感觉到痛苦时身首分家，就发明了断头机。断头机被发明之后，死在断头机下的人不计其数。没想到，后来盖卢定也犯了罪，砍掉他的头颅的正是他发明的断头机。后来，有一个人叫吉约坦，嫌盖卢定发明的断头机还不够利索，于是对断头机进行了改造，使断头机的效率大大提高。巧的是，吉约坦也跟盖卢定一样，死在了他改造后的断头机下。更巧的是，法国国王路易十六在签署了批准用断头机作为执行死刑工具的法律的18个月后，自己也成了断头机下的鬼魂，还捎带了他的皇后。

世间事，变幻无穷，吉凶莫测，谁也无法预测前景和形势走向如何，故多有造化弄人、自作自受之例。今日思之，商君若知道自己日后会有此惨状，路易十六若知道自己会身首异处，周兴若知道自己会被请君入瓮，当初他们"长袖善舞"时会不会稍有踌躇，给自己也给他人留下余地呢？不知别人如何，至少商君曾喟然叹曰："嗟乎！为法之敝，一至此哉！"换句话说，就是"早知如此，何必当初"。但人生不会重来，历史不容假设，"古今多少事，都付笑谈中"。

逢场作戏

逢场作戏，最早源于禅宗语录，指悟道在心，不拘时地；后指走江湖的艺人遇到合适的场合就表演。《景德传灯录》卷六记："竿木随身，逢场作戏。"不论场地好坏，观众多少，都能随时入戏，倾情表演，那也是要点功夫的。再后来，逢场作戏指遇到合适机会，偶尔凑凑热闹；也常用来指随便应酬，像演戏一样，并不认真对待。《孽海花》第七回记："不过借他船坐坐舒服些，用他菜吃适口些，逢场作戏，这有何妨。"

逢场作戏，现在引申用来形容做事不认真、不投入，敷衍糊弄，如同演戏，一般都当贬义词来用。其实，"逢场作戏"也应做两面观，并非一无是处。大千世界，万事万物，对有些事情固然要认真对待，丁是丁，卯是卯，力求精准无误，丝毫马虎不得；对有些事情则不妨逢场作戏，随便说说，顺手做做，收放自如，随心所欲，不必过于较真。

谈情说爱时，须真情投入，绝不能逢场作戏，因为那不仅是亵渎神圣的感情，也是不负责任的行为，往往会酿成悲剧，害人害己。正如青年歌手本兮在《逢场作戏》中唱的那样："我的真心真意只不过是你，一时追求的快乐和刺激，到最后才渐渐明晰，你根本在逢场作戏，这种不用负责任的东西，我怎么能玩得起？"但是，我们也必须认识到，人的真情是有限的，不可能取之不尽、用之不竭，所以，真情要用在物有所值的地方，不必在所有事情上都以真情相待，十二分地投入，因为弄不好就会"多情反被无情伤"。

投身事业时，要全神贯注、高度认真，最忌逢场作戏、心不在焉，因为那将影响工作，耽误进程，出现错漏，最终可能导致一事无成。古今中外那些事业成功者，无一不是在工作中兢兢业业，聚精会神，废寝忘食，殚精竭虑。爱迪生的成功公式是：成功 = 99% 的汗水 +1% 的天分；爱因斯坦的成功公式是：成功 = 艰苦的工作 + 会休息 + 少说废话；季羡林的成功公式是：成功 = 勤奋 + 天资 + 机遇；卡耐基的成功公式是：成功＝努力＋抱负＋坚韧＋判断。这里，只能是精益求精的较真、以命相搏的投入，不容许一点逢场作戏的轻浮。

而在日常生活中，就没有必要把神经绷那么紧，把眼睛瞪那么圆，需要放松洒脱。譬如参加那些没有什么实质意义的应酬时，在互相大讲云蒙雾罩的酒话时，就要有点逢场作戏的本事了。你讲个网上流传的段子，我说个无厘头的笑话，他吹个不负责任的牛皮，大伙一笑了之，谁也不当真，晕晕乎乎进入佳境，酒一醒就全忘了。

对打牌、下棋、修长城之类的娱乐，我们也不妨抱以逢场作戏的态度，不必把胜负看得太重，高兴是硬道理，重在参与。曾见过一些人，在牌桌上争得脸红脖子粗，骂骂咧咧，甚至还会大打出手。还有人对输赢太过计较，赢之大喜，输之大悲。媒体不止一次报道过这样的消息，某麻友拿到一手好牌，因兴奋过度，一声"和了"，就倒在麻将桌上一命呜呼，乐极生悲。

古人说："不为无聊之事，何遣有涯之生？"人在一生中要干许多无聊之事，说无数没用的废话，可这也是生活的一部分，是无法避免的，在这些无伤大雅的事情上逢场作戏，轻松应对，也不失为一种豁达通透的人生态度。反之，倘若凡事都很较真，眼睛里糅不得沙子，不肯稍有将就，不会变通妥协，不仅他本人活得很累、很拘谨，他身边的人也不会觉得太舒服，其朋友肯定不会太多。

"为人须有兢业心思，又具潇洒趣味。"（《菜根谭》语）真正的智者，不是老板着脸，大小事都循规蹈矩，心为形役；也不是天天嬉皮笑脸，吊儿郎当，而是知道何时何地要严肃认真，何时何地可以逢场作戏。

看不起读书人

古往今来，武将多瞧不起读书人，最狠的一句话是"宁为百夫长，胜作一书生"，道理很简单，"请君暂上凌烟阁，若个书生万户侯"。因为武将多是功利心极强的人，图的是凭战场上的一刀一枪，搏个封妻荫子、光宗耀祖。书里有什么呀？所谓"黄金屋""颜如玉"，那不过是劝学的欺人之谈。因而，班超投笔从戎，袁崇焕弃文从武，都成历史美谈。

武将最不得意的时候要算宋代，因为赵匡胤的政策是抑武扬文，可就这样，还有不少武将瞧不起读书人。南宋大将韩世忠，早年最讨厌读书人，见面不叫"先生"，统统蔑称为"子曰"，显然是因为读书人张口闭口"子曰""诗云"的缘故。这事连皇上都听说了。一次高宗问他："听说你把读书人称作'子曰'，有这事吗？"韩回答："我已经改了。"高宗正要夸他，不料他接着说："今呼为'萌儿'矣！"萌儿即幼稚的孩子，高宗听了，也只好一笑作罢。

蒋介石虽行伍出身，其实读书不少，粗通文墨，但他还是迷信枪杆子能解决一切问题。史量才主持的《申报》经常抨击国民政府对内迫害、对日妥协的卖国政策，蒋介石很不满意，召见史量才时要求他更换报社编辑，解聘进步人员，不得再登载批评政府的文章，遭到史的坚决抵制。蒋威胁说："我有百万大军。"史脖子一梗，不卑不亢地说："我有百万读者。"史量才居然在气势上不落下风，蒋介石还真拿他没有办法。

土匪出身的张作霖就没那么客气了。著名报人邵飘萍曾写文章批评过他，那时他在东北，鞭长莫及，只好怀恨在心。一进北京，他就立即通缉邵飘萍。邵躲进外国使馆，他找人把邵骗出来抓进大牢，然后给邵罗织罪名，对之严刑审讯。虽然全国新闻界共同营救，但"秀才遇见兵，有理说不清"，张作霖还是把邵飘萍杀害了，开了军阀杀害记者的先河。

当然，人是会变化的。一些武将年事渐长、阅历丰富后，会认识到文化的重要性，也逐渐开始尊重读书人。就说张作霖，他不仅把几个孩子都送到最好的学堂读书，晚年时对教育也颇重视，从不拖欠教师工资。每到孔子诞辰日，他就穿上长袍马褂，到各个学校慰问老师，坦言自己是大老粗，啥都不懂，教育下一代全仰仗各位老师，特地赶来致谢，云云。

还有韩世忠，打打杀杀一辈子，晚年竟喜欢上作诗填词。他有一首词《南乡子》就很有味道："人有几何般，富贵荣华总是闲。自古英雄多是梦，为官，宝玉妻儿宿业缠。年事已衰残，鬓发苍苍骨髓乾。不道山林多好处，贪欢，只恐痴迷误了贤。"后人论道，他"生长兵间，初不知书，晚岁忽若有悟，能作字及小诗词，皆有见趣"。自然，他对读书人的态度也大大转变，恭敬有礼，时常请教，与先前迥异。

文人相轻，武人相轻，还有文武相轻，都是古已有之，自然也不无偏颇。其实不论文武，均有所长，"术业有专攻"，治国安民，皆不可少，历史上凡国力强盛的朝代，大都是文武相偕，各尽其责。而一旦文武离心，相互猜忌，如廉颇与蔺相如势同水火，黄祖杀了祢衡，安禄山与杨国忠争权夺势，秦桧陷害岳武穆，后果都不大好，严重的甚至会导致国将不国，天下大乱。

至于封建帝王，对文人武将都只是视作使用工具而已，孰轻孰重并无一定之规，就看哪个更听使唤、更有用罢了。一般来说，打天下时重视武将，瞧不起文人，像刘邦就曾用儒生的帽子接尿；坐江山了则更倚重文人，"杯酒释兵权"即是一例。其轻文还是轻武，全是从利益出发的实用主义考量，没什么真心实意。所以，对于读书人来说，受了重用也别感激涕零，立刻就去做颂圣文章；遭到冷落也不必诚惶诚恐，你那一肚子学问并非注定非要"货与帝王家"不可。说到底，读书人最重要的还是要有"独立之精神，自由之思想"，而且还得"进有兼济天下的能耐，退有宠辱不惊的清高"，要不然，那书可就真是白读了，也怪不得人家瞧不上你。

大将风度

"暗淡了刀光剑影，远去了鼓角铮鸣"，在和平年代，铸剑为犁，化干戈为玉帛，绝大多数人都不可能再去战场上拼杀，更没有机会去当大将，但学点大将的风范和气度，还是很有必要的。

说到大将风度，就不能不提女排主教练郎平。她是经历过大风大浪的排球名将，又是曾执教过多个国家女排队伍的资深教练，阅人无数，经验丰富，不仅"见惯秋月春风"，同时也练就了大将风度。在赛场上，她运筹帷幄，胸有成竹，调兵遣将，指挥若定，并不时鼓舞士气，面授机宜，处下风时方寸不乱，打顺风球时不急不躁。得胜之后，她冷静清醒，不被胜利冲昏头脑；面对各界赞赏，她低调务实，宠辱不惊。这就是典型的大将风度。

一个人如果得势就狂妄，傲睨天下，不可一世，落败则心灰意冷，颓唐气馁，就是有再高的头衔、再大的权力、再显赫的功劳，也难称有大将风度。拿破仑曾叱咤风云，纵横欧洲，堪称一代枭雄，但后来越来越缺乏自知之明，变得狂妄自大。在带兵翻越阿尔卑斯山时，他就很骄狂地说："我比阿尔卑斯山还高！"鲁迅先生讽刺他说："这何等英伟，然而不要忘记他后面跟着许多兵。"就是这一回，拿破仑在俄罗斯吃了大败仗，几乎全军覆没，这也合乎骄兵必败的规律。

不计名利，胸怀宽广，也是大将风度的要项之一。《后汉书·卷十七》记，东汉名将冯异，功劳卓著，但从不夸耀于人。行军休息时，诸位将军喜欢在一起争论功劳，冯异则总是远远地坐在大树下，军中号曰"大树将军"。不过，人在做，天在看，冯异虽耻于争名夺利，刘秀却很看重他，把他列为"云台二十八将"之一。美国开国元勋华盛顿，独立战争时任总司令，居功至伟。仗打胜了，别人都忙着争功劳、抢位置，他却非常潇洒地吹着口哨回乡去当他的农场主了。后来，他被选为美国首届总统，也在任期结束后，自愿放弃权力，不再谋求续任。因其不贪名利，不恋权势，心胸豁达，赢得了人们的敬重爱戴，被尊称为"美国国父"。

大将风度还有一条重要内容：敢于担当，无所畏惧。清朝时新疆阿古柏闹独立，朝中竟无人敢领军出征。已是花甲之年的左宗棠毅然请缨挂帅，为激励士气，他让士兵抬着棺材行军。经过一年多苦战，左宗棠终于率军收复了这片占清朝领土面积六分之一的国土。举国欢腾，朝野震动，浙江巡抚杨昌睿赋诗《恭诵左公西行甘棠》激赞："大将筹边尚未还，湖湘子弟满天山；新栽杨柳三千里，引得春风渡玉关。"左宗棠这样的大将惜乎太少，要再多上几个，晚清的国势也不至于那么溃败而不可收拾。敢于任事，不顾个人安危；勇于担责，不论个人毁誉；为国是柱石，持家乃栋梁，都是具有大将风度的表现。

大将风度并非只是那些有权有势的高官显爵的专利，普通百姓、贩夫走卒，同样可以达到这样的高度，拥有这样的气势。大敌当前，草根曹刿自告奋勇参加战斗，他指挥作战有条不紊、老谋深算，成功击退来犯之敌，其气势、风度远远超过了诸多权重位高的"肉食者"。《红楼梦》里的王熙凤，虽只是个家庭妇女，但精明能干，思维敏捷，善于管理，长于杀伐决断，把荣国府几百口人管得有条有理，一举一动都带着大将风度，被誉为"女中丈夫"。这正是陈胜说的那个道理："王侯将相，宁有种乎？"这里还有一层意思，就是《菜根谭》里的那句名言："平民肯种德施惠，便是无位的卿相；仕夫徒贪权市宠，竟成有爵的乞人。"

人要有点大将风度，为国可成名臣人杰，建功立业，惠及民族，造福桑梓，流芳百世；持家可成顶梁柱、大丈夫，能伸能屈，可进可退，支撑门户，光宗耀祖。

第四辑

文苑漫笔

马尔克斯的"尾巴"

在《百年孤独》里，马尔克斯留下一条耐人寻味的"尾巴"。

布恩迪亚与乌尔苏拉新婚时，由于害怕像姨母与叔父那样结婚后生出长尾巴的孩子，乌尔苏拉每夜都穿上特制的紧身衣，拒绝与丈夫同房。这个担心一直持续了百年，直到第七代，他们的后裔阿玛兰妲·乌尔苏拉还是生下了一个长尾巴的男孩："他是百年里诞生的布恩迪亚家族中唯一由于爱情而受胎的婴儿。"他的母亲因产后大出血而死，这个男孩则刚出生就被一群蚂蚁吃掉。他们世代居住的马孔多镇，也被一场突如其来的飓风整个儿从地球上刮走，永远消失了。

几十年来，无数文学评论家像着迷一样，试图解读《百年孤独》里"尾巴"蕴含的意义，认为这或是在讲宿命主义，或是在讽刺人的劣根性，或暗喻人是地球上的匆匆过客，或是揭示人都有短处、隐疾，等等，就像一万个读者就有一万个哈姆雷特一样，众说纷纭，见仁见智。而最权威的解读人马尔克斯却默不作声：你们猜去吧，我偏不告诉你。

早先，人的始祖是有尾巴的，后来因为用进废退的原理而慢慢进化掉了，只剩下短短一截尾巴骨。但偶尔也会有人生出尾巴，就像布恩迪亚的第七代孙，那是返祖现象，属于小概率事件。虽然作为人体器官的尾巴已离我们远去，但形形色色的其他"尾巴"一直还在我们身边晃来晃去，搅得人们不得安宁。

清人的辫子，被老外轻蔑地称为"猪尾巴"，清人却自以为得意。辛亥革命后，为割辫子还闹出不少人命，北大教授辜鸿铭就宁死不剪辫子，成了北大一景。当他梳着辫子走进课堂，学生们哄堂大笑，辜平静地说："我头上的辫子是有形的，你们心中的辫子却是无形的。"闻听此言，狂傲的学生们一片静默。就这一点来说，我觉得辜鸿铭与马尔克斯是相通的，他们都在用"尾巴"来说事，你悟不出来，只能说你愚钝。

杨绛写过一本小说《洗澡》，说 20 世纪 50 年代初，有关部门对旧知识分子和从国外回来的洋知识分子搞思想改造，又称"脱裤子，割尾巴"，也叫"洗澡"。作者用细腻的笔法描述了形形色色的知识分子"割尾巴"时的种种窘迫表现，闹出很多笑话与趣事。杨绛笔下的"尾巴"与马尔克斯的"尾巴"也有异曲同工之妙，读来令人感慨万千、唏嘘不已。

除此之外，"尾巴"还有很多用途。人一骄傲，人们就会说他"尾巴翘到天上去了"；老人常教训后生，"要夹着尾巴做人"；领导落在群众后头了，人们批评他是"尾巴主义"；行事不端，被人发现，被喻为"狐狸尾巴露出来了"；讽刺那些装正经、装正派，装权威的伪君子时，人们会说"装什么大尾巴狼"；形容某人或某团体快要完蛋，人们就说"兔子尾巴长不了"……看来，人想彻底告别"尾巴"还真不是一件容易的事。

如今，魔幻现实主义大师马尔克斯已仙逝，关于"尾巴"的标准答案也随其一起烟消云散。他用"尾巴"串起一部伟大作品，影响巨大深远，寓意丰富多彩，可任人评说，各抒己见。就像一部《红楼梦》，"经学家看见《易》，道学家看见淫，才子看见缠绵，革命家看见排满，流言家看见宫闱秘事"（鲁迅语）。如果说这本奇书能给人什么启发，我想，那就是人要勇于割除旧的思想尾巴；要与时俱进，不做时代的尾巴；要做事善始善终，不留尾巴；要高调做事，低调做人，不翘尾巴；要注重细节，不轻视尾巴；等等。倘能悟到这些道理，即便不是马尔克斯的本意，也会使人受益不浅了。

托 伪

从古至今，中国文化传承中一直存在一种很有意思的"托伪"现象，即文章作者想借助名人传播自己的观点与思想，就将自己的作品假托名人的作品。当然，也有人是为了避祸，不惹麻烦，毕竟有些朝代的文字狱也是挺吓人的。

托伪的特点之一是，谁的名气大就托谁。论名气谁也大不过黄帝，于是就有了著名的《黄帝内经》，是后人假托与黄帝问答而撰写的重要医学典籍。姜太公的名气也不小，连诸神都归他分封，因而兵书《六韬》就写上了他的大名，当然，此书是否托伪，尚存争议。庄子是一代大家，名扬四海，就有人把《盗跖》一文偷偷塞进他的书中，好在文章质量不差，又符合庄子的基本观点，所以尽管多数专家都认定它是托伪之作，这篇文章至今还留在庄子的书中。

托伪的特点之二是，谁更时髦、更红火就托谁。汪国真走红时，许多真真假假的鸡汤诗歌以他的名字行世，汪国真曾无奈地说，社会上流行的"汪诗"至少三分之一不是他的作品。六世达赖仓央嘉措被热炒时，满世界都是他的情诗，其实他流传下来的诗作不过六十来首，而在市面上见到的六百首都不止。莫言得了诺贝尔文学奖后，以他为作者的小说很快就出版了几十部之多，还有《莫言鸡汤》《莫言随笔》《莫言美文》等，让人真假难辨，莫言自己也没有精力时间去打伪。

托伪的特点之三是，托伪的东西大都有以假乱真的水平。平心而论，那些托伪之作，一般都质量不错，并不比那些名人的差，有的还是上乘之作，作品质量甚至超过了被托的名人所写作品的质量。可就是因为原作者人微言轻，没有地位，人得不到重视，作品无法传播，为了让自己的作品引起关注，不得不出此下策。设身处地为他们想想，自己苦心孤诣，殚精竭虑，好不容易写出来的作品，却要无偿送给别人，这就好比辛辛苦苦怀胎十月生下来的孩子要白白送人，其中痛楚，可想而知。

以今日观点来看，托伪者还真是有点高风亮节的。有道是"人生在世，名利二字"，可人家不求名，不图利，自己千辛万苦写出的作品，却要署别人的名字，为别人扬名，给他戴一顶"毫不利己、专门利人"的帽子或许有些大，说其助人为乐恐怕不算夸张。占便宜的是那些被托的名人，一字不写尽得风流——当然这非人家本意。真正的作者却名利全失，毫无收获，最大的安慰就是自己的作品因托名人而被承认、被重视，流传开来。

岳飞的《满江红》，正气凛然，威武庄严，是不可多得的经典之作。但也有学者考证说它是托伪之作，证据是《满江红》不见于宋人记载。岳飞之孙岳珂所编《金陀萃编》及《经进家集》，遍录岳飞之诗文奏章，但并未收入此词。此词最早见于明人著作，所以被疑为明人伪作。不过，珠翠赠美人，宝剑配英雄，国人早已习惯了盖世英雄岳飞与豪放之作《满江红》的珠联璧合。试想，如果岳武穆少了"怒发冲冠，壮怀激烈"，就如同霍去病缺了"匈奴未灭，何以家为"，谭嗣同没了"有心杀贼，无力回天"，那该多煞风景。如果说这是托伪，那也是史上最成功、最得人心的托伪。

书画界托伪的事也不少，王羲之的字、顾恺之的画，历朝都有伪作。特别有戏剧性的是，黄公望的名画《富春山居图》，伪作与真品都到了乾隆之手，他却将伪作《子明卷》定为真品，反将真品《无用师卷》定为赝品，直到百年后才最终定出真假。好在因为当时难辨真伪，真伪二卷都保存得很好，今天我们才能看到这幅名画的真品。

诗的杀伤力

　　诗言志，也抒情；诗记事，也议论。诗能赞美，能把一个人说成一朵花；诗亦能讽刺，讽刺诗的杀伤力也不可小觑。有时，一首小诗的臧否之功，往往杀人于无形，有盖棺定论之效，真能"胜过三千毛瑟"。

　　吴三桂降清，是出于军事、政治、利益方方面面的考量，是个很复杂的问题，至于爱妾陈圆圆的被掳，顶多是其中一个诱因罢了。但诗人吴梅村在《圆圆曲》里一句"恸哭六军俱缟素，冲冠一怒为红颜"，就一下子把他宣判为好色忘义的无耻之徒。这首诗传到吴三桂那里，他又恨又气，无奈鞭长莫及，只好在自己的地盘里禁止这首诗的流行。时至今日，我们一提到吴三桂，就会很自然地想到这句诗，看来这个恶名他是永远要背下去了——当然也亏不到哪里去，他本也不是什么好的将领。

　　1904 年，慈禧太后"万寿"之日，只有 17 岁的柳亚子奋笔疾书，写下了《纪事诗两首》："毳服毡冠拜冕旒，谓他人母不知羞。江东几辈小儿女，即解申甲詈国仇！胡雏也解祸华封，歌舞升平处处同。第一伤心民族耻，神州学界尽奴风。"这两首诗揭露了慈禧的腐败无能、丧权辱国，笔锋犀利，如投枪匕首，因而不胫而走，流传一时。令慈禧的寿辰变得十分尴尬无趣，办也不是，不办也不是，让她领略了讽刺诗的厉害，知道了书生也能"杀人"。

抗战初期，蒋介石基于"攘外必先安内"的思路，采取不抵抗主义，国民党革命派代表人物何香凝十分气愤。1935年，她给蒋介石寄去一个邮包，里面装有一条裙子和赠给蒋介石的一首诗。诗云："枉自称男儿，甘受敌人气。不战送山河，万世同羞耻。吾侪妇女们，愿往沙场死；将我巾帼裳，换你征衣去。"蒋介石恼羞成怒，但又无可奈何，毕竟何香凝是辛亥革命老前辈，是国民党领袖廖仲恺的遗孀，在国内外影响巨大，是无论如何都动不得的人物，他只好吃了个哑巴亏。

比蒋介石窝囊的还有张学良。"九一八"事变爆发当夜，张学良陪着英国驻华大使夫妇，坐在一个包厢里观赏梅派京戏《宇宙锋》，这次演出是为辽西水灾筹款。可是，文化名人马君武却以此为题，写下了那首让张学良终生恼恨的诗——《哀沈阳》。诗曰："赵四风流朱五狂，翩翩胡蝶最当行。温柔乡是英雄冢，哪管东师入沈阳。"诗歌发表于上海《时事新报》后，很快传遍全国。打那之后，在国人的眼中，张学良便是一个性喜风流、为色祸国的花花公子，头上结结实实戴上了一顶"不抵抗将军"的帽子，让他有口难辩，郁闷之极。

张学良一直对这首诗耿耿于怀，直到60多年后，他已是耄耋老人，还愤愤不平地对历史学家唐德刚表白："这首诗我最恨了，我跟朱五、胡蝶根本就没有任何关系。"是非自有公论，真相到底有水落石出的一天。据说，马君武写这首诗，既有爱国义愤之情，也确有报复之意，因为他曾向张学良请求资助办学资金被拒。不管怎么说，这首有些夸张失实的讽刺诗不仅伤害了张学良，而且冤枉了他，使他终生背负卖国的恶名。

古人所说的"百无一用是书生"，肯定存在极大的偏见。平心而论，"请君暂上凌烟阁，若个书生万户侯？"固然是事实，"秀才造反，三年不成"也是文人短板；但月旦人物，评判时势，则是读书人的特长。无论再跋扈嚣张之人，如果一不小心被文人们写进讽刺诗里，搞不好就遗臭万年了，这就是杂文家邓拓说的那个道理："莫道书生空议论，头颅掷处血斑斑。"

"老戏骨"与"小鲜肉"

时不时地，"老戏骨"与"小鲜肉"就会干上一架，主要是"老戏骨"在批评"小鲜肉"。成龙、陈道明、李雪健、陈宝国、李幼斌、何赛飞、宋丹丹、张光北等"老戏骨"们纷纷吐槽，批评"小鲜肉"不敬业、演技差、怕吃苦、爱摆谱，拿着天价酬金，却不好好拍戏。网友也争相发声，力挺"老戏骨"们的拍案而起、不平则鸣。

平心而论，"老戏骨"与"小鲜肉"都是演员，同在一口锅里搅稀稠，为何要"相煎太急"？这倒并非因为"同行是冤家"，而主要是因为那些"老戏骨"对"小鲜肉"的一些不良风气实在看不下去，忍无可忍，只好跳出来放炮，出一口闷气，同时也想刹一刹影视圈里的歪风。

"老戏骨"与"小鲜肉"有啥区别？首先是年龄不同，一个是五六十岁的"老革命"，青春不再，一个是二十来岁的"儿童团"，风华正茂；其次是颜值有别，一个是鬓发斑白，满脸皱纹，一个是容貌丰美，帅气逼人；再次是派头不同，一个是低调内敛，谦恭平和，出入轻车简从，一个是高调奢华，讲究排场，干啥都有一群保镖、助理跟着；最后是收入差异，一些"老戏骨"一辈子的片酬还不如某些"小鲜肉"演一部戏的片酬多。当然，最重要的是敬业精神有高下之别。"老戏骨"们演戏，信奉的是"戏比天大"，用的是"洪荒之力"，打的是十二分精神。譬如，成龙演戏从不用替身，再危险的动作也亲力亲为，几十年下来，伤痕累累。李雪健在拿命演戏，他曾经身患癌症，但就在治疗癌症的过程中，还拍了《历史的天空》《搭错车》等六七部片子，都是全力投入，殚精竭虑，堪称楷模。

"老戏骨"都是从"小鲜肉"过来的，也曾肌肤丰满，嫩得仿佛一掐就要冒水，也曾玉树临风，光彩照人，也曾年少轻狂，心焦气盛，但他们经过长期磨炼，终于化茧成蝶，百炼成钢，成了浑身是戏的"老戏骨"。而当今的一些"小鲜肉"最终能不能成为"老戏骨"，却未必一定，可能有成长成熟脱颖而出的，也有可能被淘汰出局，成为昙花一现，过眼云烟。结果如何，就看他们自己的努力与造化了

"少年不识愁滋味"，爱慕虚荣，浮躁轻薄，急功近利，志大才疏，对青年人来说，是很正常的事，自然也是不成熟的表现。但相信随着年龄增长与生活历练，他们也会慢慢变得稳健睿智、懂得事理，这固然需要他们自己去醒悟，也需要前辈们点拨提示。因而，"老戏骨"除了批评指责，恨铁不成钢，还要耐心带带"小鲜肉"，教他们演戏，教他们做人，看到其长处，鼓励其优点，宽容其习性，矫正其偏差，领他们走上正路。这是"老戏骨"的责任和义务，也是繁荣影视表演的需要。

另一方面，"小鲜肉"也要虚心学习"老戏骨"们的长处，汲取他们的成功经验，看看他们是怎样演戏，如何塑造人物的，看看他们有什么"绝招"，靠什么"立腕"。"小鲜肉"们千万别以为自己年纪轻、颜值高、粉丝多，"万千宠爱集于一身"，就目中无人，志得意满，看不起朴实无华的"老戏骨"，瞧不上他们的经验之谈。别忘了，"小鲜肉"的保鲜期也就三五年，你也有"沟壑纵横"的那一天。要在影视界立身，最终靠

得住的还是艺德、演技、文化底蕴这三条，没有这"三板斧"，想在影视界立住脚很难，更谈不上宏图大展，一不留神就"销声匿迹了"。

"东边日出西边雨，道是无晴却有晴"，"老戏骨"们的爱之深、责之切，不知"小鲜肉"们是否领情？

如果少了诗意

全国诗词大赛成功举办，好评如潮，各界盛赞。空前的高收视率和意想不到的轰动效应，再次表达了一个重要命题：人生需要诗意，诗意美化人生。孟子有云："人之所以异于禽兽者几希。"如果生活少了诗意，人就会离动物太近，极易沦落为纯粹的饮食男女，生活就会显得枯燥乏味，历史也会立减许多意趣。

就先从李白说起吧，此乃著名酒仙，但倘若他和酒友一起聚饮，只会"老虎""棒子""鸡"，或者"哥俩好""五魁首""巧七枚"，而少了"人生得意须尽欢，莫使金樽空对月"的豪爽，少了"呼儿将出唤美酒，与尔同销万古愁"的潇洒，那该多没有意思，与寻常酒徒又有何区别？哪里还会有《将进酒》这样千古不朽的奇瑰诗句留给后人赏析？

再说杜甫，骤逢暴雨，屋顶茅草被风吹走，房子漏雨，被褥湿透，孩子哭闹不停。若换个人，也只有咬牙熬着，自认倒霉，或夫妻相对而泣："我的命咋这么苦啊！"可这是千年一出的大诗人杜工部，"语不惊人死不休"，凡事皆可入诗，再困窘难捱的生活也挡不住他的盎然诗意。于是，"安得广厦千万间，大庇天下寒士俱欢颜，风雨不动安如山"的伟大诗句便喷薄而出，语惊天下，温暖着一代又一代的贫贱寒士，散发出伟大的人性光辉。

还有白居易，如果少了匪夷所思的浪漫诗意，哪里写得出千古绝唱《长恨歌》，就像今天那些俗人一样，夸人貌美，也只会说"哇，好漂亮""真是个大美女""好萌，好靓"，除了显得贫嘴、乡气、轻佻，毫无意义。而有了"回眸一笑百媚生，六宫粉黛无颜色"的诗意描写，贵妃娘娘的形象就立刻变得鲜活起来；有了"风吹仙袂飘飘举，犹似霓裳羽衣舞"的点睛之笔，太真女道的形象就显得更加生动，也给世人留下了描绘美女的绝佳诗句。

如果少了诗意，刑场上的谭嗣同大概也只会像阿Q一样，扯着嗓子一呼，"再过二十年又是一条好汉"，而不是留下那气壮山河的"有心杀贼，无力回天，死得其所，快哉快哉！"，一直在给无数国人的精神补钙，也滋养了无数国人的壮志。

反之，当我们有了诗意，不论是向人示爱，还是对敌宣战，不论是抒发情怀，还是释放怨尤，都会更精练、更凝聚，一剑封喉，一语中的，少了词不达意的废话，多了一份典雅与自信，少了啰啰嗦嗦的平庸，多了些许从容与矜持。

遇到心仪之人，可深情表白"愿得一心人，白首不分离"；听到优美的音乐，可由衷称赞"此曲只应天上有，人间能得几回闻"。心有愁绪，无以排解，正所谓"问君能有几多愁？恰似一江春水向东流"；怀念远方亲友，何妨寄语"但愿人长久，千里共婵娟"。高考得中，好一个"春风得意马蹄疾，一日看尽长安花"；洞房花烛，真好比"得成比目何辞死，愿作鸳鸯不羡仙"。称赞戍边将士，"但使龙城飞将在，不教胡马度阴山"最为贴切；褒奖学校老师，"春蚕到死丝方尽，蜡炬成灰泪始干"堪称传神。公仆抒发爱民情怀，可用"些小吾曹州县吏，一枝一叶总关情"；学子表示奋斗决心，最宜"三更灯火五更鸡，正是男儿读书时"。

放眼当下，颇有些人不读诗书，语言乏味无趣；不懂礼仪，举止粗鄙无状；不修德行，只知赚钱享受，俗不可耐，实在令人担忧。因而，"以文化人"正当其时，其中就包括用诗意来美化生活、滋润人生。我们固可以不当诗人，但不可以少了诗意。缺乏精神情趣的干巴巴的生活，即使再富足，也不可能有真正的幸福。人生需要诗意，更需要用诗意美化人生、优雅精神，从而达到"诗意的栖居"的美好境界。

做点和吃饭无关的事

京城有个草根作家范雨素，在其成名作《我是范雨素》里，谈身世，说苦难，讲追求，话无奈，不动声色，哀而无怨，让许多人心有戚戚。其中最能打动读者的一句话是："活着就要做点和吃饭无关的事，满足一下自己的精神欲望。"一个含辛茹苦的育儿嫂，拿着微薄的工资，住着简陋的出租屋，孤身带着两个孩子，每天忙着养家糊口，可是还想着"诗与远方"，还做着文学梦，真让我们中一些整天惦记着吃饭的人汗颜。

人生在世，吃饭肯定是第一要务。吃饭有两解，从狭义理解，就是填饱肚子；从广义来理解，则包括衣食住行，有个立身处世的饭碗。无论是谁，何朝何代，吃饱饭才能去琴棋书画、唱歌跳舞、著书立说，去修身、齐家、治国、平天下。但遗憾的是，很多人吃饱吃好后，并没有去做"和吃饭无关的事"，还是陷于那些满足生物低级要求的事，就像《笑林广记》里那两个措大，甲说："他日若得志，我就吃了就睡，睡了再吃。"乙则不以为然："我是吃了又吃，吃了再吃，哪还有时间睡觉啊！"如今有些人，每日就是挣钱，享受，挣更多的钱，享受更奢靡的生活，与那两个措大有啥差别？

美国心理学家亚伯拉罕·马斯洛曾提出需求层次理论，将人类需求像阶梯一样从低到高按层次分为五种，分别是：生理需求、安全需求、社交需求、尊重需求和自我实现需求。五种需要可以分两级，前三种都属于低级需求，通过外部条件就可以满足；后两种是高级需求，通过内部因素才能满足。有的人终生限于低级需求，一辈子围着"眼前的苟且"打转；有的人则能于吃饭之外，还关注"诗和远方"，兼有精神上的收获，范雨素就做到了这一点，堪称楷模。

但实事求是地说，对绝大多数人而言，更关注的还是"吃饭"问题，这也是很现实、很无奈的选择。因为，没收入就无法生存，没房子就无法安居，没老婆就只能困守空房，所以，关注"吃饭"无可非议，要填饱肚子，无生存之忧，然后才可能"做点和吃饭无关的事"。

当然，也有人能把满足精神欲望看得更重，饿着肚子去写诗为文，衣衫褴褛地奔向远方，"穷且益坚，不堕青云之志"，这种人少之又少，自然也很珍贵。杜工部住着漏雨的茅草屋，还诗兴大发，心忧天下；曹雪芹衣食无着，仍著述不止，砥砺前行；诗人食指的名作《相信未来》，就是写在他生活极度困顿之时；而舒婷最好的诗也写在她早年生活清贫之际。

鲁迅先生说，一要生存，二要温饱，三要发展。这才是人间正道。解决了吃饭问题后，就要"做点和吃饭无关的事"，以发展自己，奉献社会。如果温饱之后仍在苟且生活，除了吃喝玩乐、满足于口腹之欲的感官刺激之外，没有任何精神追求，这不仅眼光短浅，且没有前途。而如果一个民族都处于这种状态，只知苟且，忘记"诗和远方"，是没什么希望的。

人和动物的最大区别，就是人除了"吃饭"外，还要"做点和吃饭无关的事"，还有"诗和远方"，而动物则吃饱了就睡，睡醒了再吃。当初，人就是靠着劳动和丰富的精神生活才区别于普通动物，如果放弃精神追求，没有文化传承，只顾眼前，忘记长远，早晚有一天会退回到和低级动物一样的状态，变成《变形记》里的虫子、《生死疲劳》里的驴子。

人要吃饭，不然就会沦为饿殍，但也不能没有精神生活，否则会成为精神侏儒。草根作家范雨素再次提醒我们：一个人吃饱喝足之后，还需要"做点和吃饭无关的事"，需要科学、文明、睿智、浪漫的精神阳光的照耀。

做上等"粉丝"

　　我有个亲戚的女儿正在读高一，是个小追星族，常因追星耽误学习，成绩在班上处于中下水平。她父母很着急，又没办法，说我是个文化人，请我去给孩子做做工作。于是，我先做了些案头准备，又和这孩子聊了小半天，有无作用不敢说，至少我的态度是认真的。

　　我告诉姑娘说，粉丝有很多种，如脑残粉、死忠粉、铁粉、亲妈粉、路人粉、博爱粉、后妈粉、黑粉、散粉、理智粉。而你最多只是个普通粉丝，也就是到演唱会去捧场，到机场去接机，参加粉丝团活动，连个"铁粉"都算不上。比你疯狂、痴迷的粉丝，大有人在，你这不算啥。先安抚一下她的逆反心理，好往下说话。

　　接着我又说，做粉丝很正常，我也做过粉丝，不过我的偶像不是明星，而是作家鲁迅、学者钱钟书。我非常崇拜鲁迅的思想、钱钟书的学问，痴迷仰慕了他们一辈子，也算是个"铁粉"了，我不觉得做粉丝有什么不好。这就进一步拉近了与这个小粉丝的距离。

　　不过，人分三六九等，明星参差不齐，粉丝也有上中下之别，咱要做粉丝没啥不对，但一定要做上等粉丝。何谓上等粉丝？依我所见，就是平常所说的"理智粉"。其表现主要有三个特点：一是追的明星阳光正面，德艺双馨，没有负面新闻。他要不仅颜值高、名气大，而且演技好、人品佳，堪称演艺劳模、道德标杆。其二，追星行为理性，热情而有节制，痴迷而不疯狂，欣赏明星的演技和作品，不打探其个人隐私，即所谓面对偶像作品，背对偶像生活。要以自己的偶像为荣，也不贬低别的明星。其三，把追星当成一种艺术欣赏和业余爱好，合理安排自己的时间和精力，不影响工作、学习和日常生活。

其次是中等粉丝。他们追星时并无认真甄别、精心挑选，往往是随大流，没有一定之规。他们对明星的演技和作品不大关心，而是谁红就捧谁，谁的颜值高、腿长，就为谁喝彩，所以，他们也被称为路人粉、博爱粉。其实他们的表现也挺卖力，演唱会上是常客，接机时是主力，粉丝见面会中也会把嗓子喊哑，还争相穿明星代言的服装，不遗余力地为明星的举动点赞。他们为追星偶尔也会旷课、旷工，学习成绩和工作业绩最多也就是中等水平，甚至是等而下之。

再就是下等粉丝。当然，他们自视甚高，以铁粉、死忠粉自居，外人则称其为"脑残粉"。他们追星，不辨黑白，只看颜值，不论其他，甚至那些吸毒、乱性、赌博的明星，也照捧不误。他们追星，不惜血本，不上学，不上班，从这个城市追到那个城市；为了见偶像一面，可以几天几夜不睡觉，守在酒店外面；他们容不得别人说他们偶像的一句不是，动不动就与人打起嘴仗；他们包容偶像的一切毛病，崇拜偶像的一举一动，诚如鲁迅讽刺的那样，在他们眼里，偶像的"红肿之处，艳若桃花；溃烂之时，美如乳酪"。谁家里要是摊上这样一个"脑残粉"，准会被闹得鸡犬不宁、倾家荡产。还记得前几年西北一个疯狂追刘德华的粉丝吗，不仅花光了自家钱财，还把老父亲逼上绝路，你可千万别做这样的粉丝啊！

无论古今中外，有名人就有粉丝，有明星就有追星族，这很正常，如果追星形成良性互动，也是一道亮丽的风景线。但请大家务必争做上等粉丝，理性而有分寸，热情而有节制，欣赏明星作品，点赞明星艺德；千万不要沦为下等粉丝，花钱耗时折腾人，上蹿下跳，心劳力拙，自以为得意，而在旁观者眼里，就是心智不成熟的脑残一族的拙劣表演。

我的苦口婆心有无道理，也请读者诸君鉴之。

爱好与“饭碗”

　　人生在世，各有其不同爱好，自然也要有养家糊口的“饭碗”。如果有人的爱好能与“饭碗”一致，每日愉快地做着自己喜欢的事，乐此不疲，甘之如饴，他就是最幸福的人。但是实际上能做到这一点的人很少，所以，就常常闹出爱好与“饭碗”的矛盾，让人很是纠结、无奈。

　　一般来说，正业是饭碗，副业是爱好；正业是正规军，副业是杂牌军；正业是上班时间干的，副业是业余时间干的。八小时之外搞点业余爱好，谁都无话可说，但爱好若影响了“饭碗”，那就没好果子吃了。“饭碗”没端好，爱好很兴旺，通常会被人视为不务正业的表现。

　　不过，也有不少人的“爱好”闹出了大名堂，并以此处世立身，彪炳历史。王冕的“饭碗”是放牛，却极爱画画，有好几回把牛都忘了，最后成了大画家；恩格斯的“饭碗”是经商，却把主要心思都放在和马克思一起研究社会科学上，商量着怎样才能“造反有理”；爱因斯坦的“饭碗”是瑞士专利局技术员，爱好却是科学研究，结果创立了相对论，开创了现代物理新领域；契诃夫的“饭碗”是医生，却把小说写出了世界水平，他自己也调侃自己说“当医生是合法妻子，写小说是地下情人"。这些"不务正业"的爱好最后都成了正果，自然也成了美谈。

当然，也有因爱好影响了"饭碗"而饱受诟病的。最出名的是两个不务正业的皇帝。一个是南宋的宋徽宗赵佶，他多才多艺，却对国家大事没有兴趣，在他的统治下，国家江河日下，风雨飘摇，他倒是成为"书画皇帝"，被后世评为"宋徽宗诸事皆能，独不能为君耳！"《宋史》云："宋不立徽宗，金虽强，何衅以伐宋哉。"再一个是明熹宗朱由校，他无心治国理政，酷爱木匠活，每天不是批奏折、议国事，而是忙着锯、刨、砍、凿，人称"木匠皇帝"，结果导致魏忠贤把持朝政，祸害国家，天下大乱。

爱好与"饭碗"其实本也无一定之规，没有不可逾越的障碍，有的人干着干着，兴趣转移，爱好变化，就把爱好换成了"饭碗"。原来"饭碗"是摄影的张艺谋、"饭碗"是美工的冯小刚，后来都摇身一变，成了著名导演；原来"饭碗"是牙医的余华，干脆改行，后来成了大红大紫的专业作家；而原来"饭碗"是写小说的沈从文，后来由于种种原因，改为从事历代服饰研究，居然也干出了名堂，成为权威服饰专家。

玩得最大，也最"不务正业"的莫过于"京城第一玩家"王世襄，他晚年曾自嘲："我自幼及壮，从小学到大学，始终是玩物丧志，业荒于嬉。秋斗蟋蟀，冬怀鸣虫……挈狗捉獾，皆乐此不疲。而养鸽飞放，更是不受节令限制的常年癖好。"但他却玩出了境界，出了多本"玩"的专著，填补了这方面的空白，被人誉为诗词家、书法家、火绘家、驯鹰家、烹饪家、美食家、美术史家、中国古典音乐史家、文物鉴定家、民俗学家等。

人有"饭碗"，也有爱好，这很正常，关键是要兼顾得当，摆正位置。既有了"饭碗"，又不准备改行，那就得好好干自己的本职工作，对得起这份薪水，八小时以内不分心，下了班再去发展业余爱好。人家王安石、韩愈、司马光，上班时是国家重臣，对"饭碗"一点也不糊弄；下班时是文坛巨匠，诗文可以传世，是正副业兼顾、令人羡慕的楷模。反之，如果上班时间炒股、网聊、打牌、玩游戏，一旦被老板发现，弄不好就会砸你"饭碗"，那可不是闹着玩的。

司马迁的"心灵鸡汤"

　　"树活一张皮，人活一口气"，这个"气"就是精神，而精神是需要心灵鸡汤来滋润的。世界上烹制心灵鸡汤的有两种人，一种是专门做给别人的，自己不喝也不信；还有一种人是做出来的心灵鸡汤让别人喝，自己也喝。司马迁就是后一种人，他的心灵鸡汤不仅流传千古，给无数人打气鼓劲，而且也给自己励志，为自己壮胆，给自己提供精神滋养，保证了自己不被灾难压倒，顽强不屈，坚忍不拔，成就一番伟业。

　　"人固有一死，或重于泰山，或轻于鸿毛。"这是司马迁烹制的第一碗心灵鸡汤，实际上说的是价值观、人生观问题。无疑，他给自己的定位是"重于泰山"。既然如此，就不能与常人一样，就得比别人吃更多的苦、出更多的力、做更大的贡献、受更多的磨难，然后功成名就，方不辜负"重于泰山"的定评。他做到了，一部《史记》，惊天动地，文贯古今，"究天人之际，通古今之变，成一家之言"，无愧于鲁迅先生的评价"无韵之离骚，史家之绝唱"，这一件事就使他跻身于"重于泰山"的行列。不仅如此，司马迁的"泰山鸿毛"之说，生动具体，反差巨大，被后人无数次引用，激励自己，鞭策他人，尤其是毛泽东在《为人民服务》

里的引用，更使其为亿万国人所共知，至今仍流传不衰。

"藏之名山，传之其人"，这是司马迁烹制的第二碗心灵鸡汤，这句话讲的是事业观，鼓励人要有所作为，勇于建功立业，不虚此生。司马迁在《报任少卿书》里说："仆诚以著此书，藏之名山，传之其人，通邑大都，则仆偿前辱之责，虽万被戮，岂有悔哉！"意思是把极有价值的著作藏在名山，传给志趣相投的人，大家共同欣赏，我就是受再多的侮辱，也不后悔。写书著文是事业的一种，"盖文章，经国之大业，不朽之盛事"。写书就是给人看的，读者越多，书就越有价值；书传得越久，就越能影响后人。司马迁坚信自己的书是有价值的，值得为此奋斗终生，所以，哪怕受尽屈辱，痛不欲生，也要坚强地活下去，"就极刑而无愠色"。因为，在他眼里，有比生命、尊严、荣誉更重要的东西，那就是他的著书立说。"士可杀而不可辱"，若不是为了钟爱的事业，以司马迁那么清高、自尊，那么爱面子、讲尊严，恐怕早就自我了断了。"事业观"这碗鸡汤，救了他的命，支撑着他活下来，完成一个伟大的事业。

"盖文王拘而演《周易》；仲尼厄而作《春秋》；屈原放逐，乃赋《离骚》；左丘失明，厥有《国语》；孙子膑脚，《兵法》修列；不韦迁蜀，世传《吕览》；韩非囚秦，《说难》《孤愤》……"这是司马迁烹制的第三碗心灵鸡汤，讲的是磨难观。古往今来，想成就一番事业的，无不要经历种种磨难，大起大落，艰苦卓绝，有的甚至是九死一生。被拘、断粮、放逐、膑脚、坐牢是磨难，宫刑也是磨难，既然那些先贤都能坦然面对磨难，意志不屈，精神不减，发愤努力，以命相搏，终于完成了自己的历史使命，我司马迁为何不能见贤思齐，把磨难踩在脚下，自强不息，苦心孤诣，挑起属于自己的那份历史重担呢？他就是以这样的心态，支撑了受宫刑后十四年的奋笔疾书，虽经常痛苦得"肠一日而九回"，虽每每"汗未尝不发背沾衣也"，但"所以隐忍苟活，幽于粪土之中而不辞者，恨私心有所不尽，鄙陋没世，而文采不表于后也"。

人贵有志，志须激励，因而人人都需要心灵鸡汤，关键是鸡汤要对路，质量要高，而且要真信、真喝、真补。司马迁的三碗心灵鸡汤就不错，值得品尝。

素颜与真话

春暖花开的时候，北京电影学院又开始招生了。考生们熙熙攘攘，且都准备充分，精心化妆，有的还浓妆艳抹，难见其"庐山真面目"。因此，学校规定参加面试的考生必须素面朝天，还安排老师专门给他们卸妆。考生都极不情愿，一个个像上大刑一样难受，有的希望老师不要给他们卸得那么彻底，有的埋怨老师"何必那么认真"。

爱美之心，人皆有之。所以，上帝给女人一张脸，女人又给自己造了一张脸。最典型的是宋美龄女士，她一辈子从不素颜见人，哪怕到了百岁高龄，依然每天一丝不苟地化妆。而时下那些美若天仙的大明星，一旦卸妆，可能就会惨不忍睹，判若两人，怪不得她们总是盛妆面世，还要借助修图，原来也是有苦衷的。其实又何止是女人，如今那些"小鲜肉"，有的也是天天化妆，油头粉面，化妆师随时伺候。想见其素颜，比登天还难。

由素颜不易见，我想到了真话难说。如果说素颜是"清水出芙蓉，天然去雕饰"；真话就是有一说一，不择喜忧。作家巴金说："要讲真话，人只有讲真话，才能够认真地活下去。"学者季羡林说："真话不全说，假话全不说。"但是，就像人们大多喜欢看化过妆的脸一样，许多人都爱听经过美化、修饰的假话。所以，讲假话往往能受到欢迎并得到实惠，而说真话则常常是惹麻烦的事，这样的例子可谓车载斗量，数不胜数。

唐高宗李治召见两朝重臣褚遂良，征求对立武则天为后的意见。褚遂良实话实说："武氏曾侍候过先皇，天下皆知，无法掩盖。万代之后，人们会怎样评价皇上你？请三思而行！臣今天忤逆了皇上，罪当死！"李治大怒，武则天在帘中厉声吼叫："为啥不把这家伙打死！"幸亏群臣说情，他才免于一死，被贬为民。反之，违心说假话支持李治的大臣李绩、许敬宗等，则因为拍马屁有功，升官晋爵，春风得意。

然而，人上一百，形形色色。也有人喜欢听真话，就如同更欣赏素面之人一样。沈括在《梦溪笔谈》中记，"澶渊之盟"后，天下太平，官员们纷纷到街上酒店宴饮取乐，通宵达旦。唯独晏殊和兄弟每日在家读书。宋真宗认为他勤奋好学，品德高尚，为此要提拔他。不料晏殊却回答："臣不是不喜欢游乐，是因为家里穷，没有钱；如果有钱，我也会去的。"晏殊的实话实说，深得宋真宗赏识，宋真宗对其信任日益深厚，最终提拔他为宰相。

素面是人的真实面目，但素面多是有缺点的，如雀斑、眼袋、粉刺、皱纹；同样，真话最接近真理，接近事实，却不好听，最容易得罪人。因而，演戏时一定要化妆，以最美的一面来献给观众；出席活动时也要化妆，以示庄重并"为悦己者容"；还有些职业，如空姐、酒店前台、公关小姐等，上班就要求化妆，这也是工作要求。相比较而言，说真话更重要，也更有意义，既是道德要求，也是职业要求。父母对子女讲真话，会培养出诚实的孩子；老师对学生讲真话，会教出正直的学生；领导对群众讲真话，才能上下同心，聚气凝神干事业；民主党派对执政党讲真话，赤诚相见，直抒胸臆，才能做到"肝胆相照，荣辱与共"。

古人说："凡议国事，惟论是非，不徇好恶。"就是提倡要讲真话，建净言，这无论对一个人、一个团体，还是对一个国家，都是至关重要的。毕竟，化妆可以"化腐朽为神奇"，但改变不了人的本来面目，一卸妆就会被打回原形；说假话可以粉饰现实，自欺欺人，但改变不了事实真相。因而，努力创造一个讲真话的环境，提倡人人讲真话，是很有意义也很紧迫的事。

不对称的友谊

世间绝大多数友谊都是对称的。也就是说，礼尚往来，你敬我半斤，我敬你八两，双方的投入和付出差不多，虽不可能精确到完全一致，但大体要不相上下才行。否则，若总是一个人付出的多，另一个人付出的少，久而久之，这个友谊也会变凉、变淡，维持不下去。

然而，还有一种"不对称的友谊"，就是交友的双方之中，有人甘愿付出多一些，并容忍对方付出少一些，这样的友谊虽少，但含金量更高，友谊更纯粹，也更弥足珍贵。

有个成语叫"管鲍之交"，讲的就是管仲与鲍叔牙的友谊，他们之间的友谊就是标准的不对称友谊。二人相交多年，一直都是管仲占便宜，鲍叔牙吃亏。两人一起做生意，每次分红，管仲总比鲍叔牙多拿点。别人都看不过去了，鲍叔牙却不在意："他家穷，用钱的地方多。"一起打仗，管仲总是冲锋在后，撤退在前。有人说闲话，鲍叔牙就解释道："管仲家有老母要奉养，他不能轻易伤亡。"后来，鲍叔牙又力排众议，举荐管仲为相，管仲非常感动地说："知我者，鲍叔牙也。"

李白与杜甫的友谊也是典型的不对称友谊。李白是"诗仙"，杜甫是"诗圣"，论名分、成就都不分上下，史称"李杜"。杜甫写给李白的诗多达十余首，内容都是对李白的高度评价，情深意长，非常"够哥们儿"。如《赠李白》《春日忆李白》《冬日有怀李白》《梦李白》等诗，盼望着"何时一樽酒，重与细论文"；"三夜频梦君，情亲见君意"。可是，李白只给杜甫写过一首诗，名为《沙丘城下寄杜甫》，语曰："思君若汶水，浩荡寄南征。"这就有点太不对称了，似有"轻慢"之意，但杜甫却不以为忤，仍时常挂念着李白的衣食住行、安危进退。

还有曾国藩与左宗棠，同是晚清一代豪杰，二人共事数十年，交情甚厚，曾国藩对左宗棠还多有提携与相助之恩。特别是左宗棠出兵新疆时，曾国藩不仅全力为其征筹粮草、军饷，还推荐自己最得力的湘军将领刘松山随之西征。但左宗棠却曾在部下面前对曾国藩有不善之言。曾则大度待之，不和他撕破脸。当曾国藩离世时，左宗棠终于有所醒悟，送来挽联："知人之明，谋国之忠，自愧不如元辅；同心若金，攻错若石，相期无负平生。"他还多次对人言讲："曾公生前，我常轻之，曾公死后，我极重之。"

鲁迅与瞿秋白的友谊也是不对称的，鲁迅付出的更多一些，当然这也是他心甘情愿的。他曾冒着风险，三次掩护瞿秋白夫妇在自己家避难；瞿秋白被捕后，他设法营救；瞿秋白牺牲后，鲁迅带病编校瞿秋白的译文总集《海上述林》，并设法出版。当然，瞿秋白也是真心与鲁迅结交，他们并肩在文化战线上作战，一起写杂文，遥相呼应，瞿秋白还编《鲁迅杂感选集》，并为之写序言。两人的友谊，或可用鲁迅送给瞿秋白的一副对联来概括："人生得一知己足矣，斯世当以同怀视之。"

"不对称的友谊"与素常的友谊相比，更值得珍重。因为这种友谊的双方抛弃了浅薄的功利之心，跳出了斤斤计较的圈子，友谊更纯粹，交情更真挚，完全是被对方的真心吸引，惺惺相惜。这样的友谊，即使双方地位发生明显变化，也能持续下去，避开"富贵易友"的老路。譬如嵇康与山涛，做平民时他们之间的友谊就是"不对称的友谊"。后来山涛成了朝廷高官，嵇康仍是一介平民，他们之间的友谊丝毫没有受影响。嵇康死后，山涛又把嵇康的孩子抚养成人。

"不对称的友谊"，并非一方故意简慢，而多是因为条件所限，不可能做到投桃报李。也正因为双方没有了利益的考量、俗常的比较，完全是出自心心相印、志趣相投，才能将"不对称的友谊"进行到底，书写一段段友谊佳话。

遭遇"著名"

盛夏时节，我在北方一个著名海滨旅游胜地，与一批作家、编辑开了几天笔会。会上，听到次数最多的一个词就是"著名"，每有人发言，必被主持人热情介绍为"著名"，这其中有真著名的，也有假著名的；有著大名的，也有著小名的，反正没有不著名的。你著名，我著名，他著名，人人著名，耳朵都快听出茧子来了。

会议最后一天安排旅游，我长长地松了一口气，心想，总算从"著名"的圈子里解脱了。可是没想到，上了旅游车，还是没有远离"著名"。一个挺秀气的年轻女导游开始介绍景点，先是介绍说开车的是当地一位"著名司机"，又很自信地介绍自己是一个"著名导游"，今天要带你们去几个"著名景点"，希望大家玩得高兴。好家伙，一口气就用了好几个著名，看来，这"著名"硬是和我们较上劲了。

"著名司机"一路无话，车开得还不错，我们只看见他的后脑勺，不知道他究竟"著名"在哪里，或许是指他的开车技术？"著名景点"倒也不算夸张，几个景点各有千秋，或壮阔粗犷，或秀美婉约，既有战火硝烟的历史遗迹，又有名人骚客留下的墨宝，颇多玩味之处，值得一看，顺便还买了不少导游推荐的"著名特产"，也算是不虚此行。

"著名导游"的表现，可就良莠互见了。热情、敬业、认真、负责，这八个字姑娘还是基本上当得起的。可是她一开口，就露出了文化底蕴不够的弱点，说起来她也是大学毕业生，但遣词造句、文化知识还真有点欠缺。沿海边行进时，"著名导游"夸耀说，这里的空气特别清新，含大量负离子，是天然氧吧，你们要抓紧时间深呼吸。想想看，哪里有这么物美价廉的空气？坐在我旁边的一位著名作家，也是一家大报的高级编辑，出于职业习惯，马上觉得她这句话不妥，就和她开玩笑说：你们的空气价格有多廉呀？姑娘这才觉得用词不当，脸唰地红了，赶快纠正说，不是价廉是免费。

车开到一片郁郁葱葱的林区，"著名导游"又介绍说，这里以前都是沙滩，电影《沙漠追匪记》就是在这里拍的，全市人民经过20年的不懈努力，终于建成了这样一大片茂密的原始森林。又有一游客忍不住发问：原始森林？姑娘睁着一双美丽的眼睛，十分肯定地说：对，原始森林，有七八千亩呢！游客们顿时哄堂大笑起来。

"著名导游"这才发现问题的严重性，一向自我感觉良好的"著名导游"，今天碰上了一帮专以挑毛病、抠文字为己任的"著名作家""著名编辑"，硬碰硬肯定吃亏。于是，她以守为攻："你们都是著名作家、著名主编，才高八斗，学富五车，就不要跟学疏才浅的小妹妹较真了。"大伙善意地一笑，也就不再认真理会。姑娘讲话也明显慢了，字斟句酌，生怕再说错。

回到驻地，"著名导游"做大首长状，热情地和每一位游客握手告别，并再三强调："你们可不要忘记我这个'著名导游'呀！"我不禁大发感慨：今天是一帮"著名作家"在"著名导游"带领下，坐着"著名司机"的汽车，游览了"著名景点"，品尝了"著名饭菜"……好家伙，眼见得遍地著名，人人著名，中国真是进入"著名时代"了！

"精英组"与"麻将组"

杭州一小学将学生按学习成绩好坏分成三种:"精英组""平民组""麻将组"。顾名思义,"精英组"就是学习好、将来大有前途的学生;"平民组"是学习中等、将来也不愁生计的学生;"麻将组"则是学习不好、将来只会打打麻将的学生。

如果只是按学生资质条件进行因材施教、分层教学,这也算合理。可是给一部分学生贴上"麻将组"的标签,不仅有羞辱之意,而且意味着这些学生在起跑线上就被定性,这可不是对学生负责任的态度。也怪不得"麻将组"学生的家长意见很大,纷纷吐槽。

而且,就其分类也未必科学,把"精英组"与"平民组"相伴尚有几分合理,可见层次高下之区别,但把"麻将组"作为"精英组"的对立面则肯定有失公允。因为从实际情况来看,社会上的精英爱打麻将的比比皆是,麻将打得好,事业更成功的人也不在少数。

袁隆平是科技精英,但他除了搞水稻杂交试验,还会偶尔拉拉琴、打打麻将,牌技还不错,赢多输少。打麻将能帮他放松身心、缓解疲劳,而且也没有影响他不断把杂交水稻的研究向前推进。

王菲是歌坛精英，号称"天后"，不仅歌声如同天籁之音，打麻将也是高手水平。王菲对于自己的牌技非常自负，有一次在麻将桌上，好友刘嘉玲提醒王菲出错牌了，她立刻正色回应："说我唱歌不好，我认了；说我搓麻将不好，打死我也不认。"

梁启超是文化精英、国学大师，读书、研究、著述都是一流水准，同样喜欢打麻将。他常说："唯有读书能让我忘记麻将，唯有麻将能让我忘记读书。"其对麻将之痴迷由此可略见一斑。据说，他的不少社论文章都是在麻将桌上口授而成，其文不仅流利，而且颇具特色。

梅贻琦是教育精英，曾任清华大学校长。他治学严谨，治校有方，闲暇时也很爱打麻将。其日记中，常用"手谈""看竹"代替麻将。据其日记统计，他曾在50岁后的两年里打过85次麻将，约每周一次。但他却并未玩物丧志，依然培养出无数精英学生。

说了这么多例证，是想讲明一个简单的道理：打麻将和成为精英并不矛盾。只要不是过分痴迷，忘了根本，耽误了正业，时不时打打麻将，不仅能娱乐身心，放松休息，还可锻炼大脑，联络感情，好处还是不少的，而且并不影响自己的精英地位和事业。毛泽东对麻将也颇有心得，曾说：中国对世界有三大贡献，一是中医，二是曹雪芹的《红楼梦》，三是麻将牌。他认为打麻将中存在哲学，可以将无序变有序，可以了解偶然性与必然性的关系，可以证明事物是发展变化的；打麻将中也存在辩证法，即使手中拿到坏牌，只要统筹调配，安排使用得当，会以劣变优，以弱胜强，相反，若胸无全局，调配失当，就是拿到好牌，也会转胜为败。

因而，回过头来再说杭州那个小学，如果不改名称，继续以"精英组""平民组""麻将组"对学生进行分组，用毛泽东的观点来推理，必然性存在于偶然性之中，必然性中包含着偶然性，入选"精英组"的学生也是必然性与偶然性结合的产物，千万不能麻痹大意，掉以轻心，弄不好"平民组"的学生就把你取而代之了，丑小鸭变白天鹅的事多着呢。而"麻将组"的学生也不必灰心气馁，事物都是发展变化的，"三十年河东，三十年河西"是世间事物发展的常态，只要发奋努力、刻苦用功，摘掉"麻将组"的帽子，跻身"平民组"甚至"精英组"并非没有可能。

当然，这三种分组方法，特别是"麻将组"的叫法，确实是比较刺激人的，学生听了泄气，家长听了生气，旁人听了也来气，还是改了为好。

"雅量"难得

　　冯梦龙在《智囊》中讲了两个故事。未满三十岁的明朝官员徐存斋，以翰林身份到江浙一带督察学政。有个书生在文章中引用"颜苦孔之卓"——颜渊学习孔子，却苦于孔子的品行过于卓越，难以望其项背。徐存斋将之批为"杜撰"，给他评了个四等。这个书生拿着文章领责时，辩解说："并非杜撰，出自扬子《法言》。"徐存斋马上站起来说："本官年轻，学问不足，承蒙指教，惭愧。"于是，徐把这篇文章改评为一等。大家都称赞徐存斋雅量。冯梦龙评论说：不吝改过，即此便知名宰相器识。

　　第二个故事，万历初年有一书生做《怨慕声》——怨慕即思慕，孟子说，舜思慕父母，文中引用了"为舜也父者，为舜也母者"一句。文章被主考官打入四等，评为"不通"。书生分辩说："此句出于《礼记·檀弓》。"主考官非常生气地说："卖弄学问，只有你读过《檀弓》？"于是，主考官把这篇文章改判为五等。冯氏愤愤评论说：人之度量，相差何止千里！果然是雅量难得。

　　雅量指宽宏的气量，始于魏晋。其时，讲究名士风度，要求人们注意举止、姿势的旷达、潇洒，强调七情六欲都不能在神情、态度上流露出来。不管内心活动如何，人们只能深藏不露，表现出来的应是宽容、平和、若无其事，就是说，见喜不喜，临危不惧，处变不惊，遇事不改常态，这才不失名士风流。如杜甫《移居公安赠卫大郎钧》诗云："雅量涵高远，清襟照等夷。"蒲松龄《聊斋志异》记："而邻翁素雅量，生平失物，未尝征于声色。"后来，雅量一词演变成能虚心接受批评的态度，尤其是上级接受下级、权威接受小人物的批评时。

雅量难得，是因为首先这需要有过人的胸怀，心有沟壑，能吞吐万物。《尚书》云："必有容，德乃大；必有忍，事乃济。"清朝学者邓拓亦有高论："春风大雅能容物，秋水文章不染尘。"这些说的都是这个意思。胸怀大了，能盛的东西多了，尖锐猛烈的批评、不留情面的指责、有失偏颇的物议，甚至一些误会与偏见，就都能一一"笑纳"，做到有则改之，无则加勉，而不会勃然大怒，反唇相讥，或寻机报复。那些心胸狭窄、睚眦必报的人，注定与雅量无缘。

过人的胸怀不是与生俱来的，也不是天上掉下来的，而是需要后天的觉悟与提升、修习和培养，需要以见识、智慧、勇气来支撑。1960年，郭沫若接到青年读者陈明远的来信，信中批评说："读了你近来的作品，人们能记住的只有三个字，就是你这位大诗人的名字。编辑大概对你的声名感到敬畏，所以不敢不全文照登，但广大读者却因而大感失望。"郭读了这封直言不讳又不无偏颇的来信，立即回信说："对你这种不畏权威的大胆批评，我已多年未闻了，我实在喜欢你、爱你，愿意结交你这位小朋友。"郭有此雅量，就得益于他丰厚的知识与睿智的头脑，其雅量也并不是说说而已，故作姿态，他后来和这位"小朋友"结成忘年交，无话不谈，先后通信多达百封。郭氏此举，堪称雅量楷模，足资效法。

反之，如今一些名人大家，其学问与雅量都有明显的退步迹象。其学问固难与陈寅恪、郭沫若、钱钟书等大家比肩，雅量更不敢恭维，偶闻有人批评，必迎头痛击，甚至要诉上法庭。不论是新秀还是老将，肝火一个比一个旺，胸怀一个比一个窄，自我感觉一个比一个好，但作品成就却没啥像样的。以这样的心态、胸怀，是难以成为大师级人物的，"走向世界"也只能是一句空话。

　　雅量难得，雅量可贵，当思而学之，慕而修之。

第五辑

风花雪月

"偶遇"与"艳遇"

偶遇，指不经意的、未经安排的相遇。艳遇，指一个人有了美丽的异性朋友。

南方某古城将于7月下旬举办首届"偶遇节"，其宣传口号是："邂逅一个人，艳遇一座城。"此番活动引发了网络"口水战"，赞同者觉得这个活动新奇、浪漫，令人向往；但更多网友斥之为"艳遇节"，认为这个活动名称恶俗、内容暧昧，与古城的古朴形象不符。

偶遇，也叫邂逅，在诗人笔下曾有很美的描写。《诗经·野有蔓草》记："野有蔓草，零露漙兮。有美一人，清扬婉兮。邂逅相遇，适我愿兮。野有蔓草，零露瀼瀼。有美一人，婉如清扬。邂逅相遇，与子偕臧。"辛弃疾的《青玉案·元夕》里写得更美："蛾儿雪柳黄金缕。笑语盈盈暗香去。众里寻他千百度。蓦然回首，那人却在，灯火阑珊处。"现代诗人徐志摩在《偶遇》里则不无禅意地写道："你我相逢在黑夜的海上，你有你的，我有我的方向，你记得也好，最好你忘掉，在这交汇时互放的光亮。"不知这是有感于他与林徽因的无果而终，还是喟叹他与陆小曼的浪漫交集。

我们每个人可能都有过几次偶遇的经历。去年夏天，我出国旅游，在加拿大尼亚加拉大瀑布，突然听到熟悉的乡音，回头一看，原来是20多年没见面的老同学夏某，"他乡遇故知"，虽然没有"两眼泪汪汪"，但也感慨颇多：你老了，我也老了。在美国拉斯维加斯赌城，我又与一个多年不见的文友不期而遇，他写小说，我写散文，他居西北，我住中原。记得在北京开"作代会"时，我与他曾把酒话文，相谈甚欢，没想到居然在地球的另一边相遇。几句寒暄后，我不由感叹：地球越来越小，人越来越大。

如果是两个年轻异性"偶遇"，就有可能会转化为"艳遇"，就像凤凰古城的名人沈从文偶遇张兆和。那是在20世纪20年代末，沈从文老师在中国公学上的第一堂课就失败了，却偶遇了他后来的妻子张兆和。经过几年坚持不懈的苦苦追求，他终于把艳遇变成了婚姻，并不无得意地写道："我这一辈子走过许多地方的路，行过许多地方的桥，看过许多次数的云，喝过许多种类的酒，却只爱过一个正当年龄的人。"

有人把艳遇分为五个层次，即草木之遇、浪花之遇、金玉之遇、珍珠之遇、钻石之遇。前两个层次的艳遇，纯粹是因为外貌吸引或欲念需求，或只是因为感到无聊，甚至由于金钱关系而走到一起，短暂欢娱之后各奔东西，这是最底层的艳遇，也称无情之遇。后三个层次的艳遇，则是因为双方真心投入，渐生情愫，进而相互感应，相互感动，相互牵挂，相互珍惜，终于成为一辈子的缘分。就像沈从文与张兆和，有了这一次艳遇，这辈子就值了。

艳遇，如果顾名思义，就是遇到美丽。艳即是美丽，除了美丽的人之外，清澈的溪水、盛开的鲜花、成熟的果实、迷人的风景，都是很美丽的。你看到了、遇到了，因欣赏而陶醉，流连忘返，乐不思归，同样也是一种艳遇。凤凰古城的宣传口号"邂逅一个人，艳遇一座城"，重点显然在于后半句话，希望有更多的游客来这座美丽的古城旅游观光、消费购物。至于能否"邂逅一个人",那要看你的魅力与运气,而"艳遇一座城"则是每个游客来这里的硬道理。所以,叫"偶遇节",也是有一些道理的。

　　人这一辈子可能会有很多次偶遇,给我们带来意外的惊喜与感慨,丰富我们的生活与经历;但艳遇可要悠着点,尤其是对人的艳遇,要适可而止,量力而行。艳遇就像吞吃美食,吃少了是享受,吃多了不消化,会很难受,被"噎死""撑死"的也不乏其人。若要举例说明,《金瓶梅》里的西门庆、《红与黑》里的于连,即为其中"翘楚"。

人可以貌相

俗话说，人不可貌相，海水不可斗量。的确，海水浩瀚，无法用斗来测量；论人识器，不能以外貌为审视标准。但实际上，在多数时候，人是可以貌相的。慈眉善目者多为良善好人，凶神恶煞者多系匪盗流氓，仪表堂堂者磊落君子居多，相貌猥琐者大多行为不端——只是当我们依照一般标准判断失误后，才会发出一声喟叹：人不可貌相。

"人可以貌相"，如果说对一般人是阅历丰富后的经验之谈，对科学家则是建立在严谨的数据统计基础上的科研成果。发表在《英国皇家学会会志：生物科学》上的一项最新研究显示，男人脸部宽度和长度的比例越大，越有可能进行不道德行为。而这种宽高比，部分原因是由男人体内睾酮激素的增加和积聚引起的，睾酮激素在决定男人面部的宽高比上扮演着重要角色。以美国总统为例，拥有高宽高比的有肯尼迪、尼克松、克林顿等，都是有道德污点的；反之，低宽高比的华盛顿、林肯、罗斯福等，则都是道德楷模。

"人可以貌相"，还因为"世事无相，相由心生"（《无常经》），就是说有什么样的心境，就有什么样的面相。一个人的修养、胸怀往往可以从其面相中看出来。唐朝裴度少时品行不端。一行禅师看了裴度的脸相后，发现他印堂发暗，嘴角纵纹延伸入口，恐有牢狱之灾，劝勉他积德行善。裴度依言奉行，日后又遇一行禅师，大师看他目光澄澈，脸相完全改变，告诉他以后必可贵为宰相。裴度前后脸相不同的变化就是因其不断行善、断恶所致。

老外也信这个。一次，林肯总统亲自面试一位中年应聘者，其学历、能力、履历都不错，却没有录用他。幕僚问他原因，他说："我不喜欢他的长相！"幕僚非常不解地问道："难道一个人长得不好看，也是他的过错吗？"林肯回答："一个人40岁以前的脸是父母决定的，40岁以后的脸却是自己决定的，他要为自己40岁以后的长相负责。"林肯的话是很有道理的，那些心理阴暗、心胸狭窄的人，反映在面相上，也绝不会是阳光灿烂的。

宋初陈希夷说："心者，貌之根。"德国哲学家叔本华也说过："人的外表是内心的图画，相貌表达了人的整个性格特征。"还记得云南大学那个杀人犯马加爵吧，据当时给他照过毕业照的摄影师回忆：拍照时他看了马加爵的模样，就隐隐约约觉得这孩子早晚要出事，因为镜头面前的他眼露凶光，面带杀气。确实，此时的马加爵因常被同学取笑，早已气愤难平，怒火中烧，急于寻求宣泄。当马加爵行凶外逃时，公安部门的通缉令是这样描述他的外貌的：方脸，高颧骨，尖下巴，凹眼，蒜头鼻，大嘴，下唇外翻。这个相貌，不仅有父母遗传的丑陋，更有后天的凶残心性在外貌上的显露。

当然，如果一味地以貌取人，确实会因识人不准而失之偏颇。曹操是个"外貌协会"铁杆成员，见到来献益州地图的张松，因觉得他面貌丑陋，就不甚喜欢。张松愤而转投刘备，帮刘备成就了三分天下的基业，令曹操后悔不迭。还有一次，匈奴使者来见，曹操自认为形貌不佳，便让魁梧英俊的崔季珪假冒自己，他则握刀一旁肃立。接见完毕，他派人去问使者："你看魏王如何？"使者答称："魏王仪容严正，令人敬仰。然而旁边握刀站立之人，方为真正英雄。"就观貌识人这一点而言，匈奴使者比他高明。

大千世界，人海茫茫，什么类型的人都有。有心貌同一的，或器宇轩昂而雄才大略，或貌美心美、内外兼修，或长相愚钝、心亦糊涂；也有心貌迥异的，或其貌不扬但大智若愚；或貌似天仙但心似蛇蝎，或貌似忠厚、实则奸诈，究竟是哪类人物，是否可以貌相，那就靠您的一双慧眼了。

"我愿意"杂议

主持人："你愿意娶新娘为妻吗？"

新郎："我愿意。"

主持人："无论她将来是富有还是贫穷，身体是健康或不适，你都愿意和她永远在一起吗？"

新郎："我愿意。"

几乎是完全同样的话，主持再问一遍新娘，在得到"我愿意"的答复后，就进入交换戒指的环节。这是我们常在婚礼上看到的激动人心的一幕，一问一答，几个含情脉脉的"我愿意"，就把一对新人紧紧地结合在一起，开启了新人们甜蜜的新婚生活。

"我愿意"三个字，重若千钧，意蕴丰赡。这三个字，是承诺，"执子之手，与子偕老"；是期许，"死生契阔，与子成说"；是憧憬，"得成比目何辞死，愿作鸳鸯不羡仙"；是剖心之誓，"只愿君心似我心，定不负相思意"；是生死之盟，"衣带渐宽终不悔，为伊消得人憔悴"。

如果新人是真心实意地说"我愿意"，再加上对感情精心诚挚的维护保养，夫唱妻和，相濡以沫，他们的婚姻会相当温馨、幸福；还可以相当持久，"慢慢地一起变老"。于是，就有了银婚、金婚、钻石婚的说法。世界上最长婚姻的纪录，是由印度的卡拉姆夫妻保持的，他们的婚姻长达90年，直到妻子凯瑟琳去世为止。当然，要达到他们的纪录，除了相互恩爱，还要有足够长的寿命才行，而后一条就不是谁都能心想事成的。

不过，婚姻的含金量并不一定都与长度成正比。人生难测，世事多变，或许是由于意外的发生或变故，有的婚姻时间很短，无缘天长地久，但夫妻双方却在有限的时间里爱得轰轰烈烈、缠缠绵绵，"一相逢便胜却人间无数"，成为世间美谈。无他，因为他们都把婚礼上"我愿意"的承诺看得重如泰山、贵如生命。

也有人把"我愿意"看成轻飘飘的虚言诳语，一开始就没当回事，也没准备去认真践诺，婚后更是把"我愿意"扔到九霄云外，这样的婚姻很难走到底。还因为人生之路太漫长，变数太大，诱惑也太多，会产生譬如对生活的厌倦疲惫、对爱情的激情不再、互相的猜忌误会、对路边野花的贪婪、第三者的插足、居心不良者的觊觎，甚至一个恶毒的谣言，这些都有可能将"我愿意"击成碎片。

另外，财富的变化也是对"我愿意"的严峻考验。新人们可能还不太有钱，但如果将来一旦发财，就有可能"一有钱就变坏"，婚姻的美酒也会变质、发酸，"我愿意"就寿终正寝了。这种事的发生率逐年增高。唯有不忘初心，牢记承诺，互相忠诚，互相欣赏，彼此信任，杜绝猜忌，才能躲过这些劫难。

还有无法预见的意外、不测、灾祸，都会对"我愿意"提出挑战。新婚典礼时，郎才女貌，琴瑟和谐，答一句"我愿意"，自然不在话下。可当灾难袭来，不测发生时，他们还能坦然回答"我愿意"吗？汶川大地震时，就有一个丈夫把妻子扔在屋里，独自逃命，最后只有离婚了事。如果是真爱，双方都心心相印，生死相许，愿意为对方牺牲一切，那就没什么能把你们分开，哪怕是天崩地裂。

爱情是易碎品，一不小心就会粉身碎骨。屈指数来，我这几年参加的婚礼就有好几十场，还因"德高望重"，多次忝为主持人，问新人愿意与否，祝新人白头到老。可话音犹存，已有几对小夫妻劳燕分飞，"我愿意"成了具有讽刺意味的空话。再想想社会上不断增高的离婚率，今天的山盟海誓，明天可能就变成恶语相向；今天的如胶似漆，明天可能就变成同床异梦。

新人们如果想把"我愿意"当成终身目标，就请你们精心维护爱情，不断给其注入新的活力，用一生的心血来浇灌、保养爱情之树。

乡　愁

乡愁，是人们对家乡的深厚感情和思念，也是古往今来最令人难以释怀、难以割舍的情愫。对故土的眷恋是人类共同而永恒的情感，也是文艺作品绵绵不绝的话题。远离故乡的游子、漂泊者、流浪汉，移民，不论距离再远，离开的时间再久，都不会忘记自己的家乡。更有文人骚客，写下许多动人诗篇，来抒发自己思念家乡的情怀。

古时交通工具不发达，外出闯荡的游子想回一次家很不容易。舟车劳顿，旷日持久，携老带幼，如果再遇到时局动荡，兵荒马乱，更是麻烦。他们只好把对家乡的美好怀念诉诸文字，于是就有了屈原的"鸟飞反故乡兮，狐死必首丘"，有了李白的"举头望明月，低头思故乡"，有了李益的"不知何处吹芦管，一夜征人尽望乡"，有了杜荀鹤的"驱马傍江行，乡愁步步生"，有了崔颢的"日暮乡关何处是，烟波江上使人愁"，有了张乔的"何处积乡愁，天涯聚乱流"……

如今，飞机腾云驾雾，高铁纵横交错，巨轮乘风破浪，想去哪里都很方便。要回故乡，近的几个小时就能打个来回，远的也不过朝发夕至。为什么还有人空说乡愁而不回乡呢？

于右任不能回乡是因为两岸隔断多年，无法成行，只好将浓浓的乡愁写进诗中："葬我于高山之上兮，望我故乡；故乡不可见兮，永不能忘。"马思聪在"文革"中备受迫害，不得不远走他乡，骨肉分离，寄人篱下，他纾解乡愁的办法就是一遍又一遍地演奏自己创作的《思乡曲》。被囚禁了54年的张学良，思乡心切，也多次收到家乡的邀请，但因健康及其他种种原因，终未成行，成为他人生之一大遗憾。

乡愁是忧郁、深沉、凝重的，人们对故乡的回忆是美好、古朴、纯洁的。但回到日思夜想的故乡后，可能会发现梦中萦绕的故乡变了，记忆中的水磨、炊烟、小河、树林、老屋、狭径都不复存在，昔日的玩伴也无从寻觅，面临的是"儿童相见不相识，笑问客从何处来"的窘境。与其如此，还不如把对家乡的美好记忆留在梦中，因此宋之问就有了"近乡情更怯，不敢问来人"的复杂心情。这或许还可解释崔颢写了那么精彩的乡愁诗，但还是一直漂泊在外，最后终老他乡的深层原因。

国人素以衣锦还乡为荣，项羽有言"富贵不还乡，就如同锦衣夜归"，刘邦做了皇帝之后，也忙不迭地回家乡炫耀"威加海内兮归故乡"。如今有不少人不肯回乡，则是因为在外边没混出名堂，无颜见江东父老，所以宁愿在外日夜忍受乡愁的煎熬。其实，他们多心了，家乡的胸怀永远是博大、宽阔的，可以兴高采烈地迎接功成名就的子弟，为其骄傲、叫好；也会满腔热情地接纳回来疗伤的儿孙，安抚其脆弱的心灵。无论何时，家乡都是游子最可信任的避风港、加油站、疗养所。

2015年央视春晚上，歌手雷佳演唱了一曲《乡愁》，如泣如诉，情深意浓，打动了很多人的心弦，激起人们的共鸣，在场的许多观众眼里都饱含泪水。可见，虽然已进入现代社会，乡愁仍是最能打动我们心灵的情节，是我们挥之不去的思绪。因而，沈西苓导演过电影《乡愁》，理查德·克莱德曼演奏过钢琴曲《乡愁》，席慕蓉写过散文《乡愁》，三毛写过随笔《乡愁》。在所有反映乡愁的文艺作品中，尤以台湾诗人余光中的诗歌《乡愁》最为动人，情感真挚，语言凝练，比喻生动，朴实无华，成为当代乡愁作品中的扛鼎之作。

拿破仑说："爱国首先要爱家乡。"许多成功人士慷慨回馈家乡，或在家乡投资建厂，或在家乡兴办学校，或在家乡铺路修桥，这可被视为留住乡愁的最高境界，多多益善。

"问君能有几多愁"，唯有乡愁最深情。

暮春之美

春有三段：早春、仲春、暮春。我独喜欢暮春。

早春，即农历正月。刚立春的那阵子，春寒料峭，正是"乍暖还寒时候，最难将息"。尤其是北方，仍天寒地冻，春还只是个季节符号，是个时间概念，只有象征意义。仲春，是春季的第二个月，即农历二月。江河解冻，杨柳吐绿，万物苏醒，百花孕育，但还都不成规模。去踏青的话，略早了点，"草色遥看近却无"；去赏花，也只能见到零零星星的花，难以尽兴。唯有暮春，即农历三月，才是春天的最佳时节，是一出大戏的压轴及高潮。其时，百花齐放，百鸟争鸣，春回大地，风暖日丽，最宜户外活动，尤显春光之美。

暮春，故事最多。"暮春者，春服既成，冠者五六人，童子六七人，浴乎沂，风乎舞雩，咏而归。"就连一向老成持重的孔夫子，也忍不住想扔下书本，和弟子们一起穿上春天的衣服，到沂河里洗澡，在舞雩台上吹吹风，唱着歌走回家。而东晋王羲之一干文人骚客们，也在"暮春之初，会于会稽山阴之兰亭，修禊事也。"是日，"天朗气清，惠风和畅"，大家饮酒作诗，谈笑风生，指点江山，激扬文字，留下了天下第一行书

《兰亭序集》，也开了文人雅集的先河。

　　暮春，最具诗意。暮春，草长莺飞，鸟语花香，"日出江花红胜火，春来江水绿如蓝"，最容易引发诗人的创作灵感。历代大小诗人，留下不计其数描写暮春的佳作，脍炙人口，美不胜收。杜工部居夔州（今重庆奉节）时，携家人赏春，诗意大发，留下名句"暮春三月巫峡长，皎皎行云浮日光"。诗人岑参于长亭设酒送别友人，酒助诗性，吟成《暮春虢州东亭送李司马归扶风别庐》。暮春时节，诗人钱起踏春归来，目睹"溪上残春黄鸟稀，辛夷花尽杏花飞"的春色，写成《暮春归故山草堂》一诗。即便是失国被俘，每日以泪洗面，也没挡住李后主的诗意勃发："流水落花春去也，天上人间。"

　　暮春，是赏花的最好时节。早春二月，花还开得稀稀疏疏，大多含苞欲放，不成气候，即所谓"篱外桃花三两枝"。暮春时节，阳光灿烂，春风催动，各种花卉好像比赛一样，争先恐后地绽开、怒放，人们置身于花的海洋，心旷神怡，流连忘返。去岁的暮春，我正身处江西婺源的万亩油菜花地里，放眼望去，铺天盖地一片金黄，远比张艺谋《满城尽带黄金甲》里的景色壮观，再加上漫山的红杜鹃、满坡的绿茶、山村的白墙黛瓦，和谐搭配，构成了一幅美丽的图画。婺源被誉为"中国最美的乡村"，果然是名不虚传。

　　暮春，生机最浓。暮春，不冷不热，风和日丽，人们最宜在此时亲近大自然。踏青的人们纷纷扶老携幼，走向田野，走进丛林，走上山坡，沐浴着阳光的温暖，呼吸着新鲜的空气，在春风里陶醉，听鸟儿呢喃。那些还宅在家里的男女，请走出家门，投入大自然的怀抱，可不要辜负这大好春光啊！暮春，万物苏醒，春意盎然，动物们无不春心萌动，忙着制造爱情、孕育生命。同时，这也是人类男欢女爱的最佳季节，年轻男女，春心萌动，春意盎然，在努力描绘属于自己的春天故事。海南省黎族的传统节日"三月三"节，就是这样一个爱情的节日，大家都非常向往这一天。在这一天，姑娘小伙们身着盛装，载歌载舞，表演技艺，对唱情歌，寻找自己的那一半，许多人就在这一天订下终身。

如果说早春是"锦帐凝寒觉春浅"，仲春是"春风又绿江南岸"，那么暮春就是"万紫千红总是春"。

五月鸣蜩

《诗经·豳风七月》说:"正月开岁,二月绀香,三月桃良,四月秀蔓,五月鸣蜩,六月精阳,七月流火……"单说这"五月鸣蜩",即蝉开始叫了。蝉这种小玩意儿,是个苦命的主,要在暗无天日的泥土里熬上好几年,才有出头之日。一露头,它面对的又是险象环生,且不说"螳螂捕蝉,黄雀在后",还有很多喜欢把蝉当美食的老老少少,一不小心它就会被人当作美食。因而它若是偶尔叫上几声,倒也不招人烦,算是提醒人们:入夏了。可它要是一直叫个不停,那就有点令人讨厌了,但这也是季节变更的内容之一。好在五月蝉鸣还只是个开头,没那么闹人,是为初夏唱的一支催眠曲。

法布尔是理解蝉的苦衷的,他在《昆虫记》里说:"四年黑暗中的苦工,一个月阳光下的享乐,这就是蝉的生活。我们不应当讨厌它那喧嚣的歌声,因为它掘土四年,现在才能够穿起漂亮的衣服,长起可与飞鸟匹敌的翅膀,沐浴在温暖的阳光中。什么样的钹声能响亮到足以歌颂它那得来不易的刹那欢愉呢?"

古代诗人也对蝉鸣格外青睐,因为他们以为蝉是靠餐风饮露为生的,故把蝉视为高洁的象征，并咏之、颂之，或借此来寄托理想抱负，因而留下很多联想奇妙的诗句。名气最大的当然是被称为唐代咏蝉诗之"三绝"：即虞世南的《蝉》、骆宾王的《在狱咏蝉》、李商隐的《蝉》。这三首诗都是唐代借咏蝉以寄意的名作，但旨趣迥异，各臻其妙。清代学者施补华《岘佣说诗》对此的评论可谓入木三分："同一咏蝉，虞世南'居高声自远，非是藉秋风'，是清华人语；骆宾王'露重飞难进，风多响易沉'，是患难人语；李商隐'本以高难饱，徒劳恨费声'，是牢骚人语。比兴不同如此。"

蝉本无知，鸣叫乃本能之音，然也有诗人却闻蝉鸣而愁，只因自己心中有愁，正如宋人杨万里所诗："蝉声无意添烦恼，自是愁人在断肠。"王国维则在《人间词话》里进一步概括分析说："以我观物，故物皆著我之色彩。"当然，达观的诗人更多，南朝王籍的名句"蝉噪林愈静，鸟鸣山更幽"，达到了物我两忘的境界，富于哲理，一向被认为是咏蝉诗里的千古佳句。

五月初，我去普陀山进香，途经一小庙，山门上有一副对联，上联是"蛙噪麦黄舟竞渡"，下联是"蝉鸣荔熟粽飘香"，相当接地气，生活气息很浓，时效性也很强。蝉鸣声中，到了吃粽子的时候，我们要衷心感谢屈老夫子，不仅给后人留下了千古不朽的《离骚》，还给我们留下了一个节日，可吃粽子以作美食，喝雄黄酒以壮筋骨，悬艾叶菖蒲以辟邪，挂五色荷包以祈福，还可参加龙舟竞渡一显身手，或为之摇旗呐喊。

蝉鸣声里，石榴花开了。其他花卉大都在三四月开放，唯有石榴花在五月才姗姗来迟，也正因为其一花独放，更引来文人骚客的关注和钟爱。在韩昌黎笔下，"五月榴花照眼明，枝间时见子初成"；在欧阳修眼里，"五月榴花妖艳烘，绿杨带雨垂垂重"；尤以王安石的诗句最为传神，"浓绿万枝红一点，动人春色不须多"。

蝉鸣声里，农夫进入辛苦的季节。五月，南方的农民忙着耙田插秧，顶着烈日，泡在水里，干完半天活，腰都累得直不起来。北方则开始收割麦子，白居易《观刈麦》里记得详细："田家少闲月，五月人倍忙。夜来南风起，小麦覆陇黄。妇姑荷箪食，童稚携壶浆。相随饷田去，丁壮在南冈。足蒸暑土气，背灼炎天光……"好在如今很多农活都实现了机械化，收割机唱了主角，农民的日子比过去舒坦多了。

五月鸣蜩，这是生命的宣言，也是爱情的召唤；这是大自然的馈赠，也是造物主的杰作。

减　肥

　　我去医院看病，医生说，你的"三高"虽不算严重，但有发展的趋势。他还说，除了药物控制，最好的办法就是减肥，你若能减掉20斤肉，"三高"指标肯定会下来，有些病就能不治而愈。想想自己的身体状况，再看看自己日渐臃肿的肚子，我下决心减肥。

　　减肥有多法，以吃减肥药最为简捷，但也最无效，即便短期体重下降，也会很快反弹。所以，减肥基本的方法就是两条：管住嘴，迈开腿。于是，我牺牲了平时最爱吃的油条和红烧肉，吃饭时吃到七成饱就打住，每天坚持快速走一个小时，时不时去游游泳。半年多下来，我居然减了七八斤肉，身体各项指标也明显改善。看到这样的减肥成果，我的劲头就更大了。

　　女儿从美国留学回来，变成个小胖子。我说，我正在减肥，你和我一起减肥吧。她拒绝说，在美国读书，同学们几乎个个都比她胖，但从没听说谁要减肥的。不过，她不听我的话，却不能不听"国情"的话，在她入职的公司里，胖乎乎的她就成了另类，光是那歧视的眼光就让她受不了。公司里几乎人人都比她瘦，有的明明身上没多少肉，也整天吵吵着要减肥。她也只好入乡随俗，加入减肥大军，回国不到半年，体重就降下来了。现在，她回到家里，每顿饭就吃几口米，油炸的、肥腻的菜肴一律不吃，晚餐常吃个水果、喝袋酸奶就打发了。我觉得她这样也有点太难为自己了，她说，有个舞蹈明星，为了保持魔鬼身材，多年来每顿饭只吃几十粒米，人家那才真叫有毅力呢。

说到这里，还真是佩服那些明星。他们往往为了出演一个肥胖的角色，短时期里使自己增肥几十斤，像饰演武则天的殷桃；有时为了演一个瘦弱的形象，又很快减重几十斤，如演《我不是潘金莲》的范冰冰。就冲这敬业精神，得给他们点个赞，多拿点片酬也是应该的。

陈毅元帅晚年体胖，医生告诫他要减肥，夫人张茜严格监督，在家里决不让他吃肥肉，把他馋坏了。一次，周恩来请陈毅夫妇吃饭，席间有一盘红烧肉。陈毅犹豫再三，想吃，但看到张茜毫不妥协的样子，还是没敢动筷子。周恩来劝说：陈老总，吃一块红烧肉嘛，很香的。陈毅这才夹起一块红烧肉大快朵颐，一边还得意扬扬地说："这可是总理让吃的，我不能不听总理的话。"

肥胖有很多原因，吃得太多、太好肯定是主要原因之一。因而，旧时那些海吃海喝的帝王肥胖者居多。《资治通鉴》中记载，北齐穆宗高延宗"素肥，前如偃，后如伏，人常笑之"。《金史》中记载，金哀宗完颜守绪是个胖子，身处危城，想突围，但因为人胖无法骑马而失败，最后兵败，自缢而死。明仁宗朱高炽体态肥胖，行动不便，总要两个内侍搀扶才能行动，而且总是跌跌撞撞，他给太后请安时，都要"膝行前进"。清太宗皇太极中年发福，胖且笨重，行动迟缓，后导致中风、高血压等病症，猝然驾崩。

最夸张的是东晋桓玄，他有一副体肥过人的身材，野心也同样惊人。他发动兵变，篡夺了东晋皇帝司马德宗的帝位后，称帝入宫，因为体重太大，卧床突然下陷，众人见此大惊失色，场面好不尴尬。大臣殷仲文奉承说："这是由于陛下您的圣德深厚，大地都承载不住。"这个马屁令桓玄十分高兴，当场给予重赏。

古人不减肥，一是不懂科学知识，不知道肥胖对身体的危害；再就是那时候胖人很少，多数人是营养不良。今天就不一样了，大伙都知道，减肥固然是为了体面、漂亮，更是为了身体健康，不论从哪个角度考虑都有意义，所以应喊响这句口号：把减肥进行到底！

减肥需要毅力与自制力，许多人的减肥计划半途而废，就是差在这两点上了。

喜欢"愚人节"

一年有大大小小几十个节日，我独喜欢"愚人节"，也称万愚节、幽默节。一年就这么一回，咱可得好好过，过出点花样。

愚人节虽然是舶来品，但生命力颇强，到咱这里也很适应，很受国人青睐，尤其受年轻人欢迎。因为在这一天你可以说谎，可以骗人，可以说话不算数，反正也没人信；还可以整蛊，可以做恶作剧，出了错也会被原谅，不靠谱也不会为人所怪。

这一天，可以先看一场电影，名字就叫《愚人节》，是个日本喜剧片。电影讲了两个小故事，虽然情节荒诞离奇，噱头层出不穷，但没人计较其是否真实，能不能经得起推敲，观众就为了快乐一笑，放松心情，其他都是浮云。

再翻翻闲书，发思古之幽情，又浮想联翩：王莽表白道，"我确实不想当皇帝"；刘备对鲁肃说，"我早就想把荆州还给你了"；阎婆惜对宋江说，"我爱你"；秦桧说，"我也不想杀岳飞，都是老婆撺掇的"；吴三桂赋诗一首，"冲冠一怒为大义"；袁世凯说，"穿黄袍其实很不舒服"……想来，古人的愚人节大都是这样过的。

现在过愚人节还有一个意义，电信诈骗、商业诈骗、医疗诈骗以及所有的职业骗子都可以休息一天。因为无论他说什么，说得天花乱坠、云里雾里，大家都会以为是愚人节的玩笑话，绝不会信以为真。既然如此，与其白费唾沫，劳而无功，还不如干脆歇工回家，所以，建议诈骗团伙可把这一天设为"休息日"。

特别是像我这般"智商偏低"的人，几乎天天都要被那些"聪明人"愚弄：今天说我中大奖了，明天说我有法院传票了，后天要我去免费旅游了。若不是有个精明老婆拦着，就会不止一回两回地上当了。今天我可要好好报复那些骗子一回，一接电话就直接说："今天是愚人节，你说啥我都不信！"因而，从另外的角度来说，今天也是消费者最安全的一天，可喜可贺。

这一天，还有一个好处，你可以向心仪已久但羞于开口的美女示爱，万一被拒绝，也不尴尬，就当是开个愚人节玩笑，脸一红就过去了。还可以向老板要求加薪提职，老板即便回绝，也不至于当场翻脸恼怒——愚人节和你说句玩笑话，总不是什么罪过吧。

愚人节还有一个红利，那些平素高高在上的名人、权威，这一天也不免要被人拉出来戏弄一下，开个玩笑，接接地气，与我等老百姓来个零距离接触。1992年愚人节，美国全国公共广播电台报道，因"水门事件"下台的前总统尼克松决定复出参选总统，他的新"竞选口号"是"我不曾做过任何错事，我也不会重蹈覆辙"。节目一播出，效果奇佳，反应强烈，被誉为愚人节最具想象力的笑话。比尔·盖茨、小贝、普京、安倍等，都曾是人们在愚人节的调侃对象。

想想看，咱们一年到头天天都做正人君子状，道貌岸然，一本正经，绷得太紧，好累啊！难得今天可以轻松一下，不分尊卑老幼，不论亲疏远近，大家都摘掉面具，返璞归真，开个玩笑，说个段子，搞个小闹剧，活跃气氛，放松心情，既有不敬，抑或过火，也都可以谅解，不会放在心上。如此这般，何乐而不为？

这样的好日子，一年就一天，我喜欢！

话说"时间不多了"

记得有一次，中国足球队与叙利亚足球队比赛时，中国队先丢一球，形势不妙，所剩的比赛时间也越来越少。央视体育解说员着急了，连着大声说了几遍"留给中国队的时间不多了"，可是球员不给力，解说员再急也没用。最后，中国球员在剩下不多的时间里还是无所作为，不出意料地输了球。

这些年来，为中国足球队比赛做解说的电视解说员，最爱说的一句话就是"留给中国队的时间不多了"。一般他说这句话的时候，肯定是中国队正在输球，眼看大势已去，时间所剩无几。而偏偏这种局面很多，几成常态。结果往往是电视解说员没有底气，球员更不争气，终于在剩下不多的时间里依然"涛声依旧"，无力回天，灰溜溜地缴了白旗。

"时间不多了"，是个相对概念，对于一场 90 分钟的足球赛来说，还剩 10 分钟、20 分钟，大抵就可以这样说了。而对于有几十亿年寿命的地球来说，恐怕要剩下几千万年的光阴时才有这样说的资格。对于一个百岁老人来说，也许进入耄耋之年后，就可以说"留给我的时间不多了"；而对于一个英年早逝的精英来说，或许刚进而立之年，就时间不多了。

"时间不多了"，还能不能有所作为呢？这事不好说，不能一概而论，也要因人而异，有人一看时间不多了，就慌了神，乱了阵脚，就像国足；有人却能在剩下不多的时间里激发能量，创造奇迹。

1136 年，33 岁的岳飞写下《满江红》，就预感到自己时间不多了，激励自己"莫等闲，白了少年头"。事实证明，他的预感是对的，他在 6 年后就惨遭杀害。幸好在这剩下的不多的时间里，他挥师北伐，收复郑州、洛阳等地，又于郾城、颍昌大败金军，进军朱仙镇，建功立业，奋发有为，高效地实现了自己的生命价值。

1832 年，29 岁的天才数学家伽罗华卷入一场必死无疑的决斗，留给他的时间只剩一个夜晚。他就在一夜之间，把自己的数学研究心得全部写了出来。为给困倦的自己提神打气，他在一张纸上写道："我要抓紧，时间不多了。"就在这不多的时间里，他为一个折磨了数学家们几个世纪的难题找到了答案，并且由此开创了数学研究的一片新天地。

留给陆游的时间更短。冬日的一天，85 岁高龄的他已陷入弥留状态，时而昏迷时而清醒，随时都有可能驾鹤西去。他在短暂的清醒时间里，叫来儿女，口占七绝《示儿》，以为遗嘱："死去元知万事空，但悲不见九州同。王师北定中原日，家祭无忘告乃翁。"一首千古流传的名诗就这样诞生，浸润、激荡着世世代代国人的心灵。

再回到球赛上。在足球赛场上，在最后几分钟转败为胜、逆袭成功的例子举不胜举，但那只属于不放弃、敢拼搏的人，似乎中国足球队历史上从无这样的纪录。更神奇的是篮球比赛，NBA 许多实力相当的激烈比赛，往往都是最后几秒钟决定胜负。谁还敢小看"时间不多了"？

其实，属于每个人的时间都是个定数，我们一出生就是在使用剩下的时间。有紧迫感、想有所作为的人，总觉得时间不够用，总觉得剩下的时间不多了，因而争分夺秒，惜时如金，不教一日闲过，在有限的生命里，拼搏奋斗，建功立业，实现了人生价值最大化。也有些人，无所事事，游手好闲，饱食终日，无所用心，毫不心疼地挥霍着大把时间，浑浑噩噩，如同饭囊衣架，每天"三饱一倒"，好似行尸走肉。直到进入生命倒计时了，他们才发现，岁月蹉跎，一事无成，这辈子稀里糊涂就快过去了。

常提醒自己一句"时间不多了"，不无益处。

良　知

　　人贵有良知。良知，又叫天良、良心，是人与生俱来的内心"是非律"，是人类生命中不学而知、不学而能、先天具有的判断是非善恶的能力，也是一切道德伦理的基石。《孟子·尽心》中有："所不虑而知者，其良知也。"谢灵运在《游南亭》中也说："我志谁与亮？赏心惟良知。"

　　良知有四项最主要的内容：明善恶，知羞耻，有恻隐心，知恩图报。明善恶就是知道什么是真善美，什么是假丑恶，心里有正确的是非标准，能分清好坏美丑，知晓什么事可以做，且多多益善，什么事打死都不能干；知羞耻就是有羞耻之心，平时严于律己，循规蹈矩，一旦做了有违道德的事，就于心不安，无地自容，引以为耻，愧疚不已；有恻隐心就是对别人的不幸表示同情，见到遭受灾祸或不幸的人会自然产生同情之心，并主动施以援手，慷慨解囊，雪中送炭；知恩图报就是要常怀感恩之心，对一切帮助过自己的人心存感激，念念不忘，"滴水之恩，涌泉相报"，"人敬我一尺，我还人一丈"。若做到了这四点，就叫天良未泯，即便成不了伟人、名人、达人，但肯定能做一个好人、善人、义人；倘背离了这四点，就是没有良知，本事再大，学问再高，名头再响，也是个小人、恶人、坏人。

如果形象地比喻，良知就如同一轮明月，虽不如太阳那样光芒万丈，普照大地，事关万物生长，但皓月当空，清辉皎洁，会照亮夜行之路，让我们的人生路上，"明月松间照，清泉石上流"，处于再复杂的环境中也不至于迷失方向。

良知如涓涓溪流，虽不如大江大河奔腾呼啸，能荡涤污泥浊水，淘尽千古风流人物，但清清溪水能洗涤我们的心灵，不使其藏污纳垢，能滋润我们的心田，不使其荒芜龟裂。正所谓"沧浪之水清兮，可以濯吾缨；沧浪之水浊兮，可以濯吾足"。

良知如汽车刹车，虽不如发动机那样雷霆万钧、富有诗意，能带来风驰电掣的速度，却能及时让我们在险境前止步，在歧途上回头，以保我们身心安全，在正确的道路上疾驶。

良知如水库大闸，虽然平时默默无闻，不露声色，甚至"其貌不扬"，却能在关键时刻挺身而出，堵住不该下泄的水流，防止灾难发生，确保下游村庄农舍不受荼毒。

"人之初，性本善"，一般情况下，如果不是特殊环境的熏陶，人的良知确实可以与生俱来，是一种天赋的道德，诚如孟子所言："人之所不学而能者，其良能也；所不虑而知者，其良知也。"王阳明也说："良心者，孟子所谓是非之心，人皆有之。是非之心，不待虑而知，不待学而能，是故谓良知。"

但是要使良知稳定并持久，坚韧并可靠，源源不断地发挥作用，则要靠后天长期不懈的自觉磨炼、维护保养。否则，良知也会如身体里的钙那样，悄悄流失。而当良知不复存在或所剩无几时，一个人就好比失去了免疫力，会百病侵身，一路堕落；就会失去判断善恶的标准，做坏事时就没有顾忌，做出恩将仇报、忘恩负义、伤天害理的事来，等待他的只能是法律的严惩。

人生在世，觉悟、修养、道德都很重要，但这些都建立在良知的基础上，要靠后天的启蒙、教育、自觉养成。如果没有稳重、可靠的良知作为基础，一个人很难有必要的觉悟、修养、道德，即便满嘴冠冕堂皇的理论、信条，也多是自欺欺人的表演。反之，一个人即使没有接受过像样的教育，不会"子曰"那一套，只要有良知打底，知羞耻，明是非，就不会干出太出格的事，就能堂堂正正，规规矩矩，"仰不愧于天，俯不怍于人"。

良知，是人区别于禽兽的身份证，失则事大，请您珍藏！

你不认识我？

　　王思聪，赫赫有名的"国民老公""万达太子"，三天两头上娱乐头条，花边新闻层出不穷，可谓名闻天下，但居然有人不认识他，让他很郁闷。这不，王思聪在成都逛奢侈品店时被女店员拦下，原因是他拿着一杯饮料，而该店规定不能带饮料入内。王思聪被拦下后，盛气凌人地问女店员："你不认识我？"店员回答："不认识。"王思聪不禁大为败兴，处理完饮料后才得以入店，购买一条皮带后悻悻离去。

　　按一般习惯，女名人叫名媛，男名人则称名士，王思聪自然是名士队伍里的一员，其名士派头、名士风度、名士举止都玩得很足，名气也足够大。但是，任何人的有名都是限于一定的圈子，有的圈子大一点，有的圈子小一点，在圈子里你如雷贯耳，无人不知，可一旦出了这个圈子，你就可能成了路人甲、路人乙了，王思聪自然也不例外。所谓"莫愁前路无知己，天下谁人不识君？"其实不过是高适安慰董大的虚诳之语，千万别信以为真。

　　武汉也有两位著名女作家，平素风头颇盛，知名度很高，自我感觉很好。可两人到本地一个酒店开笔会，保安硬是不让进。其中一位只好自我介绍:"我是作家某某。"保安摇摇头:"没听说过。"另一位也说:"我是作家某某。"保安又摇摇头:"不认识。"这让这两位女作家十分尴尬。后来,其中一位还以此事为由头专门著文《你以为你是谁?》。

这种尴尬事在古人那里也不少。唐代名士贺知章不仅是科举状元、著名诗人,还是当朝高官,天下闻名,可他回到老家时,照样有人不认识他,没把他当回事。好在此老心态极好,并不以"你不认识我"为不敬,而是笑呵呵地把这段经历写进诗里,"儿童相见不相识,笑问客从何处来?"没想到,这篇自嘲幽默之作居然成了他流传最广的诗篇。

世界那么大,"你不认识我",这事也太正常了,一般人都不会把这当回事。而名士就不然了,总觉得自己事业那么红火,成就那么辉煌,露面那么频繁,粉丝那么众多,怎么还会有人不认识我呢?他这就犯了所谓"名士病",自命不凡,目空一切,骄躁虚荣,哗众取宠。左宗棠曾说:"吾尝谓子弟不可有纨绔气,尤不可有名士气。名士之坏,即在自以为才,目空一切,大言不惭,只见其虚矫狂诞,而将所谓纯谨笃厚之风悍然丧尽。故名士者,实不祥之物。"左公这最后一句,似有些批评过头,不足为凭。人不是不可以做名士,而是不可以有名士气,更不能犯名士病。因而我以为,不论名士还是常人,都要高调做事,低调做人,去跋扈之态,存平和之心,内敛以蓄气,外扬而建功,努力做到得之淡然,失之泰然,顺其自然。反之,倘若太把自己当回事,人家就不会把你当回事,太在意自己的名气声望,就可能会遇到种种尴尬。

一只骆驼穿过了沙漠,一只苍蝇趴在骆驼背上,也过来了。苍蝇讥笑说:"谢谢你辛苦地把我驮过来。再见!"骆驼看了一眼苍蝇说:"你在我身上时,我根本就不知道,你走了,也没必要跟我打招呼,你根本就没什么重量,别把自己看得太重,你以为你是谁?"谨以此寓言寄语那些自视甚高的名士,多看几遍有助于清心败火。

话说"眼高手低"

　　眼高手低，是时下很多人，尤其是一些年轻人的通病，即眼光、眼界过高，手法、手艺过低。这样的人要求他人或社会的标准很高，甚至不切实际，但其实自己也做不到。

　　数月前，加拿大德斯塔德公司一项全球民调显示，有将近一半加拿大人感觉自己大材小用，英雄无用武之地。而觉得自己大材小用的人比例最高的国家是法国，高达84%，排名第二、第三位的是土耳其以及希腊，分别有78%和69%。这就是眼高手低的典型表现，其实世界上哪有那么多"大材"？若真要把那些自视甚高者放到"大材"的位置上，恐怕绝大多数都难以胜任。

　　但我并不认为眼高手低是多么严重的缺点，"手低"固然是不尽如人意之处，是人生短板；"眼高"却未必不好，若用得好的话，当是人生优势。一个人有眼光，眼力高，眼界开阔，肯定是个难得的长处。刘备为何与诸葛亮一拍即合，首先是折服于他的眼光与眼界。林则徐的难能可贵，则在于他是第一个"放眼看世界"的贤者。鲁迅的眼光如炬、高屋建瓴，使他成为对国情研究最透的思想家。马云的独具慧眼，使他开创了电子商务的新领域，一时风头无两。古今中外，人海茫茫，就眼与手结合的类型上，大致有四种不同的基本组合模式：一是眼高手低，这是较为常见的现象，初出茅庐的大学生、自认为怀才不遇的人，多是这种类型；二是眼低手高，要做到这个很难，因为眼光高低也能影响一个人的手法、手艺、手段，眼低寡闻者终难成大器，或许有极个别能工巧匠能臻此境界；三是眼低手低，这是最没悬念、没争议的搭配，也最合乎一般逻辑，遗憾的是，这种人却比比皆是，既无追求，也无技艺，糊弄塞责，得过且过，一辈子也难干出什么名堂；四是眼高手高，这种人也不多，特别是其中出类拔萃者，更少如凤毛麟角，但一旦炼成，那就非同凡响，鹤立鸡群，不是大师鸿儒，就是领袖巨匠。

一般来说，大学教育主要解决"眼高"的问题，通过几年系统的理论学习、各路名师的指点、经典著作的熏陶、严格科学的训练，培养出学生高度的审美眼力、高超的专业眼光、高深的文化眼界、高强的科技视野，知道什么是最好的，什么是尖端前沿，什么是奋斗方向，能做到这一步，学校就算基本完成任务。所以，大学生、研究生出现眼高手低的现象是再正常不过的事，因为他在学校里主要是纸上谈兵，很少有动手实际操作的机会，而手艺、手法、手段是在工作实践中才能提高的。因而，年轻人进入工作岗位后，要解决的正是"手低"的问题，这既要看工作环境、客观条件，更要看个人努力、毅力悟性。一个人若能通过潜心磨炼、不懈奋斗，迈过"手低"这个坎，达到了眼高手高的境界，那就是个合格人才了。

最怕的是，年轻人一直眼高过顶，傲睨天下，背着高学历的包袱沾沾自喜，却疏于在技术层面上提升自己，瞧不起那些"雕虫小技"，不肯在提高技艺、完善技能、熟练技术上花时间、下功夫。结果是用人单位看你是志大才疏，"绣花枕头一肚子糠"，是个夸夸其谈的"马谡"之流；你却觉得自己大材小用，明珠暗投，"千里马难遇伯乐"，"姜太公盼不来周文王"。最终只能蹉跎岁月，一事无成。

　　眼高手低并不足惧，更非很严重的毛病，需要的是，尽量保持住"眼高"的长项，努力弥补"手低"的短板，积极向眼高手高的方向进发。这样，即便将来成不了大师巨匠，也会成为一方面的行家里手，既可奉献国家、服务社会，又可养家度日、安享小康，岂不乐哉？

心情·心态·心境

　　人活在世上，很重要的是要活出个好心情，最理想的境界就是"快快活活每一天"。相比较而言，最容易有好心情的是孩子，一件玩具、一支冰激凌、一个游戏、一部动画片，都能让他们兴高采烈、喜笑颜开。随着年龄的增长，人的心思复杂了，欲望提高了，压力增大了，那种发自内心的喜悦也越来越少，几成稀缺之物。但这并非绝对规律，也有些人或出于天性，或善于后天调适，总能经常保持好心情，天天都是乐呵呵的，不仅自己的幸福指数很高，还能使周围的人也乐观向上。与他们做朋友是愉悦的，给他们当学生是幸运的，甚至读他们的诗文也会让人乐在其中。曾国藩的日记里就常有"心情大好"的字句，收到家书，与挚友交谈，得一句好诗，得到前方捷报，都能让他乐不可支。鲁迅先生也是如此，看了一部好电影，购得一本寻觅已久的书，得到一笔拖欠多时的稿费，他都会在日记里记载，并以"心绪颇佳"等词语来描绘自己的心情。

　　一般来说，人的心情是在不断波动的，常因外在事物的刺激而喜悲不定，喜则"春风得意马蹄疾"，悲则"凄凄惨惨戚戚"。毕竟，让人高兴的事不会老是光临，"天天都是好日子"只是歌星的浪漫演绎，"人生不如意事十之八九"倒是常态。因而，要使自己经常保持平和乐观的心绪，更可靠的还是要有一个好心态。心态就是决定我们心理活动和左右我们思维的一种心理态度。有了好的心态，就不会对外界的刺激那么敏感，就能积极主动地调适自己的心情，从容化解各种困难与窘境，经常保持达观从容的胸怀。因而英国作家狄更斯说："一个健全的心态，比一百种智慧都有力量。"美国心理学家马斯洛把心态看得更重："心态若改变，态度跟着改变；态度改变，习惯跟着改变；习惯改变，性格跟着改变；性格改变，人生就跟着改变。"民国元老于右任是主动保持良好心态的样板，他曾写过一幅著名对联："少思八九，常想一二"，横批是"如意"。既然不如意事多的大趋势无法改变，那何妨索性忘掉或少思那不顺心的"八九"，多想想让人高兴的"一二"？这并非阿Q的精神胜利法，也不是鸵鸟的埋头战术，而是达观者的生活态度。

比心态更重要的是心境。如果说心态对心情的调适还有一种刻意为之的人工痕迹，需要时时提醒和劝诫的话，达到了一定高度的心境，做到得之淡然，失之泰然，争其必然，顺其自然，那就会对心情产生一种自动控制，使其始终做到"不以物喜，不以己悲"，清心寡欲，超然物外。就像苏东坡，在做官的40年间，33年被流放贬谪，一生多灾多难，但也没有挡住他热爱生活、乐观豁达的天性。流放到黄州，他不仅写下了千古绝唱《赤壁怀古》、前后《赤壁赋》，还研制出了"东坡肉"；再被贬至岭南，他又痴迷上了荔枝的美味，诗云"日啖荔枝三百颗，不辞长作岭南人"，让朝里那些政敌恨得直咬牙根。林语堂赞誉东坡是"不可救药的乐观主义者"，可谓一语中的。不过，要达到东坡这种心境，需要有睿智的见识、厚重的学养、通透的悟性、丰厚的阅历、洒脱的意趣，也并非易事。对我等凡夫俗子而言，这可能颇有难度，但至少应采取这样的态度："虽不能至，然心向往之。"

心情、心态、心境是由低到高的三个不同的心理层次，心境决定心态，心态决定心情。要想使我们经常"心情大好"，笑口常开，需要有阳光、乐观的良好心态；而要保持良好心态，则需要较高的心境来提供智力支持和心理保障，即所谓"问君何能尔，心远地自偏"。

关于上帝的话题

看到两个关于上帝的故事，很有感触，忍不住当一回文抄公。

其一。纽约，天气极冷。鞋店门前，一个光脚、七八岁的孩子在隔着橱窗呆呆地往里面看。一位女士问他："孩子，你在看什么？"男孩回答："我曾请求上帝赐给我一双鞋，想知道这里有没有。"

女士带他走进店内，让店员拿来半打袜子，又请店员打来一盆热水，亲自给孩子洗了脚，为他穿上袜子。她又为孩子买了一双鞋，给他穿上，再把剩下几双袜子都交给男孩。女士抚摸着小男孩的头说："你现在舒服一点儿了吗？"男孩点头回应，眼里饱含泪水，用颤抖的声音问："太太，你是上帝的妻子吗？"

其二。休斯敦，一个叫邦迪的小男孩捏着 1 美元硬币，沿街一家一家商店询问："您这儿有上帝卖吗？"店主们莫名其妙，都把他打发走了。天快黑了，第 29 家商店店主热情地接待了他。老板是个六十多岁的老头，笑眯眯地问男孩："你买上帝干什么呀？"男孩流着泪告诉老头，他要救叔叔的命。

小男孩的父母很早就去世了，是被叔叔帕特鲁普抚养大的。叔叔是个建筑工人，前不久从脚手架上摔下来，至今昏迷不醒。医生说，只有上帝才能救他。于是邦迪想，上帝一定是种非常奇妙的东西，我把上帝买回来，让叔叔吃了，伤就会好。

老头问："你有多少钱？""1美元。""孩子，上帝的价格正好是1美元。"老头接过硬币，从货架上拿了瓶"上帝之吻"牌饮料："拿去吧，孩子，你叔叔喝了这瓶'上帝'，就没事了。"邦迪喜出望外，将饮料抱在怀里，兴冲冲地回到了医院。一进病房，他就开心地叫嚷道："叔叔，我把'上帝'买回来了，你很快就会好起来！"

几天后，一个由世界顶尖医学专家组成的医疗小组来到医院，对帕特鲁普进行会诊。他们采用世界最先进的医疗技术，终于治好了帕特鲁普的伤。帕特鲁普出院时，看到医疗费账单那个天文数字，差点昏过去。可院方告诉他，有个老头已付过账了。原来，那个老头是个亿万富翁，退休后开了家杂货店打发时光。那个医疗小组就是老头花重金聘来的。

帕特鲁普感动不已，立即和邦迪去感谢老头，可老头已不知所向。后来，帕特鲁普接到老头的一封信，信中说："你能有邦迪这个侄子，实在太幸运了，为了救你，他拿1美元到处购买上帝，是他挽救了你的生命，但你一定要永远记住：真正的上帝，是人们的爱心！"

说点啥呢？这个世界上本没有上帝，但只要有了爱心，你、我、他又都可以成为上帝。当上帝可以很容易，就像那位女士，只要花几十美元，就可以帮助一个饥寒交迫的孩子，让他有暖和的鞋袜穿，享受到"上帝"的爱，看到生活的希望。当上帝有时也很难，像那个救帕特鲁普的老头，恐怕没有百万美元无法成其事。关键是我们要有颗慈爱的心，力行处常做好事，力欠处常有好心，能力挽狂澜，救人于水火固然难得，能舍一粥一饭给困厄之人也不无可贵。这样的"上帝"多了，爱心洋溢，春风拂煦，社会和谐，世情温暖，那就是老百姓盼望的人间天堂。

咱们这里旧时信菩萨，尤其要供奉"救苦救难大慈大悲观世音菩萨"，老百姓感谢那些好人、善人、恩人，就称之为"活菩萨"。如今，咱们又把那些古道热肠、急公好义的人称为"活雷锋"。不管是"上帝的妻子"，还是"活菩萨""活雷锋"，其实都一样。只要给人以爱，给人以温暖，给人以帮助，给人以希望，都是值得敬重的人、大写的人、高尚的人，要给他们点个大大的赞！

话说"逆袭"

逆袭是这两年最热的一个词，源自日语。这个词的意思是在逆境中反击得手，用来形容本没有胜算的行为，却最终获得成功的结果。这个词表现了一种自强不息、充满正能量的奋斗精神，如常用词"平民逆袭"、歌曲《逆袭》、电视剧《逆袭》等。

其实，在咱们汉语里也有不少与逆袭意思相近的词语，像绝地反击、咸鱼翻身、铁树开花、置之于死地而后生等。若要举例说明，"高大上"的有勾践的卧薪尝胆、项羽的破釜沉舟、刘秀的昆阳大胜、谢安的淝水之战；"形而下"的则有卖油郎独占花魁，穷秀才定情后花园，朱买臣时来运转当高官，王宝强苦尽甘来成明星，等等。

"王侯将相，宁有种乎？"自从陈胜喊出这句口号后，古往今来，穷小子、底层人、贫贱者无不渴望着能逆袭成功，改变命运。古人素有两志，穷秀才寒窗苦读一朝高中，"春风得意马蹄疾，一日看尽长安花"；大头兵出生入死，浴血奋战，"了却君王天下事，赢得生前身后名"。今人理想更多，打工仔幻想通过奋斗成为大老板，群众演员梦想成为一线明星，站岗大兵企盼成为世界级作家，穷教师渴望成为上市公司董事长——这些都是发生过的真实的事情。但说实话，逆袭是很难的事，毕竟靠实力说话始终是放之四海而皆准的硬道理，一个方方面面条件都很差的人，要想出人头地，跻身于成功者的行列，比牵骆驼过针眼的难度小不到哪里去，当然，那些"X二代"们除外。

逆袭，从理论上来说，任何人都有可能实现，但实际上成功的概率很小，我们听到的那些耳熟能详的逆袭励志故事，不仅数量少得可怜，而且其中还有相当多的夸张演绎成分，充满了不可预测的偶然性。因而，每个梦想逆袭的人都既要抱定必胜的决心，"黄沙百战穿金甲，不斩楼兰誓不还"；也要有接受失败的思想准备，别忘了那句名言："理想是丰满的，现实是骨感的。"就以逆袭楷模王宝强为例，全国群众演员有数十万之多，绝大多数都自生自灭、悄无声息了，真正逆袭成了一线明星的，到目前为止仅有王宝强一人。电影《我是路人甲》就生动地反映了这一现实，那些群众演员惨淡的经历，让许多做明星梦的群众演员都变得清醒起来。

但即便如此，也不要放弃梦想，用马云的话来说"梦想还是要有的，万一实现了呢"，他自己就是个梦想成真、逆袭成功的典范，如今每天都成千上万次地被人提起，受人景仰，被当成许多人的奋斗目标。无疑，鼓励和提倡逆袭，是大有益处的，就人的发展而言，逆袭能打破阶层的恶性固化，出现财富和权势的良性流动，为无数不甘平庸的人提供奋斗动力，让处于底层的弱势群体看到希望。至于这个希望有多大，成功概率有几何，要看个人造化和发展空间。有没有过人的才能素养，肯不肯付出坚持不懈的努力，愿不愿意"为伊消得人憔悴，衣带渐宽终不悔"，是否善于抓住人生机遇，有没有贵人相助，这些条件缺一不可。就说王宝强，别看其貌不扬，可他丑得有特点，学东西有灵性，而且善抓机会，给点阳光就开花，他还有百折不挠的韧劲，舍得含辛茹苦的付出，又遇到了名导冯小刚的提携与赏识，具备了这些"屌丝逆袭"的基本条件，他才脱颖而出，一飞冲天。

谋事在人，成事在天。梦想逆袭、渴望改变命运的人，就算最后没有好梦成真，达到理想的高度，但在奋斗拼搏过程中，遇山开路，逢水架桥，水来土掩，兵来将挡，不断增加才干，收获经验，这些都是他的宝贵财富、生命履痕，其人生即便没有灿烂辉煌，也是丰富多彩的。

为什么偏偏是我？

一位著名网球明星在做手术时，因输血不洁不幸染上艾滋病。他患病的消息一传出，球迷们都感到震惊，给他寄来成千上万的信件和祝福卡。有个球迷在信里写道："得知你患病的消息，我难过得要命，百思不得其解，常这样问上帝，为什么偏偏是你？"

看到这封信后，网球明星亲自回信说："世界上学打网球的人数以百万计，能成为职业网球运动员的约有几万人，最后能够参加代表网球最高水平温布尔顿网球公开赛的运动员不到 100 人。在这 100 人中能参加决赛的仅有两人，冠军只属于最后一个人。我就是上百万人中的那最后一个人。每当我高高举起温网冠军奖杯的时候，我从来没有这样问过上帝，'为什么偏偏是我？'所以，如今当我遭遇这种不幸的时候，我也无权这样抱怨。"

这位网球明星是达观而且理智的，意外罹祸后，他没有怨天尤人，也没有抱怨命运不公。因为他知道自己已享受到了几百万人里才有一个的荣耀，现在他又遭受了同样是百万分之一的灾难，他认为自己无权抱怨，那既无意义，也无用处，只会自寻烦恼。

趋利避害是人的本性。幸福和好处的获得多多益善，来者不拒，灾祸和苦难最好永远不要光顾自身，离自己越远越好，这是每个人的朴素愿望。但实际上这是绝不可能的，古人说"不如意事十之八九"，又说"人在屋里坐，祸从天上降"。的确，意外灾祸的发生、不想遇到的结局，总会在我们的门口探头探脑，一不留神就钻了进来，让人防不胜防。

2008年北京奥运会开幕式彩排时，表演独舞的青年舞蹈家刘岩从三米高的表演高台上意外坠下，成了高位截瘫的残疾人，终日与轮椅为伴。遇到这么大的灾祸，这个坚强的姑娘没有向不幸低头，也没有抱怨参加表演的有好几万人，"为什么偏偏是我？"，而是勇敢挑战命运，不断完善自我，走上舞蹈教坛，拿下博士学位，出版舞蹈专著，热心投入慈善事业，活得有滋有味、红红火火。

著名影星秦怡，天生丽质，丈夫金焰也是仪表堂堂，她的家庭本是一个郎才女貌的幸福家庭。可是后来丈夫卧病在床20年，儿子受惊吓成了精神病患者。性格坚强的秦怡并没有抱怨"为什么偏偏是我？"，而是含辛茹苦，一边照顾不能自理的丈夫，一边守护疯疯癫癫的儿子，前后达四十多年，送走了老伴，又送走了儿子。如今，已94岁高龄的秦怡还健健康康地活着，骄傲而美丽地蔑视着命运带给她的不幸。

又瞎又聋又哑的美国姑娘海伦·凯勒、患上几百万人中才有一个的肌肉萎缩性侧索硬化症的英国小伙霍金，都有资格问上帝："为什么偏偏是我？我为什么那么倒霉，老天为什么这样对我？"可是他们没有这么问，而是勇敢挑战命运，把悲剧踩在脚下，自强不息，奋力拼搏，各自干出了令世人称羡的伟大事业。

为什么偏偏是我？有时带有必然性，是自找的；有时则完全是偶然的，不可抗拒。譬如，前NBA球星"魔术师"约翰逊因为"未加保护的性行为"而感染了艾滋病病毒，咎由自取；那位网球明星则是因为输血不洁而感染，冤枉得很。但不管是哪种情况，灾难来了，祸患临身，都要"既来之，则安之"，首先要努力抗争，不屈不挠，之后则要学会平静地接受，默默地忍受，为改变命运而积累能量，等待翻盘的时机。

当然，"为什么偏偏是我？"还有鸿运当头的一面，如买彩票成大奖得主，在众多竞争者中脱颖而出得到提拔，在排成长队的追求者中意外获得美女青睐，在高手如云的体育比赛里独占鳌头等。此时此刻，倒是应该认真想想"为什么偏偏是我？"，因为这会使人冷静、清醒、理智、宠辱不惊。

绝 交

天下大势，分久必合，合久必分。友谊的小船说翻就翻，爱情的佳酿说酸就酸，好合好散固是上上之选，但闹到绝交份上的也不少。

史上最著名的绝交，自然是嵇康与山涛那一回。二人皆为竹林七贤，志同道合，平素好得穿一条裤子还嫌宽。可后来山涛应聘去朝廷做官，还邀请嵇康同来，心高气傲的嵇康发火了，写了《与山巨源绝交书》，公开向世人表明，他俩掰了。可是，最后他临上刑场时，却对可怜兮兮的孩子说，别哭，只要山涛伯伯在，你们就饿不着。果然，山涛把他的几个孩子抚养成人，视为己出。可见，这俩人的绝交其实是"伪绝交"，嵇康无非是借那封绝交信来讽刺官场的黑暗而已。

鲁迅哥俩的绝交可是来真的，不仅从此形同参商，老死不相往来，周作人还没少向哥哥放暗箭。至于两人为何绝交，坊间说法很多，皆无定论，成为一桩历史悬案。绝交信是周作人写的，寥寥几句，语焉不详，主要内容就是这一句："以后请不要再到后边院子里来，没有别的话。愿你安心，自重。"而鲁迅的日记则这样记录："是夜始改在自室吃饭，自具一看，此可记也。"这两位都是大文豪，曾多次并肩作战，互相支援，如双峰对峙，各有千秋，从此成为陌路，殊为可惜。

好朋友会绝交，亲兄弟会绝交，情人夫妻也会绝交，有平和分手的，也不乏撕破脸皮的。胡兰成与张爱玲婚后，仍风流成性，到处拈花惹草，而且还恬不知耻地让张爱玲养他。张爱玲终于忍无可忍，下定决心与这个负心汉绝交，她在绝交信写道："我已经不喜欢你了，你是早已经不喜欢我了。这次的决心，我是经过一年半的长时间考虑的。你不要来寻我，即或写信来，我也是不看的了。"遇人不淑，不仅毁了张爱玲的幸福，而且败坏了她的清誉，和一个文化汉奸结婚数年，名声还能好到哪里去？

绝交的原因很多，或因利益冲突，或为志向不同，或因误会成见，还有其他一些很奇葩的理由，甚至一言不合，都会导致好友反目成仇，哥们儿分道扬镳。冰心和林徽因本是多年好友，同为社会名流。一次，冰心写了一篇小说《太太的客厅》讽刺林徽因，因为每星期六下午，便有若干朋友在她家里以她为中心谈天说地。她看到这篇小说后，十分生气，马上派人给冰心送去一坛山西陈醋，意思是说，你吃醋了。冰雪聪明的冰心如何不知，二人从此绝交，再无来往。

有时候，绝交并不是一锤子买卖，再无回头可能，绝交后又复交的事也不少。1861年5月的一天，托尔斯泰和屠格涅夫应邀来到作家朋友费特的庄园做客。这本来应是一件十分愉快的事，不料却引发了一场激烈的争辩，使得两位伟大作家的关系决裂，不仅公开绝交，甚至到了要进行决斗的地步。人们都以为这两个大师这辈子都不会再来往了，可是，17年后，托尔斯泰进入天命之年，反思既往，决定给屠格涅夫写一封希望和解的信。信中充满了善良和真诚的爱意，屠格涅夫在读到这封信时，激动地哭了。他立即给托尔斯泰回信表示诚意，并主动去看望他。从此，两个老朋友又恢复了友好关系，并将这种友谊持续终生。

东汉人朱公叔，因痛感世态炎凉，人情淡薄，曾作《绝交论》以刺时弊，流传一时。南朝梁代的刘峻也做了一篇《广绝交论》，同样在对淡薄世风进行鞭挞，虽是狗尾续貂，但辞藻富赡，气势磅礴，读来令人痛快淋漓。道不同，不相为谋，绝交这件事始终都会存在，若能做到绝交时不失风度，即不出恶言，不揭隐私，不说狠话，也算是君子之道。

愉悦三境

    人生需要愉悦，即高兴、快乐、开心的心情。愉悦是生活之盐，没有愉悦的生活寡淡无味，度日如年，生不如死。但细究起来，愉悦也分不同境界，有高下优劣之别。

    强制的愉悦，这是为愉悦而愉悦。人们去旅游、去跳舞、去唱歌、去打牌、去钓鱼，目的都很明确：咱去高兴高兴，给自己找个乐子。这种愉悦的方式很重要，也很有效。为了让自己高兴，被羁押的张学良每天强迫自己大笑十分钟，坚持了大半辈子，保持了良好心态，活过了他所有的敌人，以百岁高龄谢世。也有人服用兴奋剂、摇头丸、大麻，同样是为了寻求刺激，那就叫"寻欢作乐"。无疑，这种以吸毒求愉悦的办法绝不可取，既伤害身体，又触犯法律，还是远离为好。

    物质激活的愉悦，是以物质为基础的愉悦。喝酒可以使人愉悦，酒精一刺激，人就可以暂时忘记烦恼，享受片刻欢愉。所以常有人借酒浇愁，可是酒醒后还是照样愁苦，依旧无聊，即所谓"抽刀断水水更流，借酒浇愁愁更愁"。色欲的满足也能带来愉悦，荷尔蒙的释放可以使人飘飘欲仙，但激情过后，便愉悦不再。而有些违背道德的情欲，还会带来无尽烦恼，闹得鸡飞狗跳。发财获宝、升官晋爵，都可给人带来欲望的满足，使人愉悦。但诚如叔本华所言："人在各种欲望不得满足时处于痛苦的一端，得到满足时便处于无聊的一端。人的一生就像钟摆一样在这两端之间摆动。"

自发的愉悦是愉悦的最高境界。处于这个境界的人无须强迫自己，也不需要物质激活，就会发自内心地欢乐。那些得道高僧、睿智学者、豁达君子、隐士逸民，心静如水，清心寡欲，平凡度日，自得其乐，最易抵达这个境界。

要获取自发的愉悦，当有三途可致。

一曰淡泊名利。追求名利，可以是人们的奋斗动力，也可以是人们的痛苦之源。漠视或淡化这种名利追求的人，更容易获取自发的愉悦，就像陶渊明那样"采菊东篱下，悠然见南山"；像范仲淹那样"不以物喜，不以己悲"；像严子陵那样"脱身势利，高蹈林泉，优游恬退以终其身"。

二曰知足常乐。人之苦恼多源于不知足、贪得无厌，而其实千辛万苦挣来的家资财产，根本就无法用完，生不带来死不带去，最后也不知道便宜谁了。知足的人，看轻身外之物，够用就好，不与人比吃比穿，比房比车，始终保持恬静、乐观的心情，每日里自然会笑意盈盈。

三曰善于感恩。感恩是一种积极的处世哲学，也是生活中的大智慧。衷心地感谢父母养育之恩，感谢上级器重之恩，感谢同事协助之恩，感谢天地造化之恩，会使我们心理澄明，满怀喜悦。而那些老是抱怨的人，不仅自己情绪不佳，而且还扰乱氛围、害人害己。

不论哪一种愉悦，对于提高幸福指数都很有必要，也很有意义。但也必须看到，强制的愉悦需要源源不断的动力和不时的提醒；物质激活的愉悦需要无穷无尽的物质做后盾，一旦离开物质基础，就会立刻结束；而发自内心的愉悦，则如同永不枯竭的清泉、常年放射的阳光，更为可靠、持久，可陪伴一生。因而，每个追求快乐的人，都要争取使自己的愉悦抵达高境界，淡泊名利，知足常乐，善于感恩，不受外界困扰，不受客观条件限制，方可做到"春有百花秋有月，夏有凉风冬有雪，若无闲事挂心头，便是人间好时节"。

美国波士顿一家养老院里有位百岁老人，每天都乐呵呵的，常有人向他请教长寿秘诀。他说："我的秘诀是，每天要吃两片药。早晨刚起床，吃一片'满足'药；晚上睡觉前，吃一片'感恩'药。坚持数年，很有好处。"这两片"药"，就是保持愉悦的灵丹妙药。

你若读我，那该多好

　　物以类聚，人以群分。我交友的标准很简单：你是否爱读书，有没有读过我的书或文章。这并非狂妄自大，因为我除了看书、写书，别无长计，别无兴趣。爱读书的人，就会和我有共同语言，能说到一起，可与我引起共鸣。而读过我的书的人，就等于深入了我的内心世界，与我更近一层，让我心生尊敬，自然要高看他一眼。

　　我不会交酒肉朋友，因为酒量不行，更不喜欢在酒桌上一耗几个小时，吆三喝四。我也不是从不上酒桌，不近荤腥，但我的酒友首先必须是文友，喜欢读书写作，若读过我的书那就更好，会让我引为知己。我曾大醉过几次，原因无他，就是碰到了热心读者，人家如数家珍地诉说我的书的内容，热心地点评我的文章之优劣长短，让我每每情不自已，得意忘形，有"高山流水"之感，也忘记了自己的酒量，觉得不喝实在对不住人家。于是，在"感情深，一口闷"的劝酒声里，三杯两盏下去，我就不知道东西南北了。

　　我有很多从未谋面的朋友，结缘都是从读我的书开始的。常有天南海北的读者来信来电话，向我索书、买书，人家喜欢读我的书，就是看得起我，是我的知音，也是我的福分。那还有啥话说，书，免费，再搭上邮费，还有几行短信。我几乎每个月都会干几回这样的"傻事"，但却甘之若饴，乐在其中。宝剑赠英雄，红粉送佳人，书到了爱书人的手里，那就是物有所值。其中有几个朋友，我已与他们保持联系二十多年，我出一本书，就给他们寄一本。他会在认真读完后，给我写来长信，深入探讨这本书的内容、得失，提出中肯的批评意见，让我受益匪浅。这使我不由想到一篇美文的金句："你若懂我，那该多好。"

当然，也有意外情况发生。前几年，我曾很虔诚地给北京一个大报编辑同时也是知名作家的朋友寄过一本书，上写敬请教正云云，还盖了印章。可是，不久后，我就在网上无意查到了正在待售的这本书。原来，这个朋友看都没看，就把我的赠书卖给了收废品的，而且懒到竟然连我签名的扉页也没撕。结果，不知哪个小书商看到我的签名，觉得还有卖点，就挂到了网上。这个朋友自然就没得做了，很是可惜，我也只好一声叹息："你若读我，那该多好！"

平心而论，我写的书虽难称精品，但部分文章文采不错，可读性强，也能自圆其说，且有不少亮点，既有载道意义，也不乏欣赏价值。我还得过不少文学奖，文章常被各地中学选择作为中考题或高考模拟题的阅读材料。因而，我有不少读者、粉丝，甚至还有个别"铁粉"，若说读我的书开卷有益也并不算夸张，尽管不如读莫言、贾平凹、刘震云那些大腕的书收获那么大。

我在大学教书，常碰到一些聪明学生，但平时不读书或很少读书，沉溺于韩剧和网络游戏，说着一些很幼稚、很没文化的话，我就想劝上一句："你若读书，那该多好！"并把我出的书送给他们读，过一段时间还要去检查、督促他们，看他们读书的情况如何，以不费我的一片苦心：你若读我，那该多好！

还要特别感谢那些编辑朋友，我发表的几百万字、几千篇文章，都是经他们的手编发的，他们不仅读我，读懂我，还赏识我，才有了我的文章不断问世。几十年里，和我有交往的编辑有上百人之多，他们敬业认真，耐心负责，以质量取文，拒绝关系稿，我衷心地感谢他们：亏你读我，方有诸好！

我曾在一本书的后记中写道：您若能把这本书从前言读到后记，那就是我的知音，这个朋友我交定了，下次再出新书，一定在第一时间奉上。还是那句话：你若读我，那该多好！

提高现代文阅读和写作成绩的金钥匙

陈鲁民作品
阅读试题详析详解

有才不能任性

① 少年得志的某编剧，这一回跌了个大跟头。北京市第三中级人民法院在 2014 年 12 月 25 日对琼瑶起诉某编剧等侵权案进行宣判，某编剧被判公开道歉，停止对《宫锁连城》的复制、传播和发行，共计赔偿 500 万元。这让我突然想起一句流行语："有钱也不能任性。"这句话已成为大家的基本共识，那么"有才"能不能任性呢？答案是否定的，这位编剧的马失前蹄就是最好的例证。

② "才"是极其稀缺、宝贵的，用才就像跳高，正常时可以上下翻飞、摘金拿银，失衡时则会摔得很重。所以，有才一定要珍惜，要用好。否则，有才不用是暴殄天物，用才来做坏事就

会增加破坏力。而现实生活中,有才的人一般都是有个性的,或桀骜不驯,或恃才傲物……这其实就是任性的意思。

③ 古往今来,那些吃亏的才子,追根究底,多多少少都与任性有关。西晋才子嵇康,广闻博识,多才多艺,却豪放不羁,目中无人。当朝大臣钟会慕名前来拜访,他爱答不理,连招呼都不打,只顾自己打铁,这就得罪了钟会,为其诬陷,被司马昭处死。这位编剧的任性,不仅使他付出巨额经济赔偿,而且多年英名毁于一旦,今后在编剧圈里很难再混下去了,正所谓"一着不慎,满盘皆输"。

④ 所以,任性意气、自命不凡、不听劝告、一意孤行,早晚会有吃亏的一天。而且,"木秀于林,风必摧之",本来就容易才高见嫉,有很多人对才子羡慕嫉妒恨,你再不检点,被人抓住把柄,才子倒台后,扔砖头、看热闹的人会更多。

⑤ 但倘若才用得法,用以正途,则会起到巨大作用。被世人称为"力学之父"的牛顿,20多岁就创立了微积分,提出了万有引力定律,但他并没有自命不凡,也没有把功劳全归于自己,因此更受世人的尊重。孙叔敖面对吊问者,没有怪罪,反而以礼相待,终获得宝贵的意见。

⑥ 人才难得,得人才者得天下。全社会都要爱才、敬才、用才;才子则要自爱、自重、自律,低调做人,谨慎行事,万万不能任性妄为。毕竟,人才的价值就在于他善用自己过人的才华成就一番事业。

（选自《天津日报》2015年3月28日）

1. 文章开头从"少年得志的某编剧"说起,有何用意?

2．下列事实论据中能证明本文中心论点的一项是（　　）

A．恃才放旷的杨修，成为刀下亡魂。

B．豪放不羁的李白，成为一代"诗仙"。

3．阅读文章，回答下列问题。

（1）第二段的画线句运用了什么论证方法？有何作用？

（2）第五段能否删除？为什么？

4．从全文看，作者认为"有才不能任性"的原因有哪些？

参考答案：

1．引出本文的论点"有才不能任性"，同时也作为一个事实论据证明自己的观点；引起读者的兴趣。（答出两点即可）

2．A

3．（1）比喻论证。这句话生动形象地论证了"有才一定要珍惜，要用好，不可任性"的观点，使深奥的道理浅显易懂。（2）不能删除。第五段从正面论证了"才用得法，用以正途，则会起到巨大作用"，和前文形成了对比，使论证更深入、更严密。

4．"才"是极其稀缺、宝贵的；用才来做坏事会增加破坏力；很多人对才子羡慕嫉妒恨；人才的价值就在于他善用自己过人的才华成就一番事业；有才不任性最终会获得成功。

幸福的底线

①俄国作家契诃夫说过："如果你手上扎了一根刺，那你应

当高兴才对，幸亏不是扎在眼睛里。"原以为这只是一种幽默的调侃戏谑，后来才发现，其实这也是一种达观的生活态度和人生智慧，且为许多贤达俊杰所膺服。

②一次，曾任美国第32届总统的富兰克林·罗斯福家中失窃，损失惨重。朋友写信安慰他，罗斯福回信说："亲爱的朋友，谢谢你的安慰，我现在一切都好，也依然幸福。感谢上帝。因为：第一，贼偷去的是我的东西，而没有伤害我的生命；第二，贼只偷去我的部分东西，而不是全部；第三，最值得庆幸的是，做贼的是他，而不是我。"

③作家史铁生曾写道："生病的经验是一步步懂得_____。发烧了，才知道不发烧的日子多么清爽。咳嗽了，才体会不咳嗽的嗓子多么安详。刚坐上轮椅时，我老想，不能直立行走岂不把人的特点搞丢了？便觉天昏地暗。等又生出褥疮，一连数日只能歪七扭八地躺着，才感到端坐的日子其实多么晴朗。后来又患尿毒症，经常昏昏然不能思想，就更加怀恋起往日时光。终于醒悟：其实每时每刻我们都是幸运的，任何灾难前面都可能再加上一个'更'字。"

④他们实际上都是在为幸福画底线，每个人的具体情况不同，底线也就各不相同。幸福其实就是一种感觉。一个总是觉得很痛苦的人，往往就是把幸福的底线画得太高的人，期望值过高，欲望太大，结果与现实产生较大差距，于是痛苦就降临了。譬如说，一个把幸福底线画在得诺贝尔奖上的作家，志向固然远大可敬，但他这一辈子都很难有幸福感，因为这种机会太渺茫了；而一个经常发表小豆腐块文章的业余作家，却常常志得意满，感觉良好，因为他的底线是，文章能发表就是幸福，不拘长

短。一个把幸福底线画在富可敌国上的大款，很难心想事成，自然也就无法快乐，哪怕他已经富甲一方；反倒不如那些出大力挣小钱的民工心情愉快，了无挂碍。所以，腰缠万贯的富翁未必就比家境小康的农夫幸福，身居高位的显贵不见得就比街头的小摊贩幸福。归根结底，就是因为他们的幸福底线不同：一个画得太高，很难实现；一个画得较低，很容易达到。

⑤退一步说，你遇到灾难和不幸时，适度地降低一下幸福的底线，也有助于调整心情，渡过难关，坦然面对生活。总之，倘若我们能学会把幸福底线画得低一点、实在一点、离自己近一点，稍许努力便可实现，这样，你便每天都能感到幸福，感到幸福就在身旁。

1. 本文作者所要表达的主要观点是什么？
2. 填入文中第③段横线处，最恰当的词语是（　　）。
A. 坚强　　B. 满足　　C. 悲伤　　D. 自嘲
3. 幸福的底线为什么不能画得太高？
4. 作者在第④段举的几个例子有何用意？

参考答案：
1. 把幸福的底线画得低一点，更容易达到，也更容易感到幸福。
2. B
3. 幸福的底线画得太高，不易达到，反而会挫伤积极性。
4. 说明幸福与金钱、地位关系不大，与幸福底线有关。

力气·才气·运气

① 著名作家二月河在回答记者关于"成功的秘诀"的问题时说:"我没什么才气,但运气还算不错,我写小说基本上是个力气活。不信你试试,一天写上十几个小时,一写就是二十年,怎么着也得弄点东西出来。"说没才气,那显然是自谦;说运气好,也不为过;说舍得下力气,则最恰如其分。二月河的"成功秘诀",其实一点也不神秘,可以说是个普遍规律,一般来说,一个人要事业成功,就需要凭借力气、才气和运气,这三气缺一不可。

② 先说才气。譬如薛涛是"扫眉才子",谢道韫是"咏絮才高",宋之问有"夺锦才"。真正有才气的人不多,而且很容易就会江郎才尽,无怪乎谢灵运会说:"天下才共一石,曹子建独得八斗,我得一斗,自古及今共用一斗。"

③ 再说运气。张说的诗文"得江山助",越写越好;幸亏苏东坡被贬在湖北黄州,才有流传千古的前后《赤壁赋》问世;王勃若是赶不上千载难逢的滕王阁盛会,也很难有出头露面的机会,这就是运气。

④ 至于力气。孔圣人的"韦编三绝"是靠力气,名儒董仲舒"三年不窥园"凭的是力气,李白的磨杵成针、苏秦的悬梁刺股、匡衡的凿壁偷光,也大体上是力气活。

⑤ 余秋雨如今是大红大紫了,舆论都捧他是当今才子,似乎他是以才气纵横天下,可是有谁知道他出书的艰难,他为出书也花了不少力气。他的第一本散文集《文化苦旅》,辛辛苦苦写

出来后，跑了很多家出版社，都被拒之门外，有一家勉强答应出版，又把他的文章改得不像样子，最后还退了回来。可是运气一来，他的书成了畅销书，洛阳纸贵，人也成了大才子，红透了半边天。

⑥钱钟书是公认的才子，博闻强记，才华横溢。其实他的成功，也多半靠的是力气。考进清华园后，他的目标是"横扫清华图书馆"，这拼的就是时间和力气。在西南联大时，恃才傲物的钱钟书曾口出狂言：清华没有人配教我读研究生。但你要听他对外语系几位名教授的评价——叶公超太懒，吴宓太笨，就知道，从本质上说，他最崇尚的仍是力气和才气。当然，他的运气也不错，考大学时，虽然英语和国文成绩极佳，但数学是零分，幸亏招生人员破格录取，要不然，他后边的路还不知怎么走呢。

⑦又要说到鲁迅。尽管他的文学成就至今无人可以比肩，可是没有听到人们对他的才气有更高的评价。他自己也说，哪有什么天才，我不过是把别人喝咖啡的时间都用在写作上了。他的英年早逝，大概也与积劳成疾，平时花费力气太多甚至透支身体有关。有才气的人写文章叫文思泉涌，鲁迅却说："我的文章不是涌出来的，是挤出来的。"才华横溢的人，做事情谈笑风生，挥洒自如，潇洒得很，鲁迅却自述：我好像一头牛，吃的是草，挤出来的是奶，是血。有人来请教"弄文学"的门道，他也老老实实地说："弄文学的人，只要一坚忍，二认真，三韧长，就可以了。"说到底就是不要怕用力气，要准备长期用力气。

⑧才气是稀缺资源，永远不会太多；运气则可遇而不可求。所以人们常说一句话"谋事在人，成事在天"；唯有力气，取之不尽，用之不竭。一个人如果才气、运气、力气俱全，那就等于抽到上上好签，不想成功都不行。如果只剩下力气了，那也千万别泄气，只要坚忍、韧长、持之以恒，才气和运气会慢慢长出

来，成功也会来光顾你的。

1．写出本文的中心论点。

2．第一段"我写小说基本上是个力气活"一句中"基本上"有何作用？

3．如何理解第⑧段中"唯有力气，取之不尽，用之不竭"这句话？

4．文中有多处运用引用论证的方法，试找出一处，并体会它的好处。

5．文章开头举著名作家二月河的例子有什么作用？

参考答案：

1．一个人要事业成功，需要凭借力气、才气和运气，这三气缺一不可。

2．"基本上"使文章变得更缜密，论证更严谨。"基本上"是大概、差不多的意思。这个词表明了他的成功不全靠力气，但主要是因为下了功夫。另一方面，这个词也体现了他的谦虚。

3．才气与力气都是可遇而不可求的，并不是人人都可以拥有的，只有力气，是每个人都可以通过努力得到的。无论你多么愚钝，多么不幸，只要肯勤奋，肯努力，就可以获得成功。

4．第七段中，作者引用鲁迅的话，论证了成功靠的不仅仅是才气，更多的是力气。勤奋努力造就了辉煌。运用引用论证，可使论据更具说服力，使文章更具有文化美感与文化底蕴。

5．总领全文，引出"一个人要事业成功，就需要凭借力气、才气和运气，这三气缺一不可"这个论点。引起下文，为下文写才气、运气、力气做了铺垫。

帕瓦罗蒂的"椅子观"

① 意大利著名男高音歌唱家帕瓦罗蒂去世了。人们纷纷怀念他，怀念他那响彻云霄的歌声，也怀念他不懈奋斗的一生。我不由得想起了他的"椅子观"。

② 帕瓦罗蒂生前在回顾自己走过的成功之路时，说："当我还是一个孩子时，我兴趣广泛，有很多爱好和目标……父亲告诫我说，'孩子，如果你想同时坐两把椅子，你就会掉到两把椅子之间的地上。在人生道路上，你应该选定一把椅子。'

③ "经过反复考虑，我选择了唱歌。于是，经过七年的不懈学习，我终于第一次登台演出。又用了七年，我才得以进入大都会歌剧院。而第三个七年结束时，我终于成了歌唱家。要问我成功的诀窍，那就是一句话，请你选定一把椅子。"

④ "选定一把椅子"，就是要专心致志干好一件事。

⑤ 森林里有一种鼯鼠，能飞但飞不远，能爬树却爬不快，能挖洞只是挖不深，看着有一身本事，却都不大管用，很容易成为食肉动物的口中餐，它吃亏就吃在没把一门技术学精。同样道理，贪心的猎人要追向不同方向跑的兔子，也只能是一无所获。所以老百姓常说"行行通不如一行精""一招鲜，吃遍天"等。一个人的业余爱好尽可广泛些，但干事业则一定要集中精力，心无旁骛，"选定一把椅子"，然后聚精会神干下去，做到"术业有专攻"。

⑥ 古往今来，凡有大成就、大建树者，无不如此。李时珍

选定的是采集中药、治病救人的"椅子",莱特兄弟选定的是造飞机这把"椅子",巴尔扎克选定的是写小说这把"椅子",他们都成功了。尽管一开始他们并不被人看好,尽管他们付出的代价也很大,可世界上哪有不付出代价就轻易成功的好事呢?

⑦ 当然,"选定一把椅子",有一个关键因素,就是"椅子"一定要选准、选对。放眼望去,满世界都是"椅子",花花绿绿,琳琅满目,但哪一把更适合你,却要认真思量,精心挑选。譬如帕瓦罗蒂,他从小就声带好、音域宽、乐感强,父亲和老师都认为他是唱歌的料,因而朝着这条路走下来,就比较容易成功。一旦选定"椅子",就应该坚定不移地为坐稳、坐好这把"椅子"而努力奋斗,像帕瓦罗蒂那样,用一个又一个七年去实现自己的目标,才有了《我的太阳》那样绕梁三日的金石之音。

⑧ 人生苦短,应当心无二用。当我们在欣赏帕瓦罗蒂留下的穿云裂石的美妙歌声时,也请记住他宝贵的人生经验——"选定一把椅子"。

1. "选定一把椅子"的寓意是什么?
2. 作者举鼯鼠的例子想说明什么?
3. "选定一把椅子"的关键因素是什么?
4. 帕瓦罗蒂的"椅子观"给我们有什么启示?

参考答案:

1. "选定一把椅子"的寓意是要专心致志干好一件事。

2. 说明干事业一定要集中精力,心无旁骛,"选定一把椅子",然后聚精会神干下去,做到"术业有专攻"。

3. 关键因素是"椅子"一定要选准、选对,一个人要有所成就,就应选准、选对目标，坚定不移地为之努力。

4．帕瓦罗蒂的"椅子观"告诉我们，要想成就一番事业，首先要"选定一把椅子"，即选准自己的目标，然后坚定不移地为这个目标而奋斗。

给自己找个对手

①人生在世，不仅需要朋友，同样也需要对手。没有朋友，落落寡合，形单影只，生活是寂寞乏味的；没有对手，自己唱独角戏，无从激发斗志，潜能很难得到挖掘，也难以达到自己的人生高度。

②生活中需要对手。古往今来，凡是轰轰烈烈的事业、有声有色的历史，都是与强大的对手激烈碰撞的结果。刘、项争夺天下，金戈铁马，刀光剑影，杀得难解难分，于是就有了鸿门宴、十面埋伏、霸王别姬等一幕幕历史大戏生动上演。鲁迅是伟大的，他的伟大，至少一半要拜对手所赐。姚明在美国NBA的前进轨迹，则步步都是在与对手的厮杀中奋力拼搏，步步都得益于对手的激励和紧逼。从"大鲨鱼"奥尼尔、太阳队的小斯，到魔术队的霍华德、马刺队的邓肯，他的每个对手都有自己的绝招，都会给姚明制造麻烦，每个对手都逼得姚明要拿出招数应对，而每战胜一个对手，姚明就前进一步。在与一个个强大对手的较量中，姚明终于成为NBA的顶尖中锋。

③无疑，现实生活中，没有对手的人生是残缺不全的。因为对手可以激发我们的竞争意识，使我们不甘平庸，不肯落后；

对手可鞭策我们不敢懈怠，不肯放松，永远进取；对手可使我们保持危机感，始终心存忧患，在激烈的竞争中升华自己，实现人生价值。

④ 因而，我们如果没有对手，就要主动给自己找对手，可在身边找，也可在千里之外去找；可在今人中找，也可在古人中找；可在中国人里找，也可在外国人里找；可以是真实的对手，也可以是虚拟的对手。说到底，找对手也就是要找个追赶的榜样，找个竞争的对象，找个可以激励自己的目标。一看到他，就能发现自己的不足，觉察出自己的差距；一和他比较，就不敢懈怠，就得打起十分精神去应战；一想起他，就充满了不服输的劲头，就渴望真刀真枪地比一回，分个输赢高下。倘若能树立强烈的对手意识，有了这样的对手做伴，时时激励、鞭策我们，奋斗几十载春秋，我们即便成不了伟人名流，也不会一事无成；即便不会名闻天下，也不会蹉跎人生。我们将在和对手的不断较量中，成长成熟，趋善趋美，走向自己人生的辉煌。

1. 阅读全文，说说文题"给自己找个对手"中"对手"的含义是什么。

2. 文章第 ② 段运用了何种论证方法？有何作用？

3. 作者说"我们如果没有对手，就要主动给自己找对手"，结合本文内容，说说给自己找对手有哪些作用。

参考答案：

1. "对手"的含义是自己追赶的榜样、竞争的对象、可以激励自己的目标。

2. 第 ② 段运用的方法是举例论证。列举这些伟人故事的作用是充分证明了古往今来，凡是轰轰烈烈的事业、有声有色的历史，都是与强大的对手激烈碰撞的结果。

3.（1）拥有对手，可以让自己的生活丰富多彩；

（2）拥有对手，可以让自己的事业成功；

（3）拥有对手，就能够发现自己的差距，激发斗志，挖掘潜能，达到自己的人生高度；

（4）对手可以激发我们的竞争意识，对手可鞭策我们永远进取，对手可使我们保持危机感，始终心存忧患，在激烈的竞争中升华自己，实现人生价值；

（5）我们将在和对手的不断较量中，成长成熟，趋善趋美，走向自己人生的辉煌。

学会"淡出"

①有一种国画的绘画技法叫"淡出"，即颜色由深到浅，慢慢淡化，最后完全消失，最适宜用来画山水、云雾。影视剧的拍摄也引入了这种绘画技法，分剧本里就经常有"镜头淡出"的字眼，这种拍摄方法可以使影视画面有层次，有景深，有底蕴。如今，人们则更多地把"淡出"用到名流政要的退出上，譬如某明星淡出娱乐圈，某政要淡出政界，某作家淡出文坛，等等。

②就说说这名人的淡出吧。淡出有两种境界：一是被迫淡出，不得已而为之，人虽淡出，心犹不甘；二是自觉淡出，心甘情愿，学做那闲云野鹤，退一步海阔天空。自觉淡出的人，要么

有审时度势、急流勇退的智慧，要么有超然物外、看轻名利的豁达，不论是哪一种情况，都是值得敬佩的。

③辅佐越王勾践灭吴称霸后，范蠡就有意识地谋划着淡出政坛，不争功，不揽权，逐渐降低自己的影响。终于有一天，他飘然离去，泛舟江湖，开辟另一片天地，成了富甲一方的陶朱公。而同是重要谋臣的文种，就缺乏危机意识，拒绝范蠡的劝告，不知进退，还做着和勾践共富贵的美梦，结果上演了"狡兔死，走狗烹"的悲剧。

④美国独立战争打赢了，总司令华盛顿顺理成章应当成为总统。可华盛顿却毅然选择了淡出，把位置让给更合适的人。他像一个凯旋的大兵，背着行囊，轻松地吹着口哨，沿着波托玛克河，回到了阔别多年的农庄。那儿有一幢两层简楼、家人和几条可爱的狗等着他。

⑤文化人中，钱钟书是淡出的楷模。他对所有头衔、赞誉一直都很淡漠。退休后，他更是远离舆论中心，拒绝各种应酬，不接受任何兼职邀请，媒体总是被他拒之门外。他的自觉淡出和甘于寂寞，显示了一个优秀学者的风骨和操守，表明了一个高雅文人的追求和境界。

⑥因而，每一个正在走红或曾经走红的文人学者、名流贤达，都不妨学学陶朱公的进退从容，收放自如；学学华盛顿的急流勇退，豁达洒脱；学学钱钟书的淡泊名利，远离喧嚣。该淡出就淡出，该谢幕就谢幕，毕竟世界上没有永远不散的宴席，也没有红一辈子的名士，漂亮潇洒的谢幕、恰到好处的淡出，反而会留给人们美好隽永的记忆。

⑦学会淡出，是新陈代谢规律之需；懂得淡出，则是豁达

睿智的表现；实现淡出，更是人生画卷的最好收笔。

1．我们平时总说要"生命不息，奋斗不止"，这篇文章却提倡"学会淡出"，两者是不是矛盾的？

2．淡出有哪些境界？

3．学会淡出有什么人生意义？

参考答案：

1．两者并不矛盾。因为"生命不息，奋斗不止"一般指有志者对自身理想和奋斗目标的追求，这是终生的，没有一定的时间限制；而"学会淡出"则是指名流政要所占有的为公众瞩目仰慕的职位、地位、舞台等，这是有一定的时间限制的，应当适时退出，不能一直占着不让出，那样有可能会适得其反。

2．淡出有两种境界：一是被迫淡出，不得已而为之，人虽淡出，心犹不甘；二是自觉淡出，心甘情愿，学做那闲云野鹤，退一步海阔天空。

3．淡出是新陈代谢规律之需，是豁达睿智的表现，是人生画卷的最好收笔。

莫言的清醒

① 莫言获得诺贝尔文学奖，成为第一个获得诺贝尔文学奖的中国籍作家。之前，在对莫言获奖传言飞扬的时候，莫言一直低调回应。获奖以后，他接受采访时说："说不激动那是在装蒜，

心里还是高兴的，但也就是高兴。"他还说，（这件事）"很快就会过去，自己不要当作多么了不起的惊天动地的大事情"，（获奖后，要）"头脑清楚，脚踏实地，勤勤恳恳，热爱这块土地，感谢父老乡亲"。

②莫言在获得茅盾文学奖后就曾说过，希望"10分钟就忘掉获奖这件事"。因为他深知，"得奖之后就会有各种好评和赞誉，要是没有定力，就容易头脑发昏，就容易犯错误，所以我就想快点忘记这件事，让自己轻装上阵"。"忘掉所有的奖项是所有作家最高的选择。"这不是他故作姿态的矫情，而恰恰是一种理智与清醒。

③说到这里，我想到居里夫人，她获得过包括两度诺贝尔奖的许多荣誉，但她都看得很淡，是不是"10分钟就忘掉"不敢说，但有一个故事说明了她对待荣誉的态度。朋友来做客，发现居里夫人的小女儿正在玩一枚奖章，忙问："夫人，你应该知道能得到一枚英国皇家协会颁发的金质奖章是多么高的荣誉，怎么能把它给孩子玩呢？"居里夫人说："我是想让孩子们从小就知道，荣誉就像玩具，只能玩玩而已，绝不能永远守着它，否则就将一事无成。"

④的确，获奖是令人高兴的事，你有理由"漫卷诗书喜欲狂"，"一日看遍长安花"，但切勿沉溺其中，乐不思蜀。过分陶醉，会侵蚀你的斗志，涣散你的精神，模糊你的视线，阻挡你前进的步伐，你可能就此无法超越现在的人生高度。

⑤牛顿的功绩曾经无与伦比，但遗憾的是，他在晚年被荣誉迷住了双眼，沉醉于鲜花掌声、美酒佳肴中，终止了科学探索的历程。60岁后，他开始频繁出入各种宴会，接受各种称号，

佩戴各种勋章，担任各种职务，从英国皇家学会会长到制币局局长，还忙于与科学界的其他头面人物争权夺利。结果，在人生的最后24年里，他几乎毫无建树。

⑥ 现实生活中，我们也看到过不少获奖的科学家、演员，获得过金牌的运动员，因为沾沾自喜，居功自傲，忙于应酬，结果落后于飞速发展的时代，或被淘汰出局，或被边缘化，黯然失色，很快就淡出人们的视野，成了天际转瞬即逝的流星。

⑦ 泰戈尔说："鸟的翅膀被绑上黄金，它还能高飞吗？"荣誉与奖励也是如此，我们希望得到它，也为得到它而欣慰，但绝不能把它当成沉重的包袱背起来，背上它会迟滞我们攀登的脚步。

1. 阅读全文，请简要概括作者的主要观点。

2. 作者为什么从莫言获得诺贝尔文学奖之后的感言写起？

3. 文章 ③⑤ 两段分别列举居里夫人和牛顿的例子，有什么作用？

4. 联系生活实际，结合对本文的阅读感悟，请谈谈你对莫言的"清醒"的理解。

参考答案：

1. 我们应该正确对待荣誉与奖励，绝不能让它成为我们前进的阻力。（解析：此题考查对文章中心论点的把握，需要根据文章内容，要概括论点。此文主要论述面对荣誉的态度，完成时可围绕此内容进行概括。）

2. 文章从莫言获奖感言写起，能激发读者的阅读兴趣，引出观点，同时作为事实论据，证明了文章观点。（解析：此题考查对议论文中举例作用的把握。在议论文中，引用故事、诗句、名人事例往往能引起读者的阅读兴趣，引出论题或者论点，同时作为论据来证明论点。）

3．这两个例子的作用是作为事实论据。这两个例子从正反两个方面，有力地论证了应该清醒、理智地对待荣誉与奖励的观点。（解析：此题考查对论证方法及其作用的把握。根据文章内容，两段话都运用了举例论证的方法，而且居里夫人的例子是从正面进行论证的，牛顿的例子是从反面进行论证的。答题时，可用"运用了举例（事实）论证、证明了……，增强了文章的说服力"的句式回答。）

4．解析：此题是开放性试题。答题时，可对莫言的"清醒"做简要分析，并能联系生活实际，表达明确、合理的见解即可。

把优秀变成习惯

①优秀，就是成绩优良、表现突出、出类拔萃之意。优秀的人，都是各行各业素质高、能力强、业绩过人、成就卓越者。雷锋、王杰、苏宁、杨利伟是优秀军人，钱学森、邓稼先、王选、袁隆平是优秀科学家，焦裕禄、孔繁森、牛玉儒、沈浩是优秀领导干部，王进喜、时传祥、包起帆、许振超是优秀工人……从他们的发展经历来看，绝大部分是从优秀至优秀，不论在人生哪个阶段，都是始终优秀，优秀成了他们的人生习惯。

②钱学森在北京大学附属中学学习时，成绩就名列前茅；在上海交通大学学习时，是班上的高才生；出国留学考试时，在激烈的竞争中脱颖而出；在美国加州理工学院留学时，成绩一直

拔尖，被视为"未来之星"；师从世界著名空气动力学教授冯·卡门后，成为众多学子中的佼佼者，先后获航空工程硕士学位和航空数学、博士学位，二十八岁时就成为世界知名的空气动力学家。回国后，他更是把自己的优秀习惯发挥得淋漓尽致，他殚精竭虑，全力以赴，为新中国的国防科研做出了巨大贡献。

③ 杨利伟，在中小学学习时一直是优秀学生，多年担任班干部；以优异成绩考取军校后，德才兼备，是优秀的军校大学生；大学毕业后，他刻苦训练，技压群雄，是优秀的歼击机飞行员；选拔宇航员时，他又经过重重选拔，在众多优秀飞行员中胜出；进入宇航员训练队后，他以全方位的优秀成绩，获得领导和专家的一致认可，成为第一个飞向太空的中国人。

④ 除了这些知名人物，在我们身边也不乏把优秀变成习惯的突出人才。如果注意观察，我们会发现，这些人不论工作怎么变换，年龄如何变化，地位如何变动，始终能做出一流的工作业绩，表现出一流的工作能力，始终与优秀为伍，被公认为不可多得的优秀人才。他们的成功就在于把优秀变成了习惯，把优秀变成了人生不变的标准。

⑤ 当然，在一个竞争激烈的社会，要想始终保持优秀，走在前列，是要付出巨大代价的，没有谁能轻轻松松就出类拔萃。

⑥ 要把优秀变成习惯，一般有两种途径，一是靠天赋，二是靠后天努力。相比较起来，天赋往往可遇而不可求，是稀缺之物；后天努力则是人人可以达到的，更可靠一些。所以，不论是钱学森还是杨利伟，不论是雷锋还是许振超，那些一直保持优秀习惯的人，都比常人付出了更多的劳动，流了更多的汗水，花费了更多的心血，没有哪个人随随便便就能成功。年过七旬的优秀

水稻专家袁隆平，至今仍没日没夜地忙碌在实验室和大田里，而绝大多数与他同龄的人，早就含饴弄孙、安享晚年了。

⑦要把优秀变成习惯，关键是要有一个好的开头。也就是说，我们的人生应当力争从一开始就做到优秀，走在前面，这虽然很难，但很重要。因为万事开头难，如果争取到了一个优秀的起点，再往下走就会逐渐形成惯性，就会自觉地要求自己保持优秀的习惯，就会想方设法取得新的成就，一直保持优秀。相反，倘若一开始就落后、平庸，形成习惯性落后，想后来居上就很难了。

⑧把优秀变成习惯，我们将获益匪浅。

1．作者在本文阐述的中心论点是什么？

2．文章论述严密，请具体说出第④段首句、第⑤段首词对文章结构所起的作用。

3．请仿照②③段再列举一个"把优秀变成习惯"的知名人物的事例。

4．请分析第⑦段运用的论证方法及其作用。

5．读了本文，请从内容上谈一点收获。

参考答案：

1．把优秀变成习惯，我们会获益匪浅。

2．④段首句起承上（②③段）启下（④段）的过渡作用；⑤段首词"当然"起转折作用，由上文论述"知名人物、身边突出人才把优秀变成了习惯"转入下文论述"把优秀变成习惯需付出巨大代价"。

3．示例：雷锋，上学时是优秀学生，品学兼优，多次获奖；当公社通信员时，任劳任怨，是优秀工作人员；后来到鞍山支援矿山建设，他加班加点，又是优秀推土机手，被评为劳动模范；参军后，他处处严格要求自己，向高标准看齐，是个优秀军人、优秀汽车司机。

4. 运用正（人生一开始就做到优秀、形成习惯，就会一直保持优秀）反（人生一开始就落后、形成习惯，想后来居上很难）对比（理论）论证方法，论述"要把优秀变成习惯，关键是要有一个好的开头"的段首分论点。

5. 解析：要求围绕中心论点或分论点谈文中的思想对自己的启发，自己读本文后的感触。

人总得有一点锋芒

① 中国传统文化儒、道、释三家，至少有两家半都主张做人要喜怒不形于色，切忌锋芒太露。所以几千年来中国培养出无数玲珑圆滑、唯唯诺诺、谨小慎微、四平八稳的谦谦君子。

② 唐朝人苏味道，处世圆滑，模棱两可，从来不拿出自己的主见，含含糊糊，锋芒全无，人称"苏模棱"，居然能混到宰相高位。还是在唐朝，娄师德身为宰相，却明哲保身，八面玲珑，从不露锋芒；不仅如此，他还教育将要赴任做官的弟弟："假如人家唾你的脸，不擦它也会自己干掉，应当笑着接受。"这两位之所以能一路顺利，位极人臣，大概就与从不露锋芒有关。

③ 相反，敢露锋芒者，一般都难得善终。刘邦问韩信："你看我能带多少兵？"答曰："十万。"再问："你能带多少兵？"答曰："多多益善。"瞧，他一点也不客气，丝毫不知收敛锋芒，

虽说刘邦几年后才收拾他，其实这会儿已经对他起了戒心。宋高宗是个无能的皇帝，秦桧又是个卖国宰相，他们一门心思求和自保，岳武穆却要"直捣黄龙"，却要"还我河山"，却要"壮志饥餐胡虏肉，笑谈渴饮匈奴血"，如此锋芒毕露，又怎能躲过"风波亭"之劫？

④ 武将太露锋芒固无好下场，文人太露锋芒也难成善果。李太白潇洒飘逸，恃才傲物，终因锋芒太露而难以见容官场，纵是明皇赏识，也无法弄个一官半职，只好一生浪迹天涯，与酒做伴，自慰"天生我材必有用"。苏东坡一生豪放不羁，才华横溢，却屡遭磨难，不仅官场受挫，险遭杀头之祸，就是在文化圈里，也是非议四起，被竞相攻讦。何以如此，其弟苏辙一语道破："东坡何罪？独以名太高。"的确，正因为他"太出色、太响亮，能把同代的人比得有点狼狈，引起一部分人酸溜溜的嫉恨，然后被你一拳我一脚地糟践，几乎是不可避免的"（余秋雨《山居笔记》）。苏东坡，又是一个锋芒太露的牺牲品！

⑤ 锋芒，使那么多的人身败名裂、家破人亡，于是有"聪明人"去研究怎样才能远离锋芒。明代有个官员叫张干，四朝元老，人称"不倒翁"。有人向他请教，怎样平息诽谤？答曰：无辩。又问，怎样制止怨恨？答曰：不争。再问，如何明哲保身？答曰：去锋。这的确是一个很好的自保之术，不争不辩，无怨无怒，玲珑圆滑，与世无争。果如此，官运不衰、荣华富贵都是可以预期的。可是我们再换个角度想想，如果人人都这样唯唯诺诺、窝窝囊囊，遇事不敢出头，做事害怕承担责任，社会还怎么前进？倘若中国历史上少了韩信的十面埋伏，少了岳飞的怒发冲冠，少了李白的笑傲江湖，少了苏轼的大江东去，这历史不是太

郁闷、太无趣、太乏味了吗？宋人张孝祥，于绍兴二十四年举进士第一，上疏请求为岳飞昭雪，为秦桧所忌。其好友劝其不该如此锋芒太露，张回答得十分痛快："无锋无芒，我举进士干什么？有锋有芒却要藏起来，我举进士干什么？知秦桧当政我怕他，我举进士干什么？"这三问酣畅淋漓，令人回肠荡气，足以告慰古今一切锋芒之士，当为此浮一大白。

1. 文章以中国传统文化"儒、道、释"三教入题的作用何在？

2. 文章第③、④段所举事例、论证的角度有何异同？所要论证的观点又是什么？

3. 概述全文的论证思路。

参考答案：

1. 以"儒、道、释"三教入题，意在引出削磨锋芒之观念占优势的文化背景，证明"不露锋芒"有生存的基础、历史的渊源，为下文论述要露锋芒做铺垫，树立批驳的靶子。

2. ③、④段的相同的论证角度是：主要从正面进行论证。

相异的论证角度是：第③段从武将锋芒太露者难得善终的角度论证；第4段从文将锋芒太露者难得善果的角度论证。

所要论证的观点是：历史上锋芒毕露、正直耿介之士总是命运多舛，引人嫉恨。

3. 本文的论证思路为先提出中国文化有不露锋芒的传统，然后分别举例证明不露锋芒者一帆风顺，官运亨通，而锋芒毕露者招惹是非，带来祸患，最后呼吁为人要显露锋芒，敢于担当，促进社会进步，显露独特魅力。

"自知之明"新说

人贵有自知之明。语出老子《道德经》第三十三章："知人者智，自知者明。"

自知之明，就是对自己非常了解，了然于心。有自知之明的人才能摆正自己的位置，正确对待他人，从而立足于社会。所以古人提倡：人贵有自知之明。用现在的话说，就是人要首先全面了解自己，清醒认识自己，然后才能战胜自己，发挥自己，进而有所成就。

但实际上我们在日常运用这句名言时，往往强调的是人要认识自己的短处、缺点、局限。一般来说，如果是夫子自道，那这句话就是表示自己知道自己有多少斤两，能干多大的事情，不要自不量力；如果是议论别人，那这句话就是在批评他过于张狂，骄傲自满，妄自尊大。因而，一说到自知之明，我们很容易就会想起纸上谈兵的赵括、志大才疏的马谡、色厉内荏的袁绍、好大喜功的符坚。

其实，要全面地理解这句话，真正做到有自知之明，更重要的是问题的另一方面——人还应该充分了解自己的能力、长项、优点，特别是自己的潜质。

《史记·淮阴侯列传》记载了一段韩信与刘邦的对话。刘邦问曰："如我能带多少兵？"韩信曰："陛下不过能带十万。"刘邦曰："你能带多少？"韩信不客气地回答："臣多多而益善耳。"后来就留下一句成语：韩信将兵，多多益善。不过人家韩信也不吹牛，东征西讨，屡战屡胜，最后连刘邦也不得不评价说：率兵百万，攻无不克，我不如韩信。韩信就是有自知之明的典型，他对自己的能力了如指掌，并充满自信。

李白在《将进酒》里说："天生我材必有用，千金散尽还复来。"这也是对自己能力和长项有自知之明的表现，干别的咱未必行，要论写诗，舍我其谁？事实也正是如此，李白的诗歌成就，使他成了浪漫主义诗歌的高峰，怎么评判都不夸张，所以后人称他为"诗仙"、盛唐气象的代表，诚如台湾著名诗人余光中的评价："绣口一吐就半个盛唐。"

游泳名将菲尔普斯，参加北京奥运会前就放出豪言，要拿下八块金牌。与其说他是狂妄自大，不如说这是在充分了解自己的实力和水平前提下的一种科学预期。果然，正如他事先预料的那样，他在泳池里所向披靡，一鼓作气，八夺金牌，七破纪录，创造了前所未有的辉煌战绩，也创下了奥运会历史的奇迹。他的自知之明，就是对自己的水平和潜质的充分认识和坚定自信。

神七宇航员翟志刚，也是个非常有自知之明的人。他的自知之明，就是对自己的技术水平高度自信，对自己的心理稳定能力充分肯定，对自己的身体素质了如指掌，对自己面对特殊情况的应变能力心中有数。而"知人者智"的航天员系统副总设计师黄伟芬也评价说：翟志刚操作能力突出，心理素质好，尤其是情绪稳定性和危机处理能力很强。也从另一方面印证了翟志刚的"自知之明"。所以，他虽然在神五、神六两次落选，仍对自己充满信心，多次主动请缨出征，并最终圆满完成了神七的飞行任务，成为中国太空漫步第一人。

从韩信到翟志刚，他们的自知之明，都非常有效地帮助自己勇于挑战，超越自我，发挥特长，挖掘潜能，自知之明成了他们走向成功、一飞冲天的助推器。无疑，谦虚谨慎是美德，但过了头就成了缺乏自信；能认识自己的局限和缺陷是清醒的表现，不了解自己的长项和潜能则是一种悲剧。所以，如果确实知道"我行，我能行"，就千万别压抑自己，不妨学学阿基米德的豪气干云："给我一个支点，我就能撬起地球！"

总之一句话，"人贵有自知之明"，不是用来泄气的，而是用来鼓劲的。

（选自《中华魂》2009年第7期）

1．作者针对"人贵有自知之明"这一名言阐发的新观点是什么？请用自己的话归纳。

2．人们对"人贵有自知之明"的理解角度与作者的理解角度有什么不同？赵括、马谡、袁绍、符坚的事例与韩信、李白、菲尔普斯、翟志刚的事例有什么区别？

3．列举韩信、李白、菲尔普斯、翟志刚的事例时有什么共同的写作特色？这几个事例是按什么顺序安排的？

4．"无疑，谦虚谨慎是美德，但过了头就成了缺乏自信；能认识自己的局限和缺陷是清醒的表现，不了解自己的长项和潜能则是一种悲剧。"这句话应该怎样理解？

5．结合自身实际，谈谈我们中学生在成长的道路上，应怎样才能做到作者所极力主张的"自知之明"？

参考答案：

1．人要认识到自己的短处、缺点、局限，然后量力而行，更应充分了解自己的能力、长项、优点，特别是自己的潜质，进而尽力发挥。

2．人们主要是从消极的方面来看问题，作者主要是从积极的方面来看问题。赵括、马谡、袁绍、符坚都缺乏自知之明，均以失败告终，属于反面事例；韩信、李白、菲尔普斯、翟志刚都有自知之明，均取得辉煌业绩，属于正面事例。

3．大体是按先做简要概述，再略叙典型事实，最后进行热情评价的思路写作的。这几个事例是按从古到今的时间顺序安排的。

4．这是一段充满人生哲理的话，作者是想告诉我们，一个人既要客观地认识到自己的弱势，又要充分地了解自己的优势，当看到自身拥有的优势时不能过分谦虚，而应努力地发挥自身的优势。

5．解析：回答言之成理即可。如：在全面发展的基础上，挖掘自身的强项、潜能，如体育出众、写作拔尖、演讲出色、书法超群等，有意识地去发展它，并将它作为自己的远大理想，努力开创属于自己的美好人生。

小议"笨功夫"

① 国学大师钱穆说："古往今来有大成就者，诀窍无他，都是能人肯下笨劲。"胡适也说："这个世界聪明人太多，肯下笨功夫的人太少，所以成功者只是少数人。"

② 能人钱穆，博闻强记，聪敏早慧，幼有神童之誉。他却从不以聪明自恃，而是几十年如一日做读书笔记，一丝不苟地查抄资料，每日读书写作10个小时，踏踏实实地钻研学问。学者张自铭评价说："辛亥以还，时局屡有起伏，先生未尝一日废学辍教。"历史学家孙国栋说："钱先生研究、讲学、教育、著述兀兀八十年未尝中断，这番毅力精神旷古所无。而学问成就规模之宏大，实朱子以后一人。"

③ 钱穆的小老乡钱钟书，绝顶聪明，少人能比，但做起学问从不偷懒耍滑，舍得下笨劲。进入清华后，他的目标是"横扫清华图书馆"。他每日泡在图书馆里，抄抄记记，梳理勾陈，甘之如饴。最能代表他学术成就的《管锥编》，引述4000位名家上万种著作中的数万条书证，汪洋恣肆，博大精深。那就是他下了一辈子笨劲的结果。无怪乎钱钟书谈治学心得时说："越是聪明人，越要懂得下笨功夫。"

④ 相比较而言，这个世界上，对智商要求最高的行业非科学家莫属，而下笨劲最多、最扎实的还是科学家。一个科研思路提出后，要验证其是否正确，得一步步去试验，排除各种错误的可能，寻找唯一正确的答案，稍有一点投机取巧的心理就可能会前功尽弃。陈景润要摘取哥德巴赫王冠上的明珠，光靠聪明是不行的，需要长年累月、一点一滴的演算推进，几大麻袋演算纸是最好的例证。杨振宁、李政道为了证实宇宙不守恒定律理论，曾连续几个星期不出实验室，一遍又一遍地重复那枯燥的实验。最为人津津乐道的是爱迪生发明灯泡的试验，为了选择合适耐用的灯丝，他先后试验了1600多种不同的耐热材料，这种不厌其烦、不怕重复的笨劲，终于使他获得成功，给人类带来了光明。

⑤ 写小说似乎是一件很轻松的事，作家坐在书斋里，海阔天空，信马由缰，只要有点儿聪明劲就行了。其实不然，写小说也是需要下笨劲的活，写成一部长篇小说，照样把人累个半死。一个字一个字地写，一遍一遍地修改增删，四处查阅资料，反复深入生活，这都需要笨劲，没有捷径可走。刘震云是作家圈里公认的聪明人，二十多岁就成名了，他在接受采访时说："在我看来，重复的事情不停地做，你就是专家；做重复的事特别专注，你就是大家。就这么简单。"作家二月河在回答记者关于"成功

的秘诀"的问题时说："我写小说基本上是个力气活，不信你试试，一天写上十几个小时，一写就是二十年，怎么着也得弄点东西出来。"

⑥ 推而广之，不论干什么，要想取得成功，要想出人头地，就得像钱穆说的那样，能人肯下笨功夫，能人偏下笨功夫，能人善下笨功夫。

1. 此处的"笨"是真笨还是假笨。

2. 第④段中陈景润的事例与第⑤段中二月河的事例能否互换？为什么？

3. 读了这篇文章，说一说"下笨功夫"对你的语文学习有怎样的启发。

参考答案：

1. 此处的笨，主要是指踏踏实实，兢兢业业，不走捷径，肯下功夫，所以是假笨。

2. 两个事例不能互换，各有其说明的道理，有一定差别。

3. 做学问要肯吃苦，不能靠小聪明，语文学习也一样，没有苦读、苦思、多写、多练，是不能提高成绩的。

安于平淡

① 近日看央视生活频道，主持人说了一段颇有哲理的话：

人的生活大体可分为三块，5%的快乐，5%的痛苦，还有90%的平淡。普通人的一生会受到5%的诱惑和5%不得已的痛苦，最后过上90%的平淡生活。可见，平淡是生活的主要部分，我们在生活中要适当控制自己的欲望，回归宁静，安于平淡，才能让自己充满幸福。

②大千世界，许多人都希望自己的生活轰轰烈烈，事业出人头地，名声传播四方，处处鲜花掌声，似乎这样才没有白过，才实现了人生价值，而把安心于平常的工作、平淡的生活、平凡的事业，都看成没有追求、缺乏理想、没有出息的表现。这其实是脱离实际的美丽幻想，因为世界上绝大多数人，不管是否心甘情愿，大多数时间都是生活在平淡之中的，平淡始终是生活的主旋律。

③即使那些叱咤风云的名流、巨擘，那些惊天动地的风云人物，其全部生活也大都是平淡的，每天可称为不同凡响的时间和机会不会超过十分之一。一个政治家，在政坛上可以慷慨陈词，指点江山，回到家里他可能也是一个含饴弄孙的平常老人；一个在绿茵场上纵横驰骋的国际球星，坐在电视机前看比赛时也不过是一个普通的观众；一个在商场、股市翻江倒海的资产大鳄，每天的大部分时间里也是在吃饭、睡觉、娱乐，就和我们普通人没啥两样，无非是吃得好一些，住的房子大一点而已。他们也不希望老是生活在镁光灯下，不希望始终成为公众关注的对象，也想和普通百姓那样，能不受干扰地去逛逛公园，能和家人自由自在地安享天伦之乐，也就是过平淡的生活。

④我们人生中的许多烦恼，都是来自不安平淡、不甘寂寞。譬如，为了实现所谓不平凡的人生理想，为了当人上人，为了跻

身名流，为了飞黄腾达，为了功名利禄，为了赚更多的钱，不停地奔波忙碌，无休止地投机钻营，长年累月地拼命折腾，最后也许成功了，达到目的了，但付出的代价太大，也距离人生的真谛越来越远，还没有来得及认真享受生活，就已经走到了人生的尽头。也有些人早就想明白了其中的道理。美国作家梭罗孤身一人跑进了无人居住的瓦尔登湖边的山林中，自己砍柴，在瓦尔登湖畔建造了一个小木屋，并在小木屋里住了两年零两个月又两天。他通过自己的生活试验，告诉世人不要被纷繁复杂的生活所迷惑，从而失去了生活的方向和意义。假如人们能过宇宙法则规定的生活，就不会有那么多的焦虑来扰乱内心的宁静。

⑤托尔斯泰说过："欲望越小，人生就越幸福。"平淡的生活，就是自觉降低欲望的结果，而不切实际的欲望，只能让我们感到痛苦和无奈。安于平淡，可以说是治疗人生许多精神疾苦的一副良方，是我们通向幸福彼岸的一叶轻舟。安于平淡，就是脚踏实地，干好本职工作；安于平淡，就是善于惜福，过好眼前的日子；安于平淡，就是知足常乐，不与人胡乱攀比；安于平淡，就是不好高骛远，这山望着那山高。当然，安于平淡不是甘于平庸，不是没有理想追求，而是善于在平凡的工作岗位上干出不平凡的业绩，把平凡的生活过出五光十色的花样，在平凡的人生之途实现丰富多彩的人生价值，这才是人生的大智慧。

1．请用一句话概括本文的中心论点。

2．用简洁的语言说说第④段的论证过程。

3．有人说，生活中有很多看起来遥不可及的梦想，就是在不甘于平淡中拼搏出来的。作者却说我们要安于平淡。你同意作者的观点吗？为什么？

参考答案：

1．我们在生活里要安于平淡。（我们在生活中要适当控制欲望，回归宁静，安于平淡，才能让自己幸福。）

2．先提出本段的论点"我们人生中的许多烦恼，都来自不安平淡、不甘寂寞"，然后用世人不安于平淡、匆匆一生的例子和梭罗独居瓦尔登湖、安于平淡生活的例子，进行正反对比论证。

3．示例：我同意作者的观点。平淡是生活的真谛，是通向幸福的小舟。生活中的很多烦恼就是因为人们不安于平淡。但安于平淡绝不是甘于平庸，而是把平淡的生活过出五光十色的花样，实现丰富多彩的人生价值。

试题分析：

1．此题考查学生对议论文论点的掌握。议论文的论点大多就是题目，或暗含在第一段中，或用一个故事来引出论点。本文的题目即是论点，用自己的话概括出来也可。

2．论证过程是：提出问题，分析问题，解决问题。本段首先提出"我们人生的许多烦恼，都是来自不安平淡、不甘寂寞"，然后进行正反对比论证。

3．两种观点皆可，但必须说出自己的见解，观点正确，理由充分，表述流畅。